데스마치에서 시작되는
이세계 광상곡
3

데스마치에서 시작되는 이세계 광상곡

3

★ ★ ★

아이나나 히로

Death Marching to the
Parallel World Rhapsody

Presented by Hiro Ainana

CONTENTS

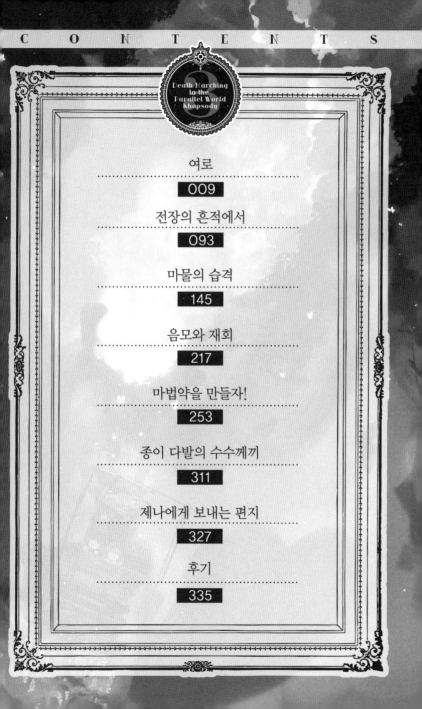

Death Marching
to the
Parallel World
Rhapsody

여로

"사토입니다. 컴퓨터용 RPG 같은 걸 보면 마차로 이동이 가능해지는 부분이 스토리의 전환점이 되곤 했습니다. 자동차랑 비교하면 승차감은 나쁘지만요."

덜컹덜컹, 달그락달그락. 마차가 소리를 내면서 가도를 달렸다.

"우~."

"냐~."

가도 근처의 수풀에서 토끼나 쥐 같은 동물이 가끔 보일 때마다, 포치랑 타마가 마차에서 뛰어내릴 듯 움찔거렸다. 그때마다 뒤에서 대기하던 리자가 둘의 허리띠를 붙들었다.

마차 속도는 시티 사이클과 비슷했지만 떨어져서 바퀴에 치이기라도 하면 큰일이다.

"포치, 타마. 몸을 내밀면 떨어지니까 마부석 등받이에 등을 딱 붙여야 된다."

"네, 인 거예요."

"네잉~."

마부석 좌우에 진을 친 두 사람이 기분 좋게 대답했다.

하지만 얌전히 앉아 있는 것도 다음에 뭔가 발견할 때까지다.

바람은 좀 쌀쌀하지만, 날이 맑고 햇살이 따뜻해서 기분이 좋았다.

판타지 세계니까 RPG마냥 마물이랑 조우^{인카운트}하지 않을까 걱정했는데 현실은 평화롭구나.

이것도 제나 씨를 비롯한 영지군 순찰대가 노력한 덕분이겠지.

다만, 맵을 보니 가도에서 거리가 먼 장소에는 마물이 숨어 있었다. 역시 완전히 제거하는 것은 무리였나 보다.

세류 시를 나서고 얼마 동안 숲이라고 하기엔 규모가 작은 나무들의 집합이 이어졌다. 한 시간쯤 전에 그곳을 빠져나왔고 지금은 기복이 많은 구릉 지대가 이어지고 있었다.

왼쪽에는 미아가 「불사의 왕^{노 라이프 킹}」 젠에게 붙잡혀 있던 「토라자유야의 요람^{크레이들}」으로 이어지는 산들이 보였다.

산자락까지 잡초의 바다가 이어지는데 수풀 같은 관목의 모임이 드문드문 고개를 내밀고 있었다.

구릉 지대로 나오기 전까지는 다른 짐마차나 도보 여행자의 모습도 보였지만 서쪽 가도로 이어지는 분기점에 이르자 대부분 그쪽으로 가 버렸다.

서쪽 가도를 따라가면 세류 백작령의 광산 도시가 있는데, 그 다음에 백작령 둘 정도를 지나면 교역이 왕성한 후작령으로 이어진다고 한다. 그래서 상인들은 그쪽으로 가나 보다.

맵을 보니 우리가 있는 남쪽 가도에도 드문드문 짐마차가 다니고 있었지만 눈으로 보이는 범위에는 한 대도 없었다.

남쪽에도 백작령이나 남작령이 있지만, 상인들은 치안이 안 좋다며 꺼렸다.

운하의 야경이 예쁘기로 유명한 오유고크 공작령까지 가면 치안도 좋다는데, 그쪽은 물가가 싼 데다가 토박이 상인들이 이권을 단단히 틀어쥐고 있어서 수지가 안 맞는다. —라고 이 정보를 가르쳐준 상인이 말했다.

맵으로 보니 서쪽 가도 쪽에 마을 수가 더 많은데 그것도 무슨 관계가 있는 걸까?

"고기~?"

"양 아저씨인 거예요!"

타마와 포치의 시선을 따라가니, 저 멀리 언덕에서 양치기가 수많은 양을 몰고 가는 것이 보였다.

포치와 타마가 언덕 쪽을 향해 크게 손을 흔들었지만, 그쪽 에서는 보이질 않는지 반응이 없었다.

양치기견인가 싶은 짐승이 무리에서 빠져나가는 양을 잘 몰고 있었다.

자세히 보니까 딱히 개과의 수인 같은 것은 아니고 보통 개가 맞았다. 시내에서는 개나 고양이가 안 보였는데 이세계에서 도 기르긴 하나 보네.

그 경치를 즐기며 나아가자, 거의 똑바로 뻗어 있던 가도가 언덕을 따라서 완만하게 꺾이기 시작했다.

　덜컹, 덜커덩 마차 바퀴 자국을 넘어가면서 마차가 흔들렸다. 뒤에서 미아나 루루의 작은 비명과 아리사의 욕설이 들렸지만 흘려들으며 못 들은 척했다.

　가도는 돌이나 아스팔트로 포장되지 않고 흙이 드러나 있어서 길을 따라 나아가면 마차의 바퀴 자국이 생긴다. 게다가 마차에 따라서 궤도가 다르다 보니 바퀴 자국이 여러 개 흩어지는 장소가 생긴다.

　말이 멋대로 길을 따라서 나아가니 마차의 진로는 문제없지만, 바퀴 자국을 능숙하게 피하려면 마부가 미세하게 조정해야 한다.

　스킬이 지원해주고는 있으나 전부 솜씨 좋게 피하기엔 실전 경험이 한참 부족했다.

　마음속으로 변명하고 있는데, 아리사가 포치의 머리 위에 올라타듯 고개를 내밀었다.

　"운전 좀 살살해 봐~."

　"신참 마부한테 억지 부리지 마."

　나는 아리사의 항의를 적당히 흘렸다. 포치는 아리사가 머리 위에 있어서 난처한 표정이었다.

　"아리사, 무거운 거예요."

　"미안, 미안. 마침 위치가 딱 좋은 위치라서 그만."

　아리사는 사과하면서 포치의 머리 위에서 비키더니, 내 어깨에 기대어 늘어졌다. 묘령의 여성이 그러면 가슴이 쿵쾅거리겠지만, 한참 어린 아리사가 그래 봐야 어리광 부리는 느낌밖에 안 들었다.

그때 꼬르륵~, 귀여운 소리가 자기주장을 했다. 아마도 「엿듣기」 스킬이 있는 나만 들었을 것이다.

이 소리는 틀림없이 루루다. 미소녀는 배에서 나는 소리도 귀엽게 들리네.

맵으로 점심 먹기 좋은 장소를 조사했다.

"이제 슬슬 점심시간이다. 저 앞 언덕 위에 바람막이가 될 만한 큰 돌이 늘어서 있으니까 거기서 먹자."

만장일치로 기뻐하는 소리가 내 제안을 승인해주었다.

잡초로 메워진 오솔길을 올라가서 바위 근처의 양지에 마차를 세웠다.

"좋아, 도착. 다 함께 말부터 챙겨주고 점심 준비를 시작하자."

애들에게 말하며 마차에서 내린 후, 마차 고정쇠를 내려서 고정했다. 자동차의 사이드 브레이크 같은 거다.

도착하기 전에 역할 분담을 해놨기 때문에 일일이 지시하지 않아도 각자 역할에 따라 움직이기 시작했다.

뿅 소리가 날 듯 경쾌하게 마차에서 내린 포치와 타마가 마부석 아래 있는 수납공간에서 말들의 손질 도구를 꺼냈다.

사람들이 많은 가도에서는 외투를 입었지만, 아무도 없는 지금은 마차 안에 두고 내렸는지 하얀 셔츠와 호박처럼 부푼 똑같은 쇼트 팬츠를 입고 있었다. 참고로 타마가 분홍색이고 포치가 노란색이다.

　"발굽 손질을 하는 거예요."

　"흙 파기파기~?"

　"얘들아. 말한테 밟히지 않게 주의해라."

　"네, 인 거예요."

　"라져~?"

　말발굽 바닥에 낀 흙을 파내는 둘에게 주의를 주자 힘찬 목소리로 대답했다. 말들이 「그런 실수 안 한다」는 듯 푸르륵하고 섭섭한 듯한 콧소리를 냈다.

　"그러면 저와 나나는 부뚜막을 만들 돌을 찾으러 가겠습니다."

　"그래, 부탁한다."

　갈색 가죽 갑옷을 입은 리자가 보고한 다음 바위 근처에 굴러다니는 돌을 주우러 갔다.

　"마스터, 다녀오겠습니다라고 용맹하게 보고합니다."

　이어서 나나가 마부석에서 내렸다.

　긴 금발을 리본으로 느슨하게 묶어서 포니테일로 정리했다. 그녀가 입은 진홍색 원피스는 현대 일본에서는 보지 못한 어깨 부분이 부풀어 있는 디자인인데, 그 위에 입은 연지색 조끼가 풍만한 두 언덕을 안쪽에서 밀어 올려 터질 것만 같았다.

물론 마차에서 내리는 순간의 『흔들림』은 머릿속 기억 장치에 기록해두었다.

돌을 줍다 보면 예쁜 원피스가 지저분해질 것 같았기 때문에 마차 뒤쪽으로 가서 스토리지에 있는 에이프런을 몰래 꺼내 나나에게 주었다.

기척을 느끼고 돌아보니 이번에는 루루가 기다리고 있었다. 아무래도 말을 걸 타이밍을 재고 있었나 보다.

"주인님, 가방을 가지고 왔습니다."

"고마워, 루루."

루루가 가져온 격납 가방을 받고 그녀가 마차에서 내리는 것을 도우려고 손을 내밀었다.

내 손을 잡을 때 주저하지 않을 정도로 친해지긴 했지만, 매번 얼굴이 빨개지니까 이쪽도 쑥스러워진다.

비단결처럼 가늘고 매끄러운 흑발을 흔들며 루루가 땅에 내려섰다. 공기를 머금은 스커트가 한순간 훌쩍 떠올라 하얀 다리가 보였다.

루루는 도시 안에서 입고 있던 하얀 원피스가 더 잘 어울렸지만, 여행 복장은 크림색 셔츠와 짙은 감색 스커트였다. 아마도 하얀색은 때가 잘 묻어서 그렇겠지.

다음은 경쾌한 걸음으로 마부석에 온 아리사였다.

"주인님, 나도 내리는 거 도와줘~."

연지색 겉옷과 핑크색의 하늘거리는 옷을 입어서 도무지 여행용 복장 같지 않은 아리사가 묘하게 어리광 부리는 목소리로 손을 내밀었다.

아리사의 보라색 머리카락이 바람에 흔들렸다. 사람들 눈길을 피하기 위한 외투나 금색 가발은 마차에 두고 나왔다.

딱히 큰 수고도 아니라서 아리사의 허리를 붙잡아 내려주고자 손을 뻗었다.

─갑자기 불길한 예감이 들어서 고개를 옆으로 기울였다.

방금 전까지 내 입술이 있던 곳에 문어처럼 입을 삐죽 내민 아리사의 얼굴이 있었다. 위험했구만.

"자연스럽게 성희롱 좀 하지 마라."

"아앙. 맹세한 그대로 봉사하려고 한 건데엣! 주인님도 참 심·술·쟁·이."

"시끄러."

아리사가 마디마다 별이라도 튀어나올 것 같은 유치한 대답을 하길래, 가볍게 딱밤을 먹여서 반성하도록 했다. 거창하게 풀밭 위에서 구르며 아파했지만 반성했는지는 모르겠다.

그 계약의 문장 덕분에 성희롱을 완전히 막을 수가 없어서 「계약」에 의지하지 않는 교육을 해야 하니 귀찮다.

하다못해 아리사가 스무 살 정도로 성장해주면 대환영⋯⋯은 아니군. 적어도 거부는 안 하겠지만, 초등학교 고학년쯤 되는 아리사가 상대라면 도저히 그럴 기분이 안 들었다.

그리고 내면에서 옛날 향취가 느껴진다. 본인은 말하기 싫은 것 같았지만, 전생하기 전에 몇 살이었는지는 아직도 못 들었다.

"사토."

마지막으로 엘프인 미아가 밝게 웃으며 말했다.

트윈테일로 묶은 엷은 청록색 머리카락 사이로 뾰족한 귀가 보였다. 하늘색 의상은 아리사와 색은 다르지만 같은 옷이었다.

이제는 혈색도 건강해졌다. 젠에게서 구해냈을 때의 쇠약했던 모습이 거짓말 같았다.

이 정도면 미아의 고향까지 긴 여행길이라도 문제없이 견뎌내겠네.

"미아도 내려줄까?"

"응."

이미 양팔을 펼치고 『준비 완료』된 포즈로 기뻐하며 긍정했다.

나는 미아의 가녀린 허리를 붙잡아 조심스레 내려주었다. 아리사처럼 성희롱은 안 하니까 안심이다.

"고마워."

"천만에."

미아는 수줍게 웃으면서 말한 다음 바위 쪽으로 걸어갔다.

격납 가방에서 물동이와 물이 들어간 통을 꺼내서 말에게 물을 먹였다.

참고로 격납 가방에 대해서는 「물건이 잔뜩 들어가는 마법 주머니」라고 출발할 때 대강 설명했다. 일단 도난 방지를 위해서 다른 사람들에게는 비밀로 하라고 미리 일러두었다.

"임무 완료인 거예요."

"끝났어~?"

"둘 다 수고했다."

포치와 타마가 작업을 끝냈다고 보고해서 머리를 쓰다듬으며 칭찬해주었다.

마차 바퀴를 점검한 루루도 돌아왔다.

"주인님, 차륜과 차축은 문제없어요. 풀이 조금 얽혀 있기에 청소했습니다."

"그래. 고맙다. 루루."

그러면 점검도 끝났으니까 말한테 먹이—를 주기 전에 말들을 좀 편하게 해줘야지.

"루루, 마구 푸는 거 도와줄래?"

"네, 알겠습니다."

루루의 도움을 받아 말들을 멍에에서 풀어주고 재갈에 달린 고삐를 마차에 묶었다.

안장 끈으로 고정된 부분도 확인했지만, 딱히 말들에게 상처는 없었고 괜찮아 보였다.

"주인님, 뭐 도울 일 있어?"

흐트러진 복장을 고친 아리사가 물었다. 혼내준 자국이 이마에 빨갛게 남아있다. 앞으로는 조금 살살 해야겠다.

"그래, 말한테 소금이랑 과일들 좀 먹여라."

격납 가방에서 말의 먹이통과 먹이를 넣은 주머니를 꺼내, 아리사에게 과일 두 개와 소금이 든 주머니를 건넸다.

이 과일은 말들의 노력에 대한 포상이었다. 나와 루루를 가르친 베테랑 마부가 장거리 여행을 할 때에는 말에게 염분 보급하는 것을 잊지 말라고 했다.

"오케이~. 미아도 도와줘."

"응."

아리사가 활기찬 목소리로 미아를 불렀다. 바위를 바라보던 미아가 고개를 끄덕이고는 아리사와 함께 말들을 보살피기 시작했다.

"포치, 타마, 그러면 위험해."

"괜찮은 거예요."

"괜찮우~?"

루루가 걱정스레 말하는 소리가 들려 돌아봤더니, 포치의 어깨에 올라탄 타마가 말의 등을 수건으로 닦아주고 있었다. 언뜻 위태로워 보였지만 포치의 하체가 안정되어 있으니 괜찮겠지.

재료를 마련해서 받침대라도 만들어줄까?

그런 생각을 하면서 먹이통에 말들의 점심을 준비해주었다. 잡곡과 짚을 섞은 먹이다. 조잡하지만 마차 말들의 먹이치고는 좋은 편이었다.

아리사와 미아가 주는 과일을 재빨리 먹어치운 말들이 먹이통에 고개를 박고 왕성한 식욕을 발휘했다.

"와구와구인 거예요."

"맛있어~?"

포치와 타마가 먹이통 앞에 쪼그려 앉더니, 말들의 먹이를 보면서 손가락을 빨았다. 둘이 뜨거운 시선을 보내자 말들이 불편해 보였다.

말들의 정신 건강을 위해서 포치와 타마에게 돗자리를 고정할 누름돌을 모아 오라고 했다. 할 일을 받은 둘은 신이 나서 대답하며 달려갔다.

"저기, 주인님. 두꺼운 천을 쓰고 싶은데 괜찮아?"

"그래. 에이프런이라도 만들게?"

"짚 더미 쿠션을 개량하려고."

말들의 침으로 지저분해진 손을 물동이에서 씻은 아리사가 손수건으로 손을 닦으면서 부탁했다.

짚 더미 쿠션이란 마차의 진동에서 엉덩이를 지키기 위해 급조한 간이 쿠션이었다. 볼륨이 풍부한 짚 더미를 잔뜩 묶은 다음에 김말이처럼 천으로 감쌌다.

점포에서 기성품 쿠션을 사려고 했더니, 세류 시에서는 주문제작밖에 안 한다고 했다. 주문제작은 시간이 너무 걸리길래 연구해서 만들었다.

"역시 짚으로 만든 쿠션은 별로야?"

내가 묻자 아리사가 고개를 저으며 대답했다.

"아니야. 쿠션 성능 자체는 충분한데 아까 덜컹했을 때 짚이 튀어나와서 엉덩이가 따끔거려."

그렇군. 내구성이 부족했구나.

"그럼 점심 다 될 때까지 함께 쿠션을 수리하자."

나는 리자에게 줄 장작더미와 요리 도구나 식재료가 든 큰 주머니를 격납 가방에서 꺼내고 가방은 아리사에게 맡겼다. 짚 더미 쿠션은 옮기기 거추장스러우니까 애들이 가져오려면 가방이 필요할 거다.

나는 손이 비어 있는 루루와 함께 리자에게 식재료와 도구를 가져다주었다.

마차에서 조금 떨어진 드러난 흙 위에는 내가 상상한 것보다 제대로 된 부뚜막이 만들어져 있었다. 나는 부뚜막 앞에서 완성도를 확인하는 리자와 나나를 불렀다.

"생각보다 좋은 부뚜막이구나."

"네. 다 함께 먹을 스튜를 만들려면 이 정도는 필요합니다."

나와 같이 온 루루가 리자에게 조리 도구를 건넸다.

"리자 씨, 장작 준비는 다 됐나요?"

"네, 부탁할게요."

부뚜막에 장작을 넣기 시작하는 루루 옆에서 리자가 조리 도구를 확인했다.

"마스터, 작업 완수를 보고합니다."

"응, 잘했다."

나나가 어쩐지 자랑스럽게 보고하길래 칭찬을 해주었다.

"주인님, 이제 불 붙여도 되나요?"

돌로 만든 즉석 부뚜막에 장작을 넣은 루루가 부싯돌을 들고 물었다.

"루루. 잠깐만. 이걸 써."

부싯돌로 불을 붙이는 건 꽤 힘든 일이라, 같이 가져온 점화 지팡이를 루루에게 건넸다.

"저, 저는 마법 도구를 써본 적이 없어요. 어떻게 쓰는 건가요?"

"그 튀어나온 부분을 누르면 끝에서 불이 나와."

점화 지팡이를 받고서 허둥대는 루루에게 사용법을 가르쳐 주었다.

"와아, 굉장해요. 이렇게 간단히 불이 붙다니 마법 같아요."

"그야 마법 도구니까."

스위치만 누르면 불이 붙는 점화 지팡이의 편리함에 루루가 눈을 휘둥그레 뜨면서 놀랐다.

서민가 이모 집에서 살 때는 부싯돌밖에 없었고 성에서 아리사의 시녀로 지낼 때는 주방에 들어간 적이 없었기 때문에, 루루는 점화용 마법 도구를 오늘 처음 만져보았다고 했다.

"루루랑 나나는 요리한 적 있니?"

"불 지키는 거나 채소 껍질 벗기는 건 한 적 있지만 제대로 된 요리는 없어요."

"요리 당번은 No.3가 독점하고 있었기에 실시한 경험이 없습니다. 요리의 기본 동작 시퀀스는 학습하고 있습니다만 요리 레시피의 라이브러리가 미등록입니다. 인스톨을 희망합니다."

요리할 줄 아는 건 리자밖에 없는 모양이지만, 둘 다 보조는 할 수 있겠다.

나나의 말은 이상했지만 무슨 뜻인지는 알아들었다. 호문클루스는 스마트폰에 앱을 인스톨하는 것처럼 간단히 지식을 얻을 수 있는 건가?

조금 신경 쓰였지만, 다들 빈속일 테니 그걸 우선해야지.

"그럼 둘은 리자의 보조에 임명하겠다. 리자 말을 들으면서 맛있는 요리를 만들어주기를 바라는 바이다."

"네, 힘낼게요."

"예스, 마스터."

나나의 기괴한 말투에 영향을 받아서 나까지 이상한 말투가 되었다.

"리자, 여기는 부탁한다."

"네, 알겠습니다."

리자와 의논해서 대략적인 메뉴를 정한 다음에 조리장 지휘를 맡겼다.

아리사와 미아가 조리장과 마차의 중간 지점에서 돗자리를 펼치는 데 고전하고 있길래 도와주러 갔다.

마침 포치와 타마가 주워 온 누름돌을 돗자리 구석마다 두

어서 휴식 장소를 완성했다.

아리사가 돗자리 위에 짚 더미 쿠션을 쌓았다.

"그럼 포치랑 타마는 짚 더미에서 천을 벗겨내. 이 끈을 풀면 떨어지는 거야."

"네, 인 거예요."

"네잉네잉~."

"미아는 꺼낸 짚 더미에서 부러져 튀어나온 지푸라기가 있으면 빼내고."

"응."

아리사가 어린이 팀에게 역할을 배정하며 작업을 지시했다.

나는 아리사 옆에다 재봉 세트와 천 더미 몇 종류, 그리고 염소 가죽을 꺼내두었다.

"어머? 가죽은 뭐에 쓰려고?"

"이걸 엉덩이 닿는 부분에 쓰면 지푸라기가 안 튀어나올 거 아냐?"

"응. 분명히 그러면 좋긴 하겠지만 염소 가죽처럼 비싼 걸 써도 돼?"

아리사가 고개를 갸웃거리며 물었다.

"그래, 절약한답시고 다들 엉덩이가 상처투성이가 되는 건 싫거든."

"그러네. 만질 때의 촉감도 나빠지니까!"

아리사가 함박웃음을 지으며 긍정했지만, 나는 애들 엉덩이

만질 일 없거든. 엉덩이 속성은 없으니 사양하겠다.

"가죽을 쓸 수 있으면 두꺼운 천은 안 써도 돼. 주인님, 이 정도 크기로 잘라줄래? 나는 손이 작아서 가죽용 큰 가위는 쓰기 어려워."

"그래. 나한테 맡겨."

아리사가 지정한 사이즈로 가죽을 잘라 건넸다.

아리사는 커다란 가죽용 바늘에 고생을 하면서도 포치와 타마가 벗겨낸 천과 가죽을 바느질했다.

좋아, 이번에는 듬직한 주인님이 「재봉」 스킬과 「가죽 세공」 스킬의 힘으로 도와줘야지.

나도 바늘에 실을 꿰고, 천과 가죽을 겹쳐서 술술 바느질을 해나갔다. 재봉틀 뺨칠 정도로 정확하고 빨랐다.

"괴, 굉장해. 뭐야 그 말도 안 되는 바느질 속도는……."

"주인님, 굉장한 거예요."

"굉장히 굉장해~?"

후후후. 다들 감탄하는 소리가 듣기 좋구나. 다 꿰매고 바늘을 당겨서 실을 정리하자—.

"—어라?"

"우웅?"

어째서인지 실이 빠져서 가죽과 천이 떨어져버렸다.

옆에서 보고 있던 미아와 함께 당혹감을 공유했다.

"왜 이러지?"

"······왜 이러지? 가 아니~야아!"

아리사가 하늘을 향해서 절규했다.

한차례 외친 아리사가 호흡을 정돈하고서 내 실수를 지적해 주었다.

"아이 참. 마무리 매듭을 까먹으면 어쩌자는 거야."

마무리 매듭—교과서에서 본 기억이 희미하게 난다. 그러고 보니 옛날 옛적 가정과 수업을 듣고 나온 여자애들이 그런 걸 배웠다고 했었지.

나는 아리사 선생님께 재봉의 기본적인 지식을 배웠다.

역시 스킬이 있어도 지식이 없으면 제대로 활용하는 게 어려운가 보다. 현실은 엄격하군.

나는 이번에야말로 일행의 절찬을 한 몸에 받으며 가공을 마쳤다. 가죽 덧댄 천을 완성하여 다 함께 짚 더미에 씌웠다.

하나 만들고 나서 아리사가 테스트해봤으니 가공에는 문제가 없었다.

세류 시에서 산 옷감 중에서 노랗게 물들인 원단이 있길래, 아리사한테 배워가며 손에 올라가는 사이즈의 **병아리** 인형을 만들어봤다. 안에는 펠트 원단을 뭉쳐서 넣었다.

〉「인형 만들기」 스킬을 얻었다.
〉칭호 「인형사」를 얻었다.

스킬을 얻었지만, 봉제 인형 만들기라면 재봉 스킬로도 문제가 없어서 괜히 포인트를 분배하지는 않았다.

"고기~?"

"이 새는 통통하게 살찐 거예요!"

배가 고픈 탓인지, 타마와 포치는 인형을 보고 「맛있어 보여」라고 말할 것 같은 표정을 지었다.

"응, 귀여워."

미아가 인형을 톡톡 건드리며 감촉을 즐겼다.

"마스터!"

나나가 지켜보던 냄비를 내버려 두고 진지한 표정으로 달려왔다.

무슨 일이지?

"이 어린 생명체는 보호해야 한다고 건의합니다."

나나는 두 손을 모아 봉제 인형을 올려놓더니, 뚫어져라 바라보며 간청했다.

"맘에 들었니?"

"네."

나나가 무표정을 유지하며 긍정했다.

"폭신폭신 동그랗습니다. 그래요, 귀여운 겁니다."

병아리 인형을 볼에 비벼댔다. 표정은 변함없지만 굉장히 행복해 보였다.

그러고 보니 나나는 0살의 유아였지.

"처음 만든 건 나나 줄게."

"우웅."

"미아 것도 만들어줄 테니까 화내지 마."

봉제 인형을 빼앗긴 미아가 삐치길래 부푼 볼을 찌르며 달랬다.

미아에게는 하얀 천으로 토끼 인형을, 포치에게는 타마 인형을, 타마에게는 포치 인형을 만들어서 선물했다.

"쪼그만 타마인 거예요."

"이거는 쪼그만 포치~?"

포치와 타마가 활짝 웃으며 서로 인형을 보여주었다.

"토끼."

"그래, 토끼야."

미아가 토끼를 받고 기뻐하며 끌어안았다.

아리사나 멀리서 요리를 하고 있던 루루와 리자까지 흥미로운 표정을 짓고 있는 걸 보니, 가까운 시일 안에 모두에게 하나씩 만들어주게 될 것 같군.

그러는 동안, 이제 곧 점심 식사가 완성될 것 같았다.

나는 봉제 인형 만들기 도구를 정리한 다음, 어린이 팀과 함께 돗자리 위에 식기를 놓으며 준비를 마쳤다.

"아~직~?"

"분명히, 이제 금방인 거예요."

타마랑 포치는 요리를 접시에 담고 있는 리자의 뒷모습에 뜨

거운 시선을 보내고 있었다. 둘 다 더는 기다릴 수 없는지 몸
을 리드미컬하게 좌우로 흔들고 있었다. 물론 꼬리도 바쁘게
흔들렸다.

"응, 좋은 냄새."

"크우, 뱃가죽이 등에 달라붙을 것 같아."

미아와 아리사도 냄비에서 풍겨 오는 맛있는 냄새의 포로가
되어 있었다.

아무래도 포치랑 타마만 배가 고픈 게 아닌가 보다.

"다들, 밥 다 됐어요."

"도울래~?"

"포치가 옮기는 거예요."

루루가 부르자, 흘러내린 침을 팔로 닦은 타마와 포치가 달
려갔다.

둘이서 리자가 든 커다란 냄비를 옮기려고 했지만, 포치와
타마에게는 너무 커서 옮길 수 없던 탓에 리자가 테이블로 가
져왔다.

포치와 타마가 리자의 옆모습을 올려다보며 기대감 가득한
표정으로 따라왔다.

연장자들이 각자에게 나눠준 다음, 아리사가 퍼뜨린 「잘 먹
겠습니다」를 신호로 식사가 시작되었다.

뜻밖에 미아도 「잘 먹겠습니다」를 알고 있었다. 미아가 태어
나기 전에 엘프 마을에 살았던 용사가 전한 풍습이라고 한다.

미아가 태어나기 전이니까 100년도 넘는 옛날이군.

오늘 점심은 문전 여관에서 만들어준 키슈와 절임류, 그리고 리자가 주축이 되어 만든 스튜였다. 콩과 토란, 양파, 그리고 말린 고기가 들어갔다.

토란 형태가 좀 일그러진 건 루루와 나나가 연습한 흔적이었다.

부드러운 스튜를 한 입 먹었다. 강렬한 소금기에 이어서 토란과 말린 고기 고유의 맛이 혀를 자극했다. 양파의 은은한 단맛이 약간 늦게 돌아서 짜고 매운 맛을 중화해주었다.

건더기로 들어간 커다란 콩은 누에콩처럼 생겼는데, 식감과 맛이 풋콩처럼 부드럽고 맛있었다. 나중에 이 콩을 삶아서 차가운 맥주 안주로 삼고 싶구나.

문전 여관처럼 숙련된 솜씨와 비교하면 남자의 요리 같은 투박한 맛이었지만 충분히 맛있었다.

"맛있다. 리자, 그리고 루루랑 나나도 잘했어."

"황송합니다."

내가 칭찬하자, 리자가 새침한 표정으로 대답했다. 그러나 내심 칭찬받은 게 기쁜지 아니면 창피해서 그러는지, 리자의 꼬리가 탕탕 돗자리를 두드렸다. 꼬리는 참 정직하구나.

나나는 봉제 인형을 한 손에 들고서 무표정하게 고개를 끄덕였지만 루루는 부끄러운 표정이었다.

"리자 요리는 언제든지 맛있는 거예요!"

"리자, 최고~?"

포치와 타마가 스푼을 움켜쥐고 리자에게 찬사를 보냈다.

"응, 맛있어."

"약간 짭짤하지만 맛있어."

미아와 아리사도 만족하고 있었다.

"마스터, 보리죽도 맛있다고 보고합니다."

혼자만 보라죽을 먹는 나나가 무표정하게 보고했다.

물론 따돌리거나 학대하는 게 아니다.

나나 같은 호문클루스는 생후 반년 정도는 위장이 약하다. 그래서 유동식을 먹든지 마력을 직접 공급받을 필요가 있었다.

호문클루스의 기초 설계를 한 토라자유야 씨의 자료에도 쓰여 있으니 틀림없었다.

젠의 부하였던 시절의 「요람」에서는 조정조라는 전용 시설에 들어가 마력과 영양을 보급했다고 한다.

나나는 이미 생후 반년은 넘었지만, 그런 사정 때문에 당분간 유동식을 먹이면서 상태를 보고 있었다. 문제없다면 조금씩 단단한 음식을 늘려갈 예정이다.

「마력 조작」 스킬이나 술리 마법을 쓸 수 있으면 마력을 직접 공급하는 것도 가능하지만, 둘 다 쓸 수 있는 멤버가 없는 데다가 같이 식사를 하는 게 더 좋다.

"나나는 그걸로 충분하니?"

"마스터, 문제없습니다라고 긍정합니다."

나나는 불만이 없는 것 같지만, 나중에 입가심으로 과일을 선물해줘야지.

다들 만족스럽게 먹고 있었는데 딱 한 사람만 이상했다.

미아는 고기를 싫어하는지, 채소 스튜 안에 들어간 말린 고기 조각을 작은 접시에 덜어냈다.

"미아, 편식하지 말고 먹어야지."

"엘프."

그러니까 뭔 뜻인지 모르겠거든?

"고기."

내 마음을 알아챘는지, 얼굴 앞에 손가락으로 작은 가위표를 만들었다.

"아하~, 엘프는 고기를 안 먹는구나. 역시 요정족은 그래야지!"

아리사가 기뻐하며 감상을 말했다. 분명히 엘프답긴 했지만 미아는 아리사의 말뜻을 이해 못 해 고개를 갸웃거렸다.

그렇지. 기왕 리얼 엘프가 있으니까 내 오랜 의문을 물어봐야지.

"미아, 엘프는 고기를 안 먹는데 활은 왜 가지고 다니는 거야?"

"마물."

이건 알아들었다. 마물을 사냥하거나 방어용으로 쓴다는 거구나.

아인 소녀들도 강해지기 전까지는 근접전을 시키기 싫어서 돌을 던져 멀리서 공격을 하게 했다. 엘프들도 어린아이들은 멀리서 활이나 마법으로 싸우는 거겠지.

사고가 조금 샛길로 빠졌지만, 고기를 못 먹는 게 종족적인 문화라면 존중해야지.

"편식이 아니라면 어쩔 수 없지."

미아가 뭔가 발견했는지 나에게서 눈길을 돌렸다. 시선을 따라가 봤지만 풀이 바람에 흔들릴 뿐이었다.

그건 그렇고, 다음부터 배식을 담당하는 사람은 미아의 식사에 고기를 넣지 말라고 전해줘야지.

고기 국물이 배어든 채소 스튜는 괜찮아 보이니, 알레르기가 있는 사람처럼 요리를 만드는 단계부터 나누지 않아도 되겠다.

그리고 미아가 작은 접시에 덜어둔 고기는 포치와 타마가 반씩 나누어 먹었다.

스튜 말고 문전 여관에서 준비해준 도시락도 먹어야지.

스토리지에 들어 있던 키슈는 아직 따끈했다. 기온을 생각하면 불가능한 온도다. 스토리지는 보온 성능이 좋은가 보네.

여행하면서 스토리지의 성능 테스트라도 해볼까? 스튜 같은 걸 따뜻한 상태로 운반할 수 있다면 식사를 준비하는 것도 편해질 것 같았다.

나는 그런 생각을 하면서 포크를 이용해 키슈를 한입 사이즈로 잘라 먹었다. 문전 여관의 요리는 여전히 일품이었다.

리자가 만든 스튜도 문전 여관의 키슈도 맛있어서 술술 넘어

간다.

다 함께 왁자지껄하게 떠들면서 먹는 게 최고의 조미료일지도 모르겠다.

◆

식후에 다 함께 그릇을 씻거나 정리를 마친 다음 한 시간 정도 휴식했다.

아직 스태미나가 덜 회복된 말들을 더 쉬게 하려는 이유도 있지만, 타마랑 포치가 나이에 맞게 놀 시간을 주고 싶었다.

"타마 대원! 포치 대원!"

"네잉!"

"네, 인 거예요!"

대답이 좋다. 이쪽을 보고는 있지만 수풀 쪽에서 소리가 날 때마다 귀가 움찔거리며 움직였다. 당장이라도 초원 너머로 달려갈 분위기다.

"이제부터 두 사람에게 임무를 내린다! 바위 주변을 탐험하고 오는 것이다!"

"네잉!"

"인 거예요!"

화살처럼 달려가는 둘을 배웅했다.

"출발 시간이 되면 부를 테니까 너무 멀리 가면 안 된다~."

일단 너무 멀리 가지 않도록 못은 박아두었다.

소박한 음색이 들려서 돌아보니 미아가 풀피리를 불고 있었다. 베테랑 연주자처럼 능숙한 소리였다.

"미아. 잘 하네."

"그래?"

자기 실력에 자각이 없는 건지, 미아가 고개를 갸우뚱했다.

물론 칭찬을 들은 것이 싫지는 않았는지, 상당히 기뻐하는 듯 보였다.

"미아 공주, 저도 풀피리를 가르쳐주십사 청원합니다."

"공주, 아냐."

나나가 젠의 부하였던 시절에는 미아를 「공주」라고 불렀다고 한다.

미아에게 나나 자신을 꺼리는 마음은 없는 것 같지만 「공주」라는 호칭에는 강한 거부감을 보였다.

"그렇지만, 미아 공주."

"나나, 미아가 싫어하니까 공주란 건 빼고 불러줘라."

"예스, 마스터. 이후 호칭을 미아로 변경할 것을 확약합니다."

―순순하기도 해라.

나나로서는 지금까지 그랬으니까 계속 그렇게 부른 것뿐이었다.

풀피리를 연습하는 나나의 표정은 무표정하긴 해도 진지했다. 미아와 나나가 마주 보고 있으면 용모가 닮았기 때문에 사이좋은 자매 같았다.

두 사람을 보면서 흐뭇해하고 있는데 뒤에서 아리사가 불렀다.

"나랑 루루는 소화도 시킬 겸 바위 주변을 둘러보며 산책할 건데, 주인님도 같이 안 갈래?"

"아아, 그래. 리자도 같이 갈래?"

"예, 함께 가겠습니다."

우리는 넷이서 바위 주변을 산책했다.

언덕 중간쯤에서 포치와 타마가 토끼를 쫓아 필사적으로 달리는 게 보였다. 오늘 저녁은 토끼 그릴 구이가 되려나?

산책하다가 아리사가 바위 위에 올라가고 싶다고 하길래, 내가 먼저 올라가 안전을 확인하기로 했다.

일반인 신체능력정도의 힘만으로 바위의 틈을 밟고서 위로 올랐다.

"몸이 꽤 가볍네."

아리사가 제나 씨 같은 감상을 말했다.

일단 아리사부터 바위 위로 끌어 올렸다. 리자가 밑에서 밀어 도와주었다.

"우하앗! 경치 좋다~."

"떨어지지 않게 조심해."

아리사가 환성을 지르면서 바위 위를 탐색하기 시작했기에, 주의를 주면서 루루를 끌어 올렸다.

마지막으로 리자를 끌어 올리자 흥분한 아리사가 나를 불렀다.

"주인님! 잠깐만 와서 봤으면 하는 게 있어!"

"뭐가 그렇게 급해?"

일단 따라와 보라고 말하는 아리사가 이끄는 대로 가봤다. 루루와 리자 두 사람도 아리사의 갑작스런 행동에 당혹하고 있었다.

손짓하는 아리사에게 다가갔다.

"뭘 보여주고 싶은데?"

"저거 봐."

아리사가 가리키는 방향을 보았다.

겹쳐서 쓰러진 바위가 보였다. 아리사는 뭘 보여주고 싶은 거지?

"뭘 보라고?"

"아이참, 잘 봐봐."

아하. 아리사가 보여주고 싶은 게 뭔지 이제야 알았다.

"이건 돌로 만든 도리이#1인가?"

"쓰러져 있어서 알기 어렵지만 도리이 세 개가 늘어서 있던 게 쓰러진 것 같아. 신사라도 있었을까?"

뭘까? 이 돌 도리이를 본 적이 있는 것 같은데.

—뭐지?

#1 **도리이** 일본 신사의 입구에 있는 문지방 같은 건조물

도리이를 보고 있는데 시야가 흔들렸다.

―이치로. 잊지 마. 우리는 언제나 함께야.

플래시백처럼 뇌리에 이미지가 떠올랐다.
이 기억은 뭐지?

―너는 어느 세상에서도, 어느 시대에서도, 언제나 이치로인 게구나.

흑백의 기억인데도 어린 소녀의 눈동자와 머리카락만은 선명한 원색이었다.
어린 소녀의 얼굴은 그림자가 져서 잘 안 보였다.

―환생이라는 거 진짜 있을까?

언제 그렇게 물어봤었지?
그녀는 뭐라고 대답했지?

―있어. 하지만, 그냥 다시 태어나기만 해서는 안 돼.

……생각났다. 뒤에 보이는 건 시골 할아버지 집 근처에 있는 신사다.

그러면 머리카락 색이 특이한 이 아이는 내 소꿉친구인 그 녀석인가?

—신과 인간은 수명이 달라. 함께 지내려면 신격을 얻어야 해.

무녀 복장을 입은 소녀가 카구라#2를 읊었다.

아니, 카구라마이다. 인간을 사랑해버린 제신에게 바치는 춤이다.

—너라면…… 분명히…….

얼굴이 안 보이는 소녀가 내 볼에 작은 손을 뻗어서—.

"잠깐만. 주인님!"

정신을 차리자, 눈앞에 아리사의 얼굴이 있었다.

"어라? 아리사?"

"아이참, 이런 데서 졸다가 떨어지면 어쩌려고 그래!"

아리사에게 사과하면서 주위를 둘러보았다.

아까 그건 뭐였지?

#2 카구라 일본 신사에서 제사 의식을 행할 때 쓰는 무녀의 노래와 춤. 춤만 따로 카구라마이라고 하기도 한다.

로그를 확인해보았지만 누군가가 정신 공격을 한 것 같지는 않았다.

마음을 진정시키고 기억을 정리해봤지만, 시골에 갔을 때 놀이터로 삼았던 도리이는 평범하게 빨간색이었다.

플래시백으로 본 소꿉친구는 전부 다른 모습이었다. 그리고 머리카락이나 눈동자색이 애니 캐릭터처럼 컬러풀했다. 마지막 같은 경우는 무지개색이었다니까.

그러고 보니 학창 시절에 그 신사를 무대로 동인 게임을 만들었었지. 현실에서 그런 신기한 대화를 한 기억이 없으니까 아마 게임 속 대사였을 거다.

얼마간 계속 잠이 부족했던 탓에 피로가 쌓였나?

"또 무슨 생각에 잠겨있어."

"미안, 미안. 어렸을 때 놀았던 신사를 떠올렸거든."

동인 게임의 기억이 플래시백했다고 말하기가 좀 어려워서 그렇게 대답했다.

나는 백일몽을 떨쳐내고 돌 도리이의 잔해를 바라보았다.

바위 주변에 AR표시로 정보가 나타났다. 그냥 거석 문명의 흔적인가 했었는데 정체가 뜻밖이었다.

괜히 뜸들이지 않고 아리사에게 가르쳐주었다.

"부서진 전이문^{트레블 게이트}이라는데?"

게임 같은 데도 흔히 등장하는 여행 시간을 단축시켜주는 기믹이다. 이건 먼 옛날에 망가진 물건이었다.

"고칠 수 있어?!"

그걸 들은 아리사가 굉장한 기세로 물었지만, 고개를 저으며 짤막하게 부정했다.

"무리다."

가지고 있는 자료에도 실리지 않았고 원리조차 모르는 물건을 수리하는 게 가능할 리가 없지.

게임처럼 여행 시간을 단축할 수 있다면 매력적이지만, 불분명한 곳으로 날아가는 건 사양하고 싶었다.

◆

바위 그늘에서 산나물의 군생지를 발견한 리자가 눈빛이 변하며 채취하고 싶어 하는 바람에, 산책이 산나물 채취 투어로 바뀌었다.

산나물 근처에 작고 하얀 꽃이 몇 송이 피어 있었다. AR표시로 보니 「겨울맞이 풀」이었다.

"루루, 잠깐 이리 와봐."

"네, 무슨 일이시죠?"

그 하얀 꽃을 하나 꺾어서 루루의 머리에 꽂아주었다.

"응. 루루의 까만 머리카락에 잘 어울린다. 귀여워."

"……그, 그럴 리가요. 저 같은 애한테 장식하면, 꽃이 가여워요."

외모를 칭찬받는 것이 어색한지, 루루의 시선이 차분함을 잃고서 주위를 방황했다. 발언도 부정적이었다.

　그러고 보니 루루는 이 세계 기준으로는 못생겼었지.

　―이런, 경국(傾國)을 넘어서 경성(傾星)클래스라고 해도 될 정도의 미소녀인데. 아까워라.

　"그렇지! 분명히 아리사라면 어울릴 거예요!"

　루루가 머리에서 꽃을 빼려고 하는 걸 막고, 아리사와 리자에게는 다른 꽃을 꽂아주었다.

　다 함께 그러고 있으니 안심이 되는지, 그 뒤로는 루루도 꽃을 빼려고 하지 않았다. 행복해 보이는 것을 보면 꽃을 꽂는 것 자체는 싫어하지 않는 것 같았다.

　이 근처에는 사람이 별로 안 오는지 산나물을 마음껏 캘 수 있었다.

　그렇지만 다 캐내면 다음에 오는 사람이 불쌍하니까 어느 정도 캐고서 멈췄다. 격납 가방을 가지고 올 걸 그랬다고 생각하며, 외투를 바구니 대신으로 써서 산나물을 가지고 돌아왔다.

개러지 백

　캐낸 산나물의 정보는 감정이나 AR표시로 알 수 있었기 때문에 세류 시에서 산 「여행과 먹을 수 있는 식물」이나 「약초사전」이 나설 차례가 없었다.

　각종 산나물이나 향초 말고도 지혈이나 두통에 잘 듣는 약초가 소량이지만 몇 종류 있었다.

풀피리의 음색에 이끌리듯 나나와 미아가 기다리는 마차 앞까지 돌아왔다.

맵의 광점 위치로 판단해보면, 이제 곧 포치와 타마도 돌아오는 모양이니 루루에게 차를 타달라고 부탁했다.

나와 리자는 격납 가방에 산나물과 약초를 넣었다.

미아에게 배우고 있던 나나의 풀피리 연주가 은근히 늘어 있었다. 거기에 대항 의식이 싹텄는지, 아리사가 발치에 나 있던 잡초를 뽑아서 선언했다.

"질 수는 없지! 중학교 때까지 근처 악동들과 놀았던 아리사의 실력을 보여주겠어!

뿌우뿌우 풀피리를 부는 아리사.

불기는 잘 부는데 어린애들 놀이 레벨이라서 미아와 비교가 안 된다. 나도 미아가 쓰고 있는 것과 같은 풀을 꺾어서 풀피리를 불어보았다.

〉「연주」 스킬을 얻었다.
〉「악기 제작」 스킬을 얻었다.
〉칭호 「대자연의 연주자」를 얻었다.

새삼스럽지만 잡초 끄트머리를 꺾어서 풀피리를 만들었더니 「악기 제작」 스킬이 생기는 건 좀 그렇지 않나 싶다.

풀피리로 한 소절 불고서 멈췄다.

"푸하하!"

아리사가 견디지 못하고 웃음을 터뜨렸다. 루루는 복잡한 표정으로 딱히 감상을 말하지 않았다. 리자는 감정을 얼굴에 드러내지 않으려고 열심히 버티고 있었다. 나나는 평소처럼 무표정했다.

"……사토?"

미아가 도저히 믿을 수가 없다는 표정으로 이쪽을 보았다.

─날 그런 눈으로 보지 마.

스킬 포인트를 분배할 생각이 없었지만, 미아의 반응이 충격적이라서 「연주」 스킬에 포인트를 분배했다.

주문 영창도 리듬이 중요하다고 했으니 도움이 될지도 모르겠다. 결코 음치라고 불리는 게 분해서 그런 게 아냐. 진짜 아냐!

후후훗, 「연주」 스킬 레벨 10의 위력을 맛보도록 해라!

"으악. 이게 뭐야? 잘 부는 사람이 일부러 못 부는 척 하는 음색!"

"마스터의 음향 이펙터에 이상을 감지했습니다. 조정을 건의합니다."

아리사랑 나나가 너무해.

"금지."

내가 쓰던 풀피리를 미아에게 압수당했다.

음정이 좀 어긋난 것뿐인데……. 「연주」 스킬은 내 음치를 개선하지 못하나 보다.

"주, 주인님. 여, 연습하면 분명히 좋아질 거예요! 주인님이라면 분명 할 수 있어요!"

"고맙다. 루루는 상냥하구나."

넋이 나간 나를 루루가 위로해주었다. 기특하고 착한 아이야.

루루가 더 걱정하지 않도록, 그녀의 상냥한 말에 한껏 미소를 지으며 대답했다.

"대신."

미아가 내 어깨를 콕콕 찌르며 말했다. 무슨 말을 하고 싶은 건지 잘 모르겠다.

아리사가 그것을 통역해주었다.

"잘 됐네. 주인님. 음악을 듣고 싶을 때는 미아가 대신 연주해준대."

"응."

아리사가 제대로 통역했는지 미아가 만족스런 표정으로 수긍했다.

미아는 좀 더 말하는 단어를 늘려줬으면 좋겠다.

"고마워. 미아."

덤으로 적절하게 통역해준 아리사에게도 감사 인사를 했다.

"사냥감~, 인 거예요!"

그러면서 느긋하게 쉬고 있는데 언덕 너머에서 포치가 돌아왔다.

포치가 양손으로 토끼를 잡고 자랑스레 들어 올렸다. 토끼치고는 귀가 짧았다. AR표시를 보니 겉모양 그대로 「짧은 귀 토끼」란 이름이었다. 전에 문전 여관에서 먹은 통구이의 원형이구나.

포치는 머리부터 발끝까지 풀과 흙먼지로 지저분해졌지만 표정은 밝았다.

받아 든 토끼를 리자에게 릴레이로 넘겼다.

"크기가 작으니 출발하기 전까지 피를 뺄 수 있을 겁니다."

리자가 단검을 뽑아서 짧은 귀 토끼의 목을 삭 긋더니, 그대로 토끼의 뒷다리를 잡고 피를 빼기 시작했다.

"주인님, 모처럼 고기가 생겼으니 출발하기 전까지 해체해두고 싶습니다. 괜찮을까요?"

"그럼. 괜찮고말고."

포치가 기껏 잡아 온 사냥감인 데다가, 급한 여행도 아니니까.

"리자 씨, 저도 해체하는 법을 가르쳐주세요."

"루루는 배우고 싶은 게 많네요. 그러면 하는 법을 가르쳐줄 테니 루루가 해체해보세요."

"네. 리자 씨."

보아하니 토끼 해체는 루루가 할 모양이군.

아리사가 이쪽으로 터벅터벅 걸어왔다. 피비린내가 싫은가 보다. 그 마음 이해한다.

해체를 구경하러 가려는 포치를 붙잡아서 머리에 붙은 풀이나 흙을 털어주었다. 이대로 마차에 타면 마차에 흙먼지가 떨어질 것 같아 물로 손과 얼굴을 씻기고 옷을 갈아입혔다.

"머리에도 모래가 잔뜩 끼었네."

"씻는 거예요?"

"그래. 따뜻한 물이 있으니까 씻자."

미아에게 물 마법에는 생활 마법의 「가벼운 세정」 같은 주문이 없는지 물었더니 「없다」고 대답했다. 유감이군.

없다는데 억지를 부려봤자 소용없으니 평범한 수단으로 씻기게 되었다. 대야에 뜨거운 물을 담고 찬물을 섞었다. 찬물을 너무 넣어서 약간 미지근해졌다.

타마도 때 타서 올 것 같으니까 주전자에 물을 넣고 불에 올렸다.

포치를 다 씻겼을 무렵. 토끼 피를 벌써 다 뺐는지, 리자의 스파르타 해체 지도가 시작되었다.

어느샌가 나나까지 해체를 견학하고 있었다. 고기를 안 먹는 미아는 흥미가 없어 보였다.

아리사는 그 광경을 보기 싫은지 등을 돌리고 마법서에 몰두하고 있었다.

나는 진짜 개처럼 몸을 떨면서 물방울을 털어내려는 포치를 말리고 수건으로 꼼꼼하게 닦아주었다.

"고기~? 잡아 왔어~."

"역시 타마인 거예요!"

돌아온 타마가 내 뒤에서 기쁜 목소리로 보고했다.

타마는 뭘 잡아 왔나? 새인가?

"고기?"

미아가 고개를 갸웃거렸다.

"우하. 그거 뭐야? 귀여워!"

아리사가 환호를 지르길래 돌아보았다.

분명히 귀엽다. 털도 예쁘고 애완동물 가게에서 팔 법한 귀여운 모습이었다.

타마가 잡아 온 것은 기절한 강아지 같은 생물이었다. 전체 털은 감색인데, 머리에 더듬이처럼 오렌지색 털 한 뭉치가 돋아 있었다.

"자, 잠깐만 안아볼래."

"네잉~."

아리사가 기절한 강아지를 받았다.

AR표시를 보니 「분사 늑대」란 이름의 **마물**이었다. 레벨은 1밖에 안 된다.

맵으로 동족을 검색해봤지만 없었다. 영지군이 어미를 퇴치한 건가?

아리사의 「능력 감정」^{스테이터스 체크} 스킬로도 알 수 있을 테지만, 만약을 위해 주의를 주었다.

"귀여워도 마물 새끼니까 주의해."

"오케이."

아리사가 타마에게 건네받는 참에 새끼 늑대가 눈을 떴다.

"아야."

새끼 늑대가 몸을 비틀어 날뛰더니 아리사의 손을 풀고서 도망쳐버렸다.

타마가 붙잡으려고 재빨리 막아섰지만, 분사 늑대는 엉덩이에서 가스를 분출하여 타마의 머리 위를 넘어 5미터 가까운 거리를 도약했다.

개그 만화에 등장할 법한 생물이네.

"사냥감~."

타마가 쫓아서 달려갔지만 새끼 늑대가 필사적으로 도주하자 따라잡지 못하고 풀이 죽어 돌아왔다.

"사냥감, 도망쳤어."

"타마, 미안. 내가 꼭 붙잡질 못해서 그랬어."

"괜찮아."

아리사가 사과했지만, 타마는 힘없이 고개를 저었다.

"주인님, 죄송해요. 사냥감…… 못 잡았어요."

타마가 맥이 빠져서 나한테 사과했다.

타마를 위로해주려고 머리에 손을 뻗었다.

그러나 타마는 혼날 거라고 생각했는지 귀를 축 늘어뜨리고 있었다.

"사냥감을 한 번 놓친 것 가지고 화 안 내."

나는 타마의 머리를 상냥하게 쓰다듬었다.

"타마만 무사하면 다음 기회가 있다. 무리해서 다치지 말 것. 알겠지?"

"네잉."

타마는 조심조심 눈을 뜨더니 나를 올려다보았다.

"타마, 다음에는 더 커다란 사냥감 잡아 올래."

타마가 소매로 눈가의 눈물을 닦으며 선언했다.

"기대하고 있으마."

나는 상냥하게 속삭이며 타마의 머리를 쓰다듬었다.

◆

오후부터는 루루가 마부 당번이었지만, 리자도 마차 운전을 배우고 싶다고 하기에 루루를 교사로 임명하여 가르쳐 주고 있었다.

나머지는 다들 미아의 풀피리에 맞추어 노래를 합창하고 있었다. 미아가 연주하는 곡은 아리사가 콧노래로 가르친 애니송이었다. 마이너한 애니였는지 가사가 낯설었다.

천진난만하게 같이 합창할 정도로 정신이 젊지 않다 보니,

나는 짐칸의 가장 뒤에서 등을 벽에 기대고 하늘을 보았다.

낮잠이라도 잘까 했지만, 기왕 시간이 났으니 젠이 남긴 그림자 마법의 마법서를 읽어보기로 했다.

입문서와 달리 주문의 나열부터 시작되고, 거기에 젠이 추가한 메모들만 적혀 있을 뿐이라서 읽는 사람을 상당히 가리는 마법서였다. 그러나 한가할 때 입문서나 초급 마법의 해설서를 몇 번 읽었기 때문에 어렴풋이 주문의 구문을 이해할 수 있었다.

난해한 흐름을 파악하는 건 프로그래머의 기본 스킬이라서 문제없다.

내가 다니던 회사에 들어왔던 자칭 베테랑 씨가 만든 「엉망진창인 프로그램」에 비하면 귀여운 수준이었다. 그가 망쳐놓은 프로젝트를 수습하는 게 얼마나 힘들었는지 모른다.

그리고 난독화의 테크닉을 쓰고 있는 것 같은데 이런 건 훨씬 성질 더럽게 해야지.

어셈블러 시대처럼 읽는 부분에 따라 변수나 코드의 의미가 달라지는 징그러운 방식이지만, 그런 방식이라는 걸 알기만 하면 해독은 간단하다.

예전의 나라면 조금 고생했을텐데 높은 지력이 보조해주는 덕분인지, 페이지를 넘기는 것처럼 정보가 뇌리에 떠올라서 아주 편했다.

처음으로 입문서를 읽었을 때와는 달리, 이해가 깊어질수록 이 세계의 마법은 놀랄 만큼 프로그램 언어와 친화성이 높다는 걸 깨달았다.

마치 이 세계의 마법을 만든 시조가 프로그래머였던 것 같다.

—손바닥이 어쩐지 따뜻하다. 포치나 타마가 내 손을 쥐면서 놀고 있나?

나는 희미하게 뇌리에 떠오른 잡념을 떨쳐내고 계속 주문을 해석했다.

얼마 안 있어 초급 그림자 마법의 해석이 끝났고, 이번에는 생활 마법을 해석했다.

포치를 씻길 때 있었으면 좋겠다 싶었던 생활 마법 「가벼운 세정」 주문을 물 마법으로 재현하는 게 목표였다.

^{소프트 워시}

생활 마법을 해석하면서 금세 깨달았는데, 이 마법은 이질적이었다.

다른 마법과 근본적으로 다르다. 전자는 마법의 법칙을 따르기만 하면 술자가 마음대로 개조하거나 신규로 작성할 수 있지만, 후자는 블랙박스라서 기존의 기능을 불러내는 것밖에 못한다. 고작해야 효과 범위를 확대하는 수준이었다.

생활 마법을 물 마법으로 이식하는 건 무리가 있네.

미아가 아리사의 콧노래를 귀로 듣고서 카피한 것처럼, 나도 생활 마법의 효과를 내는 데 필요한 술식이 뭘까를 궁리해봤다. 기존의 물 마법에서 쓸 만한 부분을 갖다 붙여서 새로운 주문을 만들어봐야지.

이런 식으로 해석하거나 연구하는 건 못 견디게 좋아한단 말이지. 나는 서서히 사고의 깊숙한 곳으로 파고들었다.

이대로 몇 시간이라도—.

—응? 손에 뭔가 말랑거리는 탄력이 느껴졌다.

꽉 찬 화면 표시로 활성화시켜두었던 메뉴를 닫고 앞을 보니, 아리사가 내 손을 나나의 풍만한 가슴에 들이밀고 있었다.

—오옷.

손가락이 파묻혔다. 본능에 따라 나나의 가슴을 몇 번 살살 주물러봤다.

미아와 아리사가 내 손을 파라다이스에서 떼어버렸다.

"파렴치."

"어, 언제까지 주무르고 있을 건데! 얼른 손 떼!"

미아는 그렇다고 해도 아리사는 자기가 들이밀어 놓고서 말이 심하네.

나나는 내가 주무른 오른쪽 가슴을 손으로 누르면서 아래를 보고 있었다. 겉보기에는 성인여성이지만 알맹이는 0세란 말이지.

나는 나나에게 사과하려고 입을 열었다.

나나가 고개를 들었다. 딱히 빨갛지도 않은 무표정으로 고개를 갸우뚱하더니 이렇게 물었다.

"마스터, 왼쪽 가슴도 주무르시겠어요?"

"괜찮니?"

나나의 성녀 같은 제안에 무심코 손을 뻗었지만, 그 전에 아리사가 나와 나나 사이에 재빨리 자기 몸을 집어넣었다.

허무하구나. 내 손은 아리사의 평평한 가슴에서 멈춰버렸다.
유감스럽군.

"괜찮니? —는 무스~은!"

아리사가 보라색 머리카락을 흔들면서 울부짖었다.

"사토, 야한 건 안 돼. 못쓰는 거야. 결혼 안 한 여자의 몸을
만지는 건 안 돼. 그러니까 사토는 만지면 안 돼."

미아가 정좌하더니 나를 장문으로 꾸짖었다.

커다란 가슴을 만지고 싶은 건 남자의 본능이야. 그렇게 말
하면 더 혼나겠지?

나나가 내 앞에서 화내는 두 사람을 보며 고개를 갸웃거렸
다. 두 사람이 왜 화를 내는지 이해 못 한 표정이었다. 다음에
루루나 리자에게 교육을 부탁해야지.

"좋은 아침인 거예요?"

"우뉴~."

포치와 타마가 그 소동 때문에 깨어나 앉았다.

조용하다 싶더라니 노래하다 지쳐 잠들었구나.

눈을 비비는 포치와 타마를 보고 분노가 가라앉았는지, 아
리사와 미아가 입을 다물었다. 그러나 기분은 계속 틀어져 있
는지 볼이 빵빵하다.

이럴 때는 어른스런 대응을 해야지.

"함부로 만지지 않도록 선처하마."

"그 정치가 같은 말투가 마음에 안 들지만 용서해줄게. 어른

의 여유란 거지! 만지고 싶어지면 나한테 말을 해. 몰래 마음 껏 만지게 해줄 테니까."

"우웅, 아리사."

아리사가 망언을 하자, 미아의 설교가 아리사를 향했다.

이때다 싶어서 아리사와 미아를 남겨두고 루루와 리자가 있는 마부석으로 이동했다.

"주인님, 아리사가 소란을 피우던데 무슨 일 있었나요?"

마차의 소음 덕분에 뒷자리의 소동이 잘 안 들렸나 보다.

"아아, 아리사가 장난을 좀 쳐서 사소한 오해가 있었어."

"그래요?"

루루의 물음에 무난하게 대답하며 리자가 어떤지 물었다.

"어때? 마차 운전은 잘 배웠니?"

"네. 루루 덕분에 길을 따라가는 것은 문제없습니다만, 길 가는 사람을 추월할 때 조금씩 비틀거리면 부딪히지 않을까 초조해집니다."

"금세 익숙해질 거야."

지금도 리자가 마차의 고삐를 쥐고 있는데 별문제 없어 보였다. 앞으로는 나랑 루루, 리자 셋이서 마부를 교대해야지.

"마스터. 저도 마차 운전을 하고 싶다고 청원합니다."

"그래. 휴식 시간 다음에 리자랑 교대해서 배워봐라."

"예스. 마스터."

나나도 의욕이 생긴 모양이니 내일부터는 4교대도 가능하겠다.

뒤에서 마차 소리에 섞여 들리던 미아의 설교가 그친 것 같아 그쪽으로 가봤다.

냉큼 버려진 아리사가 불평을 해댔다.

평소였다면 흘려 넘기고 끝이었겠지만, 이번에는 아리사의 폭주 덕분에 좋은 일이 있었으니 마지막까지 상대해줬다.

뜻밖에도 아리사는 금세 불평을 끝내고 본론으로 들어갔다.

"그래서? 무슨 용건이었는데."

"용건은 별것 아니었어. 그보다도 눈을 뜬 채 아무 반응이 없었잖아. 바위 위에서도 좀 이상했었으니까, 무지무지 걱정했다구."

그래서 아리사가 그런 폭거를 저질렀군. 분명히 변명의 여지가 없네.

앞으로는 메뉴를 전체 화면 모드로 하고 생각할 때 눈 감는 걸 잊지 말아야지.

"미안, 미안. 새로운 주문 설계에 너무 몰두해서 몰랐네―."

"새로운 주문?!"

내가 사과하는 말을 끊으면서 아리사가 놀라 외쳤다.

"왜 그러니?"

"주인님은 주문 연구가였어?"

"아니, 아까 생각난 주문을 만들고 있었어."

아리사가 재미있다는 표정으로 물었다.

"무슨 주문을 어레인지했는데?"

"아니, 그러니까 새로운 거라니까."

"……그렇게 간단히 만들 수 있는 게 아니잖아. 대국의 연구 기관이 우수한 인재나 자금을 투입해서 수십 년 걸려 만드는 건데."

─거창하기는.

"그건 대규모 전술 마법 같은 거 아냐? 나는 생활 마법의 『가벼운 세정』 같은 물 마법이 필요해서 만든 것뿐이야."

"……만든 것뿐이라니."

나는 어깨를 으쓱거리며 아리사의 착각을 정정해주었다. 그 러나 아리사는 납득 못 한 것 같았다.

화제가 나온 김에 실험해줄 예정인 미아에게 미리 부탁해야지.

나는 바로 옆에서 마법서를 읽던 미아에게 말했다.

"대강 만들어지면 다음 쉬는 시간에 미아가 실험해줬으면 하는데, 괜찮아?"

"응. 할래."

미아가 승낙해줬으니 다음 쉬는 시간까지 완성을 시켜야지.

로그를 확인하니까 「연구자」라는 호칭이 생겼지만, 「마법학」 이나 「주문 작성」 같은 스킬은 얻지 못했다.

아차, 아리사의 용건을 까먹고 있었네.

나는 이야기가 옆길로 샌 것을 사과하고 나를 부른 이유를 물었다.

"마차 안에서 놀 수 있는 학습 카드나 트럼프 같은 도구가 있으면 좋겠어. 뭐 없어?"

"응. 악기."

목재 같은 건 있지만 지금부터 만들려면 일이 커진다.

스킬이 있으니 미아가 희망하는 악기도 만들 수는 있겠지만, 만드는 법을 모르니까 무리다. 적어도 지금 가진 자료들 중에는 도움 될 만한 게 없었다.

"지금 가진 것 중에는 없어. 내일 악기나 카드 재료를 사러 도시에 들르자."

가장 가까운 카이노나는 인구 3천 명쯤 되는 작은 도시지만 악기나 카드 재료 같은 건 있겠지. 덤으로 목제 테이블 세트도 사고 싶네. 조리대 같은 것도 필요하고…….

◆

오후의 여로를 가는 동안 물 마법판 세정 마법의 모양새가 잡혔다.

이번에는 고찰할 때 눈을 감고 했으니까 걱정을 끼치지도 않았다.

적당한 곳에서 눈을 떴더니 애들 사이에 파묻혀 있었지만, 어린애들 체온은 따뜻하니까 쌀쌀한 계절에는 대환영이다.

그리고 두 시간마다 잠깐 쉬는 시간에 미아에게 부탁해서 새로운 주문의 동작 검증을 해봤다.

첫 번째 쉬는 시간에는 사소한 실수로 마법이 발동하지 않는 문제가 있었지만, 두 번째 쉬는 시간에는 세탁물을 대상으로 실험에 성공했다.

소비 마력이 크기 때문에 다음 쉬는 시간까지 더욱 개량하기로 했다.

두 번째 쉬는 시간에서 한 시간쯤 지나자 새로운 주문의 조정이 대강 끝났다. 소비 마력의 경감도 참고할 만한 주문이 있어서 비교적 편하게 구현했다.

새로운 주문 개발에만 매달려 있을 수도 없었다. 맵을 열어서 오늘 야영 예정지와 현재 위치를 확인했다.

처음 생각한 예정지는 세류 시에서 직선거리로 40킬로미터쯤 떨어진 장소에 있는 호숫가였지만, 진행 속도가 생각보다 느렸다.

―응? 순간 메뉴에 표시된 시계를 보고 뜻밖의 발견을 했기 때문에 내 무릎을 베개 삼아 자고 있는 아리사를 깨웠다.

"아리사."

"후암, 왜애? **아직** 아무것도 안 했어."

잠이 덜 깬 아리사가 눈을 비비며 일어났다.

"아리사, 질문이 있다. **이쪽**의 하루는 몇 시간이지?"

"어? 24시간 아냐? 왕성의 시계탑은 출입 금지라서 **이쪽**에서는 시간을 알리는 종소리가 다였는데."

그러고 보니 세류 시에서도 시계는 보이지 않았다. 성에 체재
하는 동안에도 본 적이 없었다.

"그렇군. 그러면 한 시간이 몇 분인지도 모르는 거지?"

"응. 체감으로는 같은 것 같았는데…… 혹시 달라?"

아리사의 물음에 내가 수긍했다.

"그래. 내 고유 스킬에 현재 시각을 알 수 있는 게 있는데,
아까 나랑 같이 넘어온 휴대 전화의 시계와 비교해보니까 1분
의 길이는 같은데 말이지—."

나는 거기서 말을 한 번 끊고서 아까 발견한 걸 아리사에게
전했다.

"1시간이 70분인가 봐."

방금 전까지 몰랐는데, 메뉴의 시계 표시 「분」 단위가 60이
되는 순간을 목격했다. 그대로 보고 있으니 69분까지 간 다음
에 0분으로 돌아갔으니 틀림없다.

참고로 60분 환산이라면 하루가 28시간이다.

"헤에. 이쪽은 1년이 300일이니까 **저쪽** 환산을 하면 나이에
비해 꽤 젊은 거 아닐까 했는데 비슷한 거야?"

1년이 300일이란 것도 새로운 정보다. 1개월이 30일이니까
한 해가 10개월이군.

하루를 24시간으로 환산하면 350일이다. 4퍼센트 정도 오
차가 있군. 100년에 4년 정도 어긋나나? 나는 아리사에게 암

산 결과를 가르쳐주었다.

그건 그렇고 하루의 길이가 4시간이나 다르면 몸 상태가 안 좋을 것 같기도 한데, 이쪽으로 넘어온 이후로 몸이 안 좋은 적이 없었다.

물론 15세로 젊어진 것에 비하면 몸이 괜찮은 것 정도는 사소한 일이긴 하다.

새로운 정보에 정신이 팔려버렸지만 다시 맵으로 눈을 돌려 야영 예정지까지 남은 길을 확인했다.

역시 휴식 시간을 너무 길게 잡았는지 아니면 애당초 속도 계산을 잘못했는지, 이대로 가면 도착할 때쯤 해가 떨어질 거다.

야영 준비를 처음 하는데 어두우면 난이도가 올라간다. 새로운 야영 후보지를 찾는 편이 좋겠네.

세류 시에서 산 「노숙의 권장 조건」에 따르면 탁 트인 장소에서 불을 피우면 벌레 계통 마물이 몰려온다고 한다. 중간에 있는 작은 숲 뒤에서 야영하기로 했다.

구릉 지대에서는 다 보이지만 그쪽 방향에 있는 마물은 한참 멀리 있으니 문제없겠지.

그리고 「마물 퇴치 가루」란 물건도 샀지만 선인의 지혜를 존중해야지.

리자에게 예정지 변경을 전했다. 주소나 지도 같은 게 없으니 「저 언덕 너머에 있는 숲 근처에서 야영한다」라고 말했다.

해결사 나디 씨가 그려준 지도는 대략적인 거라서 이럴 때는 못 쓴다.

내 고유 스킬을 가르쳐주면 이야기가 간단해지지만 메뉴, 특히 맵이나 스토리지는 비밀로 하고 있었다.

그 밖에도 스토리지에 잠들어 있는 막대한 재물, 내가 레벨 310이란 것, 여러 가지 스킬 등, 비밀로 하고 있는 것들이 많았다. 따지고 보면 알려준 정보가 훨씬 적다.

이건 우리 애들을 신용하지 못해서가 아니라 안전을 위해서다. 아예 모르면 대화를 하면서 정보가 새거나, 누가 추측하는 것도 피할 수 있다.

편안하고 안전한 관광 여행을 위해서 성가신 일의 씨앗은 최소한으로 만드는 게 내 방침이었다.

그래서 위험한 싹을 틔우지 않기 위해 내 레벨이나 스킬을 비밀로 하고 있었다. 그냥 막연하게 「사실은 레벨이 높다」, 「적탐지 능력이 높다」, 「여러모로 솜씨가 좋다」라고만 알렸다.

나중에 다들 자기방어가 가능할 정도로 강해지거나, 강력한 배경이 생기면 이것저것 얘기해줄 생각이었다.

야영 예정지를 변경한 덕분에 우리는 해가 떨어지기 한참 전에 도착했다.

"정말로 마을에 안 들르는구나."

"처음에 말했잖아?"

아리사가 탄식하듯 어깨를 으쓱거렸다.

노예 상인 니들렌과 함께 있을 때는 마을 사람들이 꺼려도 반드시 마을 광장 구석에서 야영했다고 한다. 결계주(結界柱)의 수호 기능이 없는 장소에서 야영하는 것은 떠돌이나 도적처럼 목숨 아까운 줄 모르는 자들밖에 없다고 한다.

　"괜찮아. 야영용 마물 퇴치 가루도 샀으니까."

　"아니. 그렇게 비싼 약을 평소에 쓰면 파산한다니까."

　아리사가 믿을 수 없다는 표정으로 고개를 저었다.

　「마물 퇴치 가루」는 근처에 사람들 거주지가 없어서 어쩔 수 없이 야영할 때만 쓰는 비상수단이라고 했다.

　하지만 비싸다고 해봐야 하룻밤 분량에 은화 한 닢밖에 안 하고, 은화 한 닢 투자해서 우리 애들이 불쾌한 경험을 안 해도 된다면 싼 거지.

　스토리지에 잠들어 있는 내 막대한 자금을 알리지 않은 탓에 걱정을 끼쳐버렸군. 아리사와 연장자 팀에게는 「금화 수백 닢 정도의 지출은 문제없다」는 수준으로 이야기를 해둬야겠다.

　"좋아, 시간이 조금 이르니까 사냥하러 가자."

　야영 준비를 끝낸 다음에 제안했다.

　물론 내가 이렇게 제안한 이유는 타마의 자신감 회복을 위해서였다.

　분통한 경험을 얼른 기쁜 추억으로 덧씌워 주고 싶었다.

　"포치는 힘내는 거예요!"

"타마도 힘낼 거야. 이번에는 커다란 사냥감 잡을 거야."

"주인님, 저도 함께 가겠습니다."

"우웅, 활."

미아도 참가하고 싶어 했지만 활이 없어서 할 수 없었다. 평범한 마법은 발동하는 데 시간이 걸리기 때문에 기습이 아닌 한 도망치는 사냥감을 사냥하는 데는 적합하지 않다고 한다.

"미아는 나랑 마법 연습이라도 하자."

"응."

아리사가 삐치는 미아를 달래주었다.

미아에게 새로운 주문의 완성판을 쓴 종이를 건네두었다. 설명문은 엘프 문자로 썼다.

"그러면 저는 나나 씨랑 같이 저녁 식사용 채소 껍질을 벗겨둘게요."

"미력하게나마 최선을 다하겠다고 선언합니다."

"그래요. 부탁합니다."

리자가 루루와 나나에게 저녁 식사 준비에 대해 지시하는 것을 기다렸다가, 아인 소녀들을 데리고 야영지를 출발했다.

물론 로브를 입고 산길을 다닐 수는 없으니 긴 소매 셔츠와 바지로 갈아입었다. 포치와 타마도 긴 소매 셔츠와 바지였다. 그 위에 방어구 대신 외투를 입혔다.

우리는 넷이서 산자락 방면으로 갔다. 이 앞에 붉은 사슴 무리가 있는 걸 맵으로 확인했다.

"아! 토끼인 거예요!"

"기다려요. 포치."

포치가 짧은 귀 토끼를 발견하고 달렸다.

리자에게 포치를 돌보라고 미리 일러뒀다. 시선을 살짝 이쪽으로 보낸 다음 포치를 쫓아서 달려갔다.

"토끼는 안 쫓아가니?"

"타마, 더 커다란 사냥감 잡을래."

타마의 어조가 딱딱하다. 얼른 붉은 사슴을 잡아서 평소처럼 늘어지는 어조로 되돌려 주고 싶었다.

나는 사냥감을 찾는 척하면서 타마를 붉은 사슴 무리의 진행 방향으로 유도했다.

"사냥감 찾았어."

"사슴이구나."

붉은 사슴이라는 게 얼마나 붉은 건지 기대했었는데, 가슴 부분의 털만 빨갛고 나머지는 보통 사슴이랑 똑같았다.

타마와 함께 바람이 부는 반대방향에서 붉은 사슴 무리에게 접근했다.

그래도 사슴들은 접근하는 기척을 감지해서 도망치고 말았다.

그것을 본 타마가 쫓아갔지만, 사슴의 속도를 따라잡을 리 없었다. 중간에 타마를 붙잡아서 쫓는 걸 말렸다.

"도망쳤어."

"괜찮아. 사냥감은 아직 많다."

아까 그 무리는 경계하고 있겠지? 조금 시간을 두고서 재도전하자.

붉은 사슴 무리가 멀리 보이는 장소에서 타마와 작전을 짰다. 타마한테 몰래 다가가는 스킬이 있으면 좋겠지만 없으니 어쩔 수 없었다.

내가 몰이꾼 역할을 해서 타마 쪽으로 몰고, 타마가 투석으로 원거리에서 사냥하게 되었다.

섣불리 소리를 내면 붉은 사슴이 눈치채기 때문에 타마와 수신호를 정했다. 타마가 기억하기 쉽도록 「공격」, 「기다려」, 「도망쳐」 세 종류밖에 없었다.

나는 타마를 그 자리에 남겨두고 아까 사슴들이 눈치챘을 때보다 더 멀리 돌아서 위치를 잡았다. 중간에 투석용 돌을 몇 개 주웠다.

타마에게 「기다려」 신호를 보내고 내가 붉은 사슴 무리 앞에 모습을 드러내 타마 쪽으로 몰았다.

움직이고 싶어 안달하는 타마의 사정거리에 들어왔을 때 「공격」 신호를 보냈다. 타마를 포착한 붉은 사슴 무리가 좌우로 갈라지려고 해서 아까 주운 돌을 던져서 위협했다.

내가 던진 돌이 포탄 같은 기세로 날아가서 붉은 사슴들 진로 앞 땅에 커다란 구멍을 뚫었다. 놀란 붉은 사슴이 패닉에 빠졌을 때 타마가 던진 돌이 날아왔다.

첫 번째는 붉은 사슴의 등을 스쳤지만, 두 번째는 다른 붉은 사슴의 머리에 맞았다. 타마가 돌을 던진 장소가 멀어서 그런지 일격 필살은 아니었다.

땅에 넘어진 한 마리를 남기고 다른 붉은 사슴들이 필사적으로 도망쳤다.

일어서서 도망치려는 붉은 사슴에게 재빨리 달려온 타마가 소검을 찔러 결정타를 먹였다.

"커다란 사냥감~."

"축하한다. 타마."

타마가 함박웃음을 지으며 해치운 붉은 사슴을 들어 올리고 기뻐했다.

붉은 사슴의 원망스런 표정에서 시선을 돌리고 타마의 머리를 쓰다듬으며 칭찬해주었다.

가까운 나무에 붉은 사슴을 매달아 피를 뺐다. 매달기 위한 로프는 타마가 한눈파는 사이에 스토리지에서 꺼냈다.

격납 가방은 야영지에 두고 왔기 때문에, 타마랑 둘이서 붉은 사슴을 운반하기 위한 튼튼한 봉을 찾았다. 쓰러진 나무 중에 적당한 사이즈가 없어서 가는 나무를 발로 차서 쓰러뜨리고 단검으로 가지를 쳐내 봉을 만들었다.

이 봉에 붉은 사슴의 다리를 묶고 타마와 둘이서 봉의 앞뒤를 들어 올려 운반했다. 내가 어깨에 둘러메고 운반할 수도 있지만, 그러면 벼룩이 옮을 것 같아서 관두었다.

어느 정도 피를 뺀 다음에 사슴을 메고 야영지로 돌아왔다.

"사냥감~."

"우와, 굉장한 거예요! 리자! 고기인 거예요! 타마랑 주인님이 커다란 고기를 잡아 온 거예요."

붉은 사슴을 가지고 돌아온 우리를 보고 가장 기뻐한 것은 포치였다. 눈이 돌아갈 기세로 빙글빙글 달렸다.

야영지에는 아리사와 미아를 제외하고는 모두가 모여 있었다. 리자와 포치는 일찍 돌아왔나 보다.

"어서 오세요. 주인님. 근사한 사냥감입니다. 타마도 잘했어요."

"네잉!"

리자의 말에 타마가 꼬리와 귀를 바짝 세우고 자랑스럽게 대답했다.

"주인님, 어서 오세요. 타마도 열심히 도왔구나."

"마스터와 타마의 전과를 극찬합니다."

"타마, 열심히 했어~?"

루루와 나나가 칭찬하자 타마가 보기 드물게 쑥스러워했다.

맞이해준 리자에게 붉은 사슴을 묶은 봉을 건넸다. 리자는 가볍게 받아서 루루와 함께 해체를 시작했다.

기분 탓인지 늠름한 뒷모습이 춤이라도 출 것 같은 인상이었다. 꼬리의 움직임이 리드미컬해 보이는 건 기분 탓일까?

"고기, 고기, 고기, 고기인 거예요~."

"고기에요~."

포치와 타마도 「고기의 노래」를 부르면서 해체하는 걸 응원하려고 통통 뛰어갔다.

응원하는 동안에 노래만으로는 부족했는지 신기한 안무까지 더해졌다.

"어머. 꽤 커다란 사냥감을 잡아왔네."

"다녀왔다."

그때 아리사와 미아가 돌아왔다. 마법의 실험은 순조로웠나 보다.

미아가 어리광 부리듯 살포시 안겨 왔다.

"자, 잠깐 미아 치사해."

"치사 안 해."

미아가 내 가슴에 얼굴을 비비는 걸 본 아리사가 「으그그」하고 신음했다.

그렇게 분하면 아리사도 안기면 될 것을……. 성희롱만 안 한다면 허그 정도는 얼마든지 해줄 수 있거든?

어느 정도 스킨십을 한 다음, 미아에게 새로운 마법을 써달라고 부탁했다.

"……■■ 거품 세정."

옆에 둔 물동이에서 거품이 일어나며 나한테 붙어 있던 때를 빨아들였다. 거품이 몸에 붙어도 젖지 않는다. 설계한 성능이 제대로 나왔다.

"성공이다. 고마워. 미아."

"응."

미아가 기뻐하며 안겨 왔기에 머리를 쓰다듬어주었다.

산을 뛰어다닌 아인 소녀들도 불러서 미아의 마법으로 청결하게 씻겼다. 리자는 옷을 갈아입고 손도 씻은 다음이었지만 기왕 하는 김에 함께 새로운 마법을 체험해보라고 했다.

"굉장하네. 다음은 나 해줘."

"무리."

"어째서! ……아, 마력이 떨어졌구나."

"그래."

편리한 마법이지만 마력^{MP} 소비가 너무 많다는 것이 결점이었다.

이래 봬도 물을 따로 준비해서 필요한 마력을 상당히 줄였는데 말이지.

마법으로 물을 만들어내는 것은 주변의 수분을 모으는 게 아니라 정령에게 마력을 부여해서 물 속성으로 변화시키는 것이었다.

최종 단계의 세부 사항은 불명이지만, 몇 가지 주문을 비교한 결과 이 공정에서 소비되는 마력이 많길래 가장 먼저 쳐냈다.

그래도 모두에게 쓰려면 미아의 마력이 부족했다. 조금 더 개량을 하고 싶지만 당분간은 아침저녁으로 분할해서 마법을 써달라고 해야지.

오늘 저녁은 사슴의 내장과 산나물 볶음, 포치가 낮에 잡아 온 토끼 스테이크와 채소 스튜다. 나나에게는 보리죽 말고도 토란으로 만든 포타쥬 같은 것이 준비되어 있었다.

호화로운 저녁 식사에 다들 기분이 들떠 있었지만, 요리가 예상 이상으로 고기 잔치라서 손을 못 대는 미아가 쓸쓸해 보였다. 나나는 묵묵히 먹고 있어서 속마음을 알 수 없었다.

채소 계통 요리나 유동식의 베리에이션도 뭔가 생각해야겠다. 아리사한테도 아이디어를 내보라고 해야지.

"주인님, 차 가져왔어요."

"고마워. 향이 좋네."

루루가 타준 식후의 차를 마시면서 느긋한 시간을 즐겼다. 포치가 주워 온 나무 열매를 리자가 소금을 뿌리고 볶아서 차와 함께 먹었다. 식감이 조금 단단한 땅콩 같아서 중독성이 있군.

식후 뒷정리를 하던 리자가 돌아왔다.

설거지는 나나랑 어린이 팀이 했고, 리자는 구멍을 파서 식품폐기물을 버리는 작업을 했다. 사슴이나 토끼의 안 먹는 부위는 다른 구멍을 파서 매장해주었다.

"리자, 가시가시 보고 안 하는 거예요?"

포치가 리자 다리에 찰싹 달라붙어서 올려다보며 물었다.

"보고 말인가요? ……아아, 사슴 해체하는 데 정신이 팔려서 잊고 있었습니다."

포치의 말에 고개를 갸웃거리던 리자가 뭔가 떠올리고서 손바닥을 주먹 옆으로 톡 쳤다.

리자치고는 보기 드문 제스처였다. 아리사가 하는 걸 보고 배웠나?

"이것은 산나물과 함께 회수한 겁니다."

리자가 마차 뒤로 가더니 두꺼운 외투로 감싼 가시 달린 식물을 안고 돌아왔다. AR표시로 보니 「가시가 많은 들풀」이라고 보이는 그대로 나왔다.

"무슨 식물이지?"

"그것이……."

내가 질문하자 리자의 말문이 막혔다. 그녀도 모르나 보다.

포치가 달콤한 냄새가 나니까 주인님한테 가지고 가야 된다고 떼를 써서 한 그루만 가지고 왔다고 한다.

"먹을 수 있어?"

"달콤한 냄새가 나는 거예요! 분명히 먹을 수 있는 거예요!"

포치가 내 질문에 자신만만하게 대답했지만 근거는 냄새밖에 없었다.

참고로 나는 달콤한 냄새 같은 거 못 맡았다. 킁킁거리며 냄새를 맡아봤지만 「냄새 구분」 같은 스킬은 못 얻었다.

"달콤해~?"

타마도 냄새는 못 맡았는지 고개를 갸웃거렸다.

"저, 저기, 주인님. 이 가시 돋친 것 말입니다만—."

"루루는 아니?"

"제가 아는 것과 조금 다르지만 겨울 감초와 닮은 것 같아요. 이렇게 커다랗지는 않고 가시도 거의 없었지만요……."

감정도 해봤지만 겨울 감초와는 다른 식물 같았다.

일단 루루에게 겨울 감초의 특징을 들었다. 겨울 산에 자생하는 가시 돋친 다육 식물로 두꺼운 잎을 꺾으면 달콤한 즙이 나와서, 산에서 산나물이나 나무 열매를 모으는 아이들이 좋아한다고 했다.

물론 과육은 씹어서 단맛을 즐기는 것이지, 결코 먹으면 안 된다고 한다. 소량이라면 문제없지만 너무 많이 먹으면 배탈이 나서 며칠이고 화장실의 주민이 된다.

내가 시험 삼아서 알로에처럼 돋은 잎 하나를 꺾어보기로 했다.

두꺼운 잎으로 뻗는 내 손을 리자가 막았다.

"주인님. 이 가시는 상당히 예리해서 맨손으로 만지는 건 위험합니다."

"그러네. 고맙다."

상급 마족의 독 손톱으로도 상처다운 상처가 안 났던 내 피부가 평범한 식물의 가시에 상처가 날 것 같진 않지만, 리자의 배려가 기뻐서 맨손으로 잡는 건 관두었다.

낮에 쿠션을 개조하고 남은 가죽을 주머니 경유로 스토리지에서 꺼냈다. 그것을 가시 위에 감아서 직접 손에 닿지 않도록 잎을 붙잡았다.

이 가시는 예상 이상으로 날카롭고 딱딱해서 가죽을 뚫고 손바닥에 닿았다. 그러나 내 손바닥에 상처는 못 내는지, 따끔거리는 감촉을 신경 쓰지 않으면 문제없었다.

그대로 두꺼운 잎을 꺾었다.

그 순간 달콤한 냄새가 후각을 파고들었다.

한계치까지 설탕을 넣은 물 같은 냄새였다.

꺾은 부분에서 투명한 수액이 줄줄 흘렀다.

"흘러~?"

"아까운 거예요!"

타마와 포치가 그 수액을 양손으로 받아냈다.

수액이 흘러내리지 않도록 잎을 드는 각도를 조정했다. 맛을 좀 볼까 하고 손바닥에 수액을 덜었다. 기울일 때 힘이 들어갔는지 투명한 수액이 기세 좋게 넘쳤다.

수분이 좀 너무 많은 것이 내가 아는 식물이랑 다르다. 역시 이세계 식물이네.

루루가 격납 가방에서 그릇을 꺼내주길래 잎을 그쪽에 옮기고 손에 담은 액체도 흘려 넣었다. 젖은 손바닥을 혀끝으로 핥아 보았다.

—달다. 조금 풋풋하지만 설탕의 단맛이었다.

오키나와 여행을 갔을 때 먹었던 사탕수수 맛과 비슷하지만,

사탕수수는 이런 식으로 수액이 흘러나오지 않았다.

"한번 핥아볼래?"

포치와 타마가 흥미롭게 나를 보고 있길래 권해봤다.

"네, 인 거예요!"

"네잉!"

둘은 수액을 낼름낼름 핥았다.

간지럽다— 어째서인지 애들이 내 손을 핥았다. 그대로 잡아먹히는 게 아닌가 싶은 기세였다.

물론 나는 각자 자기 손을 핥아보라고 한 거였는데 말이지……

주위의 시선이 미묘하게 따갑길래 어느 정도에서 말렸다.

"자아, 주인님. 이걸로 손을 닦으시어요."

"고맙다. 아리사."

아리사가 묘하게 바지런한 태도로 수건을 건네주었다. 그릇을 아리사에게 건네고 대신 수건을 받았다. 조금 의문스레 생각하면서 물에 적신 수건으로 수액과 침투성이 손을 닦았다.

"그럼, 실례하겠—."

"기다려."

내 손에 다시 수액을 바르려는 아리사를 막았다.

"뭐 하냐?"

"네? 그야 수액을 안 묻히면 쇼, 아니, 주인님의 손을 핥아서 봉사할 수가 없잖아요?"

아리사는 「당연한 걸 왜 물어보세요?」라는 어조로 말했지만 그런 봉사는 바라지 않았다.

그리고 아리사. 언뜻 쇼타라고 말할 뻔했으니 네 성적 취향도 얼버무리지 못했어.

바보 같은 소리를 꺼내는 아리사의 머리를 혼내주는 의미를 담아서 꿍 쥐어박았다.

"맛을 보고 싶으면 수액을 그릇에 담아서 손가락으로 찍어 먹어."

"……네~에."

루루가 격납 가방에서 꺼낸 작은 그릇에 수액을 약간 덜어서 다 함께 맛을 보았다.

아리사는 내 손가락으로 찍어 먹으려 했지만, 물론 거부했다. 끈질긴 녀석.

단맛을 탐닉한 모두가 입을 모아서 감상을 논했다.

"으~응, 달콤해. 루루가 먹었던 게 겨울 감초라면 이건 검산[#3] 감초라고 해야 될까?"

"우후후, 그러네. 겨울 감초의 단맛은 훨씬 약하지만 냄비에서 끓이면 이런 단맛이 나니까 분명히 비슷한 종류일 거야."

"가시인데 검인가요?"

"아 리자 씨는 검산이라는 거 모르겠구나. 그러면 가시 감초라고 해야겠다."

#3 **검산** 꽃꽂이에 쓰는 침봉의 별칭. 바늘 같은 침이 빽빽하게 꽂혀 있다.

아리사와 리자가 대화를 하고 있는 탓인지, 이 다육 식물의 이름이 「가시 많은 들풀」에서 「검산 감초」로 바뀌더니, 마지막에는 「가시 감초」로 고정되었다.

그렇군. 감정에 나오는 이름은 많은 사람이 인식하는 걸로 표시되는구나.

생각은 이쯤 해두자. 아까 루루가 과육을 씹어서 단맛을 즐긴다고 했는데, 애들이 좋아하니까 어떻게 하는 건지 물어보았다.

"네. 껍질을 벗겨서 안의 과육을 한 입 사이즈로 자르기만 하면 돼요."

그렇군. 그 정도라면 나도 할 수 있겠네.

리자나 루루를 시키면 가시에 손을 찔려 다칠 것 같으니까.

허리에 꽂아둔 장식용 단검을 써서 껍질을 벗겼다. 「단검」 스킬 덕분인지 손도 안 베이고 안쪽의 에메랄드 그린색 과육을 드러낼 수 있었다.

〉「조리」 스킬을 얻었다.

쓸 만한 스킬이 생겼기에 스킬 포인트를 최대로 분배했다.

다들 기대에 찬 눈빛이길래, 과육을 새끼손가락 길이로 잘라내 하나씩 나눠주었다.

다들 입에 넣고 우물우물 씹었다.

미리 타이밍을 맞춘 것처럼 모두 일제히 행복하게 웃었다. 말

수 적은 미아와 무표정한 나나도 입가가 약간 느슨해졌다. 단맛은 위대하도다.

"삼키지 않도록 주의해야 된다."

나는 주의를 환기하고서 마지막 한 조각을 내 입에 넣었다.

다들 단맛에 굶주려 있는 것 같았기 때문에 리자를 시켜서 몇 종류의 과일에 벌꿀을 뿌린 디저트를 만들었다. 나나 것은 과일을 짜서 주스로 만들었다.

이 벌꿀은 「요람」 사건 때 붉은 침 벌의 둥지를 처리하고 획득한 것이었다. 보통 벌꿀보다도 점도와 당도가 높았다.

맨 처음에 시식하려고 만든 것을 맛보았는데 「가시 감초」와는 다른 농후한 맛이었다.

이건 식후 디저트로 좋고 「가시 감초」는 여행하는 동안 간식으로 좋겠다.

애들 간식용으로 가시를 쳐낸 가시 감초 잎을 두 개 정도 용기에 옮기고 남은 건 격납 가방에 넣으려고 했지만 너무 커서 무리였다.

애들 시선과 흥미가 리자가 만드는 디저트에 몰려 있길래 가시 감초를 감싼 외투를 풀어서 스토리지에 수납했다.

─우와, 외투 표면에 작은 개미나 진딧물이 같은 생물이 잔뜩 붙어 있었다.

그러고 보니 게임에서 불가능했으니까 시험해보지 않았는데,

생물은 스토리지에 못 넣나?

외투 위의 개미 한 마리를 찬찬히 집어서 수납해보려고 했지만 안 됐다. 로그에도 「생물은 스토리지에 수납할 수 없습니다」라고 표시되었다.

아이템 박스도 스토리지와 같은 사양인지 수납할 수 없었다.

그러고 보니 게임에서 수납이 가능했으니까 의문을 안 품었었다. 생물은 수납 못 하는데 채소나 과일을 수납할 수 있는 건 왜지? 시체로 취급하나?

의문을 해결하기 위해 근처의 잡초로 시험해보았다.

뜯어낸 잡초는 수납 가능. 주변 흙까지 채취한 잡초는 수납 불가. 흙을 털어내도 수납 불가. 뿌리를 줄여도 수납 불가. 뿌리를 떼어내니 수납 가능해졌다. 뜯어낸 뿌리도 수납 가능했다.

접목 같은 것도 있는데 이해가 안 되네.

뭐, 「시스템」이 그렇다고 생각하고 납득해야지.

일단 시험해봤는데 아이템 박스에도 생물을 수납할 수는 없었다.

또한 이 일련의 검증을 하는 동안 「실험」과 「검증」 스킬이 생겼다.

편리한 스킬도 생겼으니 나중에 스토리지나 아이템 박스에 대해서 검증을 해봐야지.

여행하는 동안 할 일이 잔뜩 있어서 무료함을 느낄 일은 없을 것 같았다.

밤이 깊어지자 모닥불에 날벌레들이 모이길래 벌레 쫓는 약을 투입했다.

마물 퇴치 가루는 내가 깨어 있는 동안에는 필요 없겠지. 다가오면 레이더로 발견해서 마법총으로 저격하면 끝이다.

"아아, 정말, 벌레!"

벌레 쫓는 약은 즉시 효과가 나타나는 게 아니라서, 열 받은 아리사가 약한 정신 마법으로 물리쳤다. 덕분에 벌레 날개 소리에 방해받지 않고 잠들 수 있겠다.

그렇지만 아직 잠들기엔 일렀다.

뭘 할까 망설이기도 전에 포치가 귀여운 부탁을 하러 왔다.

"주인님, 그림책 읽어주세요인 거예요."

"좋아. 이리 줘봐라."

포치가 격납 가방에서 꺼내 온 그림책을 읽어주기로 했다. 포치 옆에 타마랑 미아도 앉았다. 리자도 흥미가 있는지 자세를 바로 잡고 앉아서 기다렸다.

봉제 인형을 예뻐라 하던 나나, 수다를 떨고 있던 아리사와 루루도 흥미가 있는지 이쪽으로 주의를 돌렸다.

포치가 가져온 그림책은 이 세계의 신화였다.

"그러면 읽는다. 다들 조용히 하자."

"네잉~."

"네, 인 거예요."

옛~날, 옛날하고도 더 옛날. 일곱 기둥의 신들이 세계수와 함께 신들의 세계에서 찾아왔어요. 신들은 세계수를 대지에 심고 수많은 사람들에게 지혜와 언어를 가르쳤답니다.

사람들은 평화롭게 살고, 여덟 그루 세계수 아래서 풍요롭게 번영했어요. 그런데, 언제부터였을까요? 세상에는 아홉 기둥의 신이 있었습니다.

여덟 번째는 용의 신.

일곱 기둥의 신들이 세계수와 함께 찾아오기 전부터 있었답니다.

용의 신은 잠꾸러기라서, 세상이 완전히 변할 때까지 잠들어 있었어요.

눈을 뜬 용의 신은 깜짝 놀랐지만, 사소한 일에 신경 쓰지 않는 느긋한 신이라서 마음씨 좋게 일곱 기둥의 신들을 인정하고 사이좋게 살았어요.

하지만 아홉 번째 신은 달랐답니다.

"주인님, 어째서 『명』이 아니라 『기둥』인 거예요?"

"세는 단위가 그런 거야. 새나 쥐는 『마리』라고 하잖아? 그런 식으로 세는 대상에 따라서 다른 거지."

포치의 질문에 대답했다. 이쪽에서도 일본어처럼 대상에 따라서 「개」나 「마리」처럼 세는 단위가 달랐다.

"역시 주인님인 거예요. 잘 모르겠지만 알 것 같은 거예요."
포치가 납득하길래 이야기를 계속 읽었다.

아홉 번째 신은 다른 세계에서 여행하여 찾아온 마신이었어요.

마신은 대단히 제멋대로라서 자기가 제일이 아닌 것을 못 참아 다른 신들이랑 자주 싸움을 했어요.

마신은 다른 신들이 여러 종족들에게 둘러싸여 있는 것이 부러워서 어쩔 줄 몰랐어요.

어느 날, 외로웠던 마신은 자신을 숭배하는 마족을 만들었답니다. 마족은 그들을 만든 마신과 똑같아서, 다른 종족을 괴롭히고 다녔어요.

난처해진 신들은 마신에게 마족이 날뛰지 않게 해달라고 항의하러 갔지만 전혀 들어주지 않았답니다.

가장 약하고 괴롭힘당하던 인간족이 어린 여신님에게 마족과 싸울 힘이 필요하다고 빌었어요.

어린 여신님은 아주 난처했어요.

왜냐하면, 어린 여신님은 싸우기 위한 힘이 없었기 때문이에요. 난처해진 여신님은 다른 신이나 임금님들과 의논해봤지만 다들 고개를 저으면서 끙끙 앓기만 하고 아무것도 못 했어요.

어린 여신님은 가장 강한 용신님과 의논하러 갔어요. 물론 용족의 힘은 빌릴 수 없었답니다. 그런 일을 했다간 날뛰는 마족

보다 커다란 피해가 생길 거예요.

용신님은 처음에는 탐탁지 않아 했지만, 어린 여신님이 가져온 인간족의 놀이 도구나 술이 마음에 들어서 마법 하나를 가르쳐주었어요.

그것은 용사 소환의 마법.

희망의 마법이었답니다.

그림책의 전개는 소환된 용사가 마왕과 마물을 퇴치하여 「경사 났네, 경사 났어」로 끝난다.

어린 파리온 신이 다른 신들이나 임금님의 협력을 구하려고 우왕좌왕할 때마다 포치와 타마가 뜨거운 응원을 보냈다.

둘이 몸을 내밀면 그림책이 안 보이니까 가끔 두 사람의 머리를 가볍게 밀어놓고 낭독을 하느라 고생했다.

이 그림책은 다음 책으로 이어지는데, 두 번째 그림책에서는 파리온 신이 용사와 함께 일곱 마왕을 토벌하고 마지막에는 용신이 이빨을 변화시켜 만들어낸 검은 검을 받아, 마신을 하늘 너머 달로 쫓아내는 장면으로 대단원이었다.

그믐밤은 마신의 힘이 가장 강하니까 돌아다니지 말라며 그림책의 화자인 노파가 마무리 지었다.

아마 그믐밤에 돌아다니다 다치지 않도록 교훈을 주는 거겠지.

두 권 다 판권 정보 같은 게 없어서 저자는 알 수 없었지만,

아무리 봐도 용사가 아니라 파리온 신이 주역인 이야기니까 신전 관계자가 쓴 게 아닐까 싶었다.

세 번째 권에서는 용사가 파리온 신에게 장가들기 위해서, 권속신이 되기 위한 모험이나 시련을 그린 이야기였다.

두 번째 권에서 용사나 파리온 신을 구하며 활약했던 「사도」라고 불리는 천사 같은 포지션의 존재가 잔챙이 취급받는 게 불쌍했다.

이세계 이야기도 파워 인플레이션의 파도에서는 벗어날 수가 없구나.

그림책을 다 읽자 취침 시간이 되었다.

모닥불에 마물 퇴치 가루를 투입했다. 한순간 하얀 가루가 피어오르고 모기향 같은 냄새가 퍼지더니 그 이후로는 냄새가 나지 않았다.

레이더를 보니까, 모닥불 빛으로 모여들던 마물을 표시하는 광점이 바람이 흘러가는 쪽을 기준으로 멀어졌다. 바람이 불어오는 방향의 마물도 일정한 거리 이상 다가오지 않았다. 보아하니 효과가 있는 모양이다.

불침번은 교대로 서지만 아인 소녀들을 분산시켰으니 만에 하나 짐승이나 마물이 습격해도 괜찮겠지. 적어도 아인 소녀가
혼자서 감당 못할 레벨의 생물은 경계 범위 안에 없었다.

처음 불침번은 포치와 미아였다.

둘 다 졸려 보였지만, 리자가 두 사람에게 세수하고 오라고 일러서 잠을 쫓았다.

이 세계에서는 어린아이라고 해서 오냐오냐하면 안 되는 모양이다. 리자는 엄격한 태도로 포치와 미아가 정신 차리게 만들었다.

나는 심야 당번이었지만, 오늘만 같이 일어나 있기로 했다.

모닥불 곁에서 불침번을 서는 두 사람이 잠들지 않도록, 드러난 흙에 선을 그어서 OX게임을 하며 조용히 놀았다.

한 가지 뜻밖인 점이 있었는데, 놀이에 집중하던 포치가 야음을 틈타 접근한 큰 쥐를 발견하고 제때 반응하여 쥐가 숨어 있는 수풀을 경계했다는 것이다.

잠들어 있던 타마의 귀도 움찔거리고 있었으니, 짐승이 습격할 때는 제대로 대처할 수 있을 것 같다.

불침번 교대 시간이 되어 나와 루루 차례가 되었는데, 시작하자마자 루루가 꾸벅꾸벅 졸기 시작했다.

낮에 마차도 몰고 요리를 한 데다가 사슴 해체까지 도왔으니 지친 거겠지.

루루가 깨지 않도록 가만히 아리사 옆으로 옮겨서 그대로 재웠다.

그런데 혼자서는 심심하군.

그렇다고 새로운 마법의 개발을 했다간 주의력 산만으로 불침번을 못 서니까 자중하기로 했다.

그래서 낮에 하려고 했던 스토리지 실험을 했다.

보온성 실험을 위해서 부뚜막에 장작을 추가하고 주전자를 올렸다. 끓어오르면 각종 수납 공간에 넣어서 온도의 차이를 확인해야지.

물이 끓는 동안에도 여러모로 검증해봐야겠다.

스토리지에서 종이 두 장을 꺼내 불을 붙였다. 하나를 스토리지에 넣고 나머지 하나가 다 타기를 기다렸다가 꺼냈다.

스토리지 안에서 꺼낸 종이는 계속 타고 있었다. 수납한 시점의 상태에서 변화가 없어 보였다. 스토리지 안은 시간이 가질 않나?

아이템 박스랑 비교해봐야지.

이번에는 종이 세 장을 꺼내서 중간쯤에 잉크로 표시를 한 다음 불을 붙였다.

표시까지 탔을 때 스토리지와 아이템 박스에 하나씩 수납했다.

아까와 마찬가지로 바깥의 종이가 다 타기를 기다렸다가 스토리지에서 종이를 꺼냈다. 타들어 가는 위치가 표시한 부분 그대로였다. 그것만 확인하고서 다시 한 번 스토리지에 수납했다.

역시 스토리지 안에서는 상태가 변화하지 않는 것 같았다. 시간 자체가 멈춰 있는 건지, 단순히 다른 상태로 보존되어 있는 건지는 불명이었다. 뜻밖에 외부 기억 장치란 이름에 맞춰 <ruby>스토리지</ruby>서 게임처럼 「정보」로 보관되어 있을지도 모르겠군.

다음으로 아이템 박스에서 꺼낸 종이를 확인했다. 이건 다 타기 직전에 불이 꺼져 있었다.

아이템 박스는 상태가 변화하는구나. 추가 검증으로 불이 꺼지는 이유는 종이와 함께 수납한 산소가 떨어진 탓이라는 게 판명됐다.

그것을 확인하는 동안 불에 올린 주전자에서 김이 올랐다.

시간 경과 계열 체크가 끝났으니, 이제 보온 확인은 필요 없었다.

기왕 끓였으니 따끈한 향초차를 탔다. 뜨거운 물에 향초를 띄우면 되니까 실로 간편하다.

한 모금 마신 다음, 아이디어가 떠올라서 컵 안의 차만 스토리지에 수납해봤다. 문제없이 수납되었다.

이번에는 컵을 땅에 놓고 수납해봤는데 문제없이 수납되었다. 거리를 벌려서 시험해보니, 손이 안 닿는 대상은 3미터가 한계란 걸 알았다.

직접 눈으로 볼 필요도 없었다. 시험 삼아서 3D 표시로 목적 아이템을 마킹했더니 회수가 가능했다.

덤으로 스토리지에서 꺼낸 구리창을 들고 리치를 늘려봤더니, 창끝에서 3미터 앞의 아이템도 수납할 수 있었다.

그러면 모 탐험가처럼 채찍이나 와이어 조작을 익혀야 하나……?

그런 바보 같은 생각을 하면서 모닥불의 「불꽃」을 수납할 수 있는지 시험해봤더니 안 된다.

그런데 컵에서 피어오르는 김에 손을 대고 수납해봤더니 「증기」는 무사히 수납되었다.

이건 입자의 크기로 결정되는 건가?

애당초 불꽃은 입자던가?

제대로 이해 못 하는 건 수납이 불가능해 보였다.

이번에는 혼합물의 분리를 실험해보았다.

돌이 섞인 흙을 수납했더니 「흙」만 표시되고, 상세 정보를 선택하니까 흙이나 돌이 종류별 아이템으로 분리되어 표시되었다. 간편하게 분리할 수 있었다.

그러나 뜨거운 물에 소금을 녹여 만든 「소금물」을 「소금」과 「물」로 분리하는 건 못 했다. 해수에서 물을 만드는 건 무리구나.

마찬가지로 스토리지 안에 있던 「요람」의 벌레 시체를 스토리지 안에서 해체하는 것도 시도해봤지만 이것도 무리였다. 손으로 안 만지고 해체할 수 있나 싶었는데 유감이군.

이 검증을 하면서 깨달았는데, 메뉴에서 아이템 박스에 접근할 수 있었다.

스토리지의 루트 폴더와 마찬가지 계층에 「아이템 박스」라는 폴더가 생겼다. 스토리지 안에서 이동하는 것과 마찬가지로 아이템 박스와 스토리지 사이에서도 이동이 가능했다.

다만 아이템 박스의 수납 상한은 스킬에 의존하는 모양이라 검증하기 어려웠다.

스킬 포인트가 다 못 쓸 정도로 남아도니까 「보물 창고」^{아이템 박스} 스킬도 최대까지 올리기로 했다.

아이템 박스에서 아이템을 꺼낼 때는 마력을 사용하는데, 스토리지로 이동할 때는 마력이 필요 없었다.

스토리지 안에서는 수납 아이템에 다른 아이템을 수납하거나 꺼내는 것도 자유로운데, 아이템 박스 안에서는 그런 편집 작업을 못 한다.

아이템 박스 안에 있는 아이템은 상세 정보를 확인하거나 메뉴 안에서 아이템의 모습을 3D표시도 못했다.

그 밖에도 아이템 박스의 검증을 해봤는데…….

완전히 스토리지의 하위 호환이네. 아이템을 꺼내려고 하면 바깥 공기의 영향을 받으니까 보온 성능도 별로다.

―못써먹겠네

신통찮은 검증 결과 때문에 뇌리에 불평이 떠올랐다.

하지만 생각하기 나름이다. 상태가 변화한다면 보관 말고 다른 용도로 도움이 될지도 모른다. 분명히 뭔가 써먹을 방법을 찾을 수 있을 거야.

적어도 스토리지의 존재를 얼버무리는 데는 도움이 될 거다.

〉칭호 「탐구자」를 얻었다.

전장의 흔적에서

"사토입니다. 만남과 이별, 그것이 여행이라고 무슨 책에서 읽었습니다. 여행지에서 만난 사람과 생각지 못하게 재회하는 것도 여행의 참맛이죠."

아침을 알리는 새들의 소리가 들렸다.

어쩐지 몸이 무겁다. 눈을 뜬 자세 그대로 시선을 가슴 쪽으로 내리자, 내 셔츠를 느슨하게 잡은 예쁜 손이 보였다. 시선을 옆으로 돌리자, 내 왼손을 끌어안고 잠든 루루가 보였다.

잠들었을 때는 떨어져 있었으니, 아마 아리사랑 착각하고 끌어안은 거겠지.

시선을 반대쪽으로 옮겼다.

거대한 언덕 두 개가 머리를 압박하여 불쾌한 듯 찡그린 표정을 지은 채 잠든 미아가 보였다. 언덕의 주인은 미아와 내 팔을 한꺼번에 끌어안은 채 조용히 자고 있었다. 이렇게 자는 표정을 보니 진짜 자매 같았다.

깨우기가 미안해서 부드러운 감촉과 여자애 특유의 좋은 냄새를 즐기면서 졸았다.

미아의 머리를 압박하며 변형된 나나의 가슴에 시선이 고정

되는 것은 남자의 본능적인 습성이었다.

아침의 생리 현상은 이성의 힘을 모두 모아서 억눌렀으니까, 이 정도 즐기는 건 용서해주길 바란다.

"주인님. 이제 곧 아침 식사 준비가 끝나니 기상해주십시오."

새벽녘에 불침번을 서고 있던 리자가 깨우러 왔다. 목소리가 무미건조한 건 기분 탓이겠지?

어쩐지 좀 켕겨서 「죄송합니다」라고 사과할 뻔했지만 겨우 버텨내고 아침 인사를 했다.

그 소리에 루루와 미아가 눈을 떴다.

"안녕."

미아가 자신을 끌어안은 나나를 거칠게 밀어내면서 작은 목소리로 짧게 인사했다.

"주, 주인님. 죄, 죄송합니다! 잠에 취해서 그만—."

루루가 내 팔을 끌어안고 있던 것을 깨닫고서는 황급히 거리를 벌렸다. 하얀 귀까지 새빨갛다.

"그, 그리고 아침부터 저 같은 못생긴 얼굴을 보여드렸으니—."

루루가 자학적인 말로 사과하길래, 그걸 막으며 말했다.

"팔이야 언제든지 빌려줄게. 그리고 나는 루루의 얼굴을 귀엽다고 생각하거든. 뭐라고 말해야 믿을지는 모르겠지만."

"귀, 귀엽다니……."

내 말을 믿을 수 없었는지 입가가 느슨해지거나 미묘하게 일그러지는 등 바쁘기도 하다.

조금 작업남 같은 말을 해버렸지만 이걸로 루루의 콤플렉스가 조금이나마 나아지면 좋겠다……

미소녀의 표정이 휙휙 바뀌는 건 보고 있어도 질리지 않았지만 이제 그만 일어나야지.

루루의 모습을 흐뭇하게 지켜보면서 몸을 일으켰다.

이상하게 저항이 있길래 덮는 이불을 치우자, 내 셔츠를 붙잡고 잠든 포치와 타마가 보였다.

애들 코를 붙잡아 깨운 다음, 잠옷을 갈아입으라고 시켰다.

미아가 밀어내서 드러눕게 된 나나의 가슴이 갸륵하게도 중력에 저항했다. 그 모습에 매료되어 손을 뻗을 뻔했지만, 애들 시선이 있어서 욕망을 억눌렀다.

내 시선을 깨달은 미아가 불쾌한 표정으로 나나의 가슴을 붙잡아 깨웠다.

"―기동 시퀀스를 실행. 실행 완료. 미아, 흉부 완충 유닛을 이용한 각성 리퀘스트는 통각 정보가 과다하다고 통지합니다."

"응, 미안."

나나가 로봇처럼 중얼거리면서 상반신을 일으켰다. 요컨대 아프니까 가슴을 움켜쥐어 깨우지 말라는 거구나.

미아가 평평한 자기 가슴을 토닥토닥 만지면서 나나에게 짧게 사과했다.

포치와 타마에 이어 루루와 나나도 옷을 갈아입기 시작했고, 나도 바람막이 삼고 있던 마차 뒤로 이동하여 옷을 갈아입었다.

"사토."

"미아. 왜 그러니?"

나는 「고속 갈아입기」 스킬의 도움으로 재빨리 옷을 갈아입었다.

"닦아줘."

미아는 나한테 수건을 건네더니, 그 자리에서 잠옷을 벗고 뒤돌았다.

"땀."

그렇군. 자면서 흘린 땀을 닦아달란 거구나.

본래 미아가 날 잘 따르긴 했지만, 젠한테서 구해낸 다음부터 종종 이런 식으로 너무 무방비하게 어리광을 부리게 되었다.

허그 정도야 상관없지만 이쯤 되면 주의를 주는 편이 좋겠군.

"미아. 남자 앞에서 함부로 옷을 벗으면 안 돼."

"응."

짧게 대답하며 끄덕였지만, 정말로 이해한 건가?

나중에 리자나 루루에게 제대로 주의를 주라고 해야지.

"자. 깨끗해졌다."

"고마워."

등을 다 닦은 다음, 미아에게 수건을 내밀었다. 미아는 돌아서더니 양팔을 벌리고 앞도 닦아달라는 자세를 취했다.

그나마 하반신은 속옷을 입고 있었으나 상반신은 다 벗은

채 머리카락만 드리우고 있었다.

"이쪽도."

"미아, 앞은 직접 닦아야지."

"……사토."

"어리광부려도 안 돼."

나를 올려다보면서 졸라도 더 이상은 위험하다. 평탄한 몸에 흥미는 없지만, 어쩐지 배덕적인 기분이 든단 말이다.

로리콤

나는 험난한 유녀 취향의 길을 나아갈 생각이 없기 때문에 단호하게 미아의 요구를 거부했다.

미아는 이윽고 포기했는지 마지못해 수건을 받아서 자기 몸을 닦기 시작했다.

레이더의 광점 움직임으로 루루와 나나가 옷을 다 갈아입은 것을 짐작하고, 미아를 둔 채 모두가 있는 곳으로 돌아갔다.

세류 시를 출발한 지 이틀째 아침밥은 사슴 고기와 마늘 같은 들풀을 볶은 것, 그리고 콩과 양파 수프였다. 아침부터 고기는 좀 봐주라.

나나는 보리죽이었지만, 치즈 가루를 넣어서 감각을 더했다. 리자의 배려가 느껴졌다.

"아리사, 잘 거면 아침 먹고 난 다음에 자."

"으잉."

리자와 함께 아침 무렵 불침번을 섰던 아리사가 식사를 하면서 꾸벅꾸벅하는 게 위태로웠다.

수프 접시에 얼굴을 박을 뻔한 아리사를 보살피면서 아침 식사를 끝냈다.

아리사는 식사를 끝내자마자 그대로 잠들어 버렸다.

아침에 약한 모양이네. 오늘부터 아리사의 불침번은 처음으로 배정해둬야지.

그런 생각을 하면서 출발하기 전까지 주문의 영창 연습을 하며 시간을 보냈다.

미아가 가끔 어드바이스를 해줬지만, 미아의 짧은 말과 제스처가 뭘 지적하고 있는지 알 수가 없어서 기껏 베풀어준 친절을 살리지 못했다.

커뮤니케이션을 더 해서 의사소통을 매끄럽게 만들어야겠다.

◆

야영지를 출발한 지 얼마 안 되었을 때, 구릉 지대의 잡초 바다 안에 까만 그림자가 슬쩍 보이다 말았다 했다.

AR표시로는 「큰 송곳니 개미의 시체」라고 나왔다.

라지 팡 앤트

전에 영지군이 조우해서 싸웠다던 마물의 이름이었다.

"사토."

"응? 미아. 왜 그러니?"

뒷자리에서 어린이 팀과 합창 대회를 하면서 풀피리를 연주하던 미아가 마부석으로 왔다.

"세워봐."

아마 화장실 가고 싶은 거겠지. 가도 옆에 풀밭이 널찍하게 다져진 곳이 있길래, 마부 연습을 하던 나나에게 지시하여 세웠다.

"목말."

"여기서?"

"그래."

잘은 모르겠지만 미아가 평소와 다르게 진지한 표정으로 부탁하길래, 마부석 위에서 미아를 어깨에 태웠다.

포치와 타마가 목말 탄 미아를 부럽게 올려다보았다. 목말은 나중에 해줄 테니까 잠깐만 기다려라.

"저기."

미아가 가리킨 방향을 보았다.

짐승길이라기보다 군대가 통과한 것 같이 다져진 길이 언덕 위까지 생겨 있었다.

길가에 큰 송곳니 개미의 시체가 잔뜩 있는 걸 보니, 여기서 마물과 싸움이 있었나 보다.

"데려가 줘."

"그래."

미아를 어깨에 태운 채 길을 나아갔다.

마차는 나나와 리자에게 부탁했다.

"미제가 그랬어."

미제는 젠이 보낸 마물한테서 미아를 지켜내고 세류 시까지 보내준 쥐 수인족 전사의 이름이었다. 미제가 쓰고 있던 붉은 투구가 인상적이라서 나는 붉은 투구라고 불렀다.

"나를 지켰어……."

그랬군. 여기서 마물들과 쥐 수인족 전사들이 싸웠구나.

"제제, 포로, 제네, 미트로, 호제, 라다, 큐제―."

미아가 전사들의 이름을 말하기 시작했다. 열두 명의 이름을 말하고 나서 미아의 말이 끊어졌다.

투명한 물방울이 또로록 떨어져 바람에 흩어졌다.

"미아. 돌아가자."

"기다려. 조금만 더……."

어깨 위의 미아를 옆으로 안아서 손수건으로 눈물을 닦아주었다.

만약 시체가 방치되어 있다면 매장해주려고 맵에서 검색해보았다―. 이 언덕에는 시체가 없길래 검색 범위를 넓혀보았다.

응? 미아가 이름을 말한 열두 명 중에서 다섯 명이 지금 가는 카이노나에 생존해 있었다. 노예가 되어 노예상관(商館) 같은 곳에 있었다.

나머지 일곱 명은 없었다. 검색 설정을 조정해서 도시 근처의 나무 밑에 여섯 명이 매장되어 있는 것을 확인했다. 나머지 한 명은 시체도 안 남았나……?

"미아. 가까운 도시에 생존자가 있을지도 몰라. 다음 도시에 들렀을 때 찾아보자."

"응. 알았어."

생존자가 있는 건 확정되어 있지만, 고유 스킬^{유니크}을 비밀로 하고 있어서 제대로 설명할 자신이 없으니 이렇게 말하게 되었다.

◆

"한 마리당 금화 열 닢입니다."

"허. 바가지가 심한데."

"바가지라니 섭섭합니다. 이래 봬도 정직한 상인으로 통합니다요. 그럼요."

머리가 벗겨진 노예 상인이 이쪽 사정을 캐내려는 듯 기분 나쁘게 눈을 치뜨고 올려다보았다.

점심 지나서 카이노나에 도착한 뒤, 나는 혼자서 노예상관을 찾아왔다. 애당초 작은 도시의 노예상관이라서 노예가 열 명밖에 없는 작은 점포였다.

"정직한 상인은 개뿔. 시세는 금화 세 닢도 안 되잖아?"

몸이 작아서 힘쓰는 일에 안 맞는 쥐 수인족^{랫맨} 노예는 싸다. 애완용으로 사는 사람도 없으니 시세가 낮아서 은화 세 닢 정도밖에 안 된다. 그들의 경우 전투용 스킬이 있으니 다소 비싸지지만, 그래도 금화 세 닢이 고작이었다. 실제로 시세는 은화로 열두 닢— 금화 두 닢 반쯤이었다.

"며칠만 지나면 광산 도시의 노예 상인이 구매를 하러 오기 때문에 다소 비싸졌습니다."

내가 젊어서 바가지 씌우기 좋아 보였나 보지? 「교섭」 스킬로 분발해봤으나 금화 여섯 닢까지밖에 못 깎았다.

이대로 상대가 말한 값을 치러도 괜찮지만, 호구 취급받는 것도 짜증 나서 약간 반칙을 하기로 했다.

세류 시에서 얻었지만 여태 안 쓰던 「위압」 스킬에 포인트를 분배해서 유효화했다. 이걸로 조금은 대응하기 편해지겠지.

"다섯 명에 금화 열다섯 닢이다."

나는 웃으면서 노예 상인에게 최후통첩을 했다. 물론 눈빛은 서늘해지도록 조심했다.

「위압」의 효과 덕분인지, 노예 상인의 상태가 「공황」으로 바뀌었다. 스태미나도 약간씩 줄어들고 있었다.

얼굴이 파래져서 입을 뻐끔거리는 노예 상인에게 한 걸음 다가갔다.

"네, 넵. 그 그, 금액으로 팔겠습니다요. 암요."

이 정도로 효과가 높으면 교섭이 아니라 협박이나 공갈이네. 호칭에도 「협박자」라는 게 생겼다. 앞으로는 어지간한 일이 없는 한 쓰지 말아야지.

뭐, 시세보다 약간 높은 금액이니까 노예 상인도 손해는 안 보겠지.

노예 계약을 끝내고 수속을 기다리는 동안, 한가해 보이는 점원에게 부탁하여 사 온 후드 달린 중고 외투를 쥐 수인족들에게 입혔다.

인간용이라서 키가 작은 쥐 수인족이 입으면 땅에 끌리는 길이였다. 수상쩍어 보이긴 했지만, 아인이라는 게 들통나는 것보다는 안전하겠지.

쥐 수인족들을 데리고 다들 기다리는 여관으로 갔다.

아리사에게 교섭을 맡겼는데, 무슨 수단을 썼는지 아인 소녀들도 여관방에 숙박하는 데 성공했다. 나중에 비결을 물어봐야지.

"아, 주인님! 정말로 찾았어?"

"사람 찾는 건 특기라고 했잖아? 그보다도 미아를 불러줄래?"

놀라는 아리사에게 별거 아니란 듯 대답하고는 미아를 불러달라고 했다.

내가 입에 담은 미아란 말을 듣고 쥐 수인족들이 웅성거렸다. 모국어로 말하고 있는지 「쥐 수인족어」 스킬이 생겼다.

"오~케이. 그 꼴로는 방에 못 들어올 테니까 마구간이나 마차에서 쉬고 있어."

"알았다. 마차에서 쉬게 할게."

나는 쥐 수인족을 여관 안뜰에 세워둔 마차로 데리고 갔다.

쥐 수인족을 마차에 다 태운 타이밍에 미아가 왔다.

"제제, 제네, 미트로, 호제, 라다."

쥐 수인족의 이름을 부르며 모두 한꺼번에 팔을 둘러 끌어안았다. 쥐 수인족들도 「콩주니입」 하면서 알아듣기 어려운 시가 국어로 재회를 기뻐했다. 아마 「공주님」이라고 한 거겠지.

그런데······.

"마스터, 여관 주인이 저녁 식사는 여관에서―"

나나가 등장하니 그 온화한 분위기가 살벌한 광경으로 변했다.

『『『악마인형.』』』

『『『공주님을 지켜라.』』』

쥐 수인족들 중에서 셋이 짚 더미 쿠션을 들고 나머지 둘이 미아를 안아 마차 안쪽으로 피난시켰다.

그것을 본 나나가 호신용 세검을 뽑고 신체 강화 이술을 사용했다. 나나는 나나대로 임전 태세였다.

"적의를 확인. 마스터. 제거 허가를."

쥐 수인족이 말하는 악마인형은 나나와 자매 호문클루스들이었다.

나나 자매는 「토라자유야의 요람^{크레이들}」 사건 때 미아를 붙잡아 간 「불사의 왕^{노 라이프 킹}」 젠을 섬기고 있었으니, 쥐 수인족들과 실제로 싸운 적이 있었을지도 모른다.

보고만 있으면 정말로 싸움이 시작될 것 같아서 개입하기로 했다.

"나나, 전투 행동을 금지한다. 너희들도 짚 더미 내려놔. 『명

령』이다. 그리고 미아를 감싸려는 둘은 미아 위에서 비키고. 미
아가 힘들어하잖아."

나나는 금세 칼을 내렸지만 신체 강화는 걸린 상태였다.

쥐 수인들은 내 「명령」을 안 들은 탓에 「계약 위반」 상태가
되어 괴로운 듯 신음했다. 「계약」을 위반하면 이렇게 되는구
나. 예속의 목걸이는 안 차서 물리적으로 목이 졸리지는 않을
텐데도 상당히 괴로워 보였다.

뒤쪽 둘은 미아를 놓아주어 「계약 위반」 상태가 해제되었다.
미아가 재빨리 쥐 수인들 앞으로 달려가 양팔을 벌려 그들을
막았다.

"짚 더미 내려놔."

괴로워하면서 짚 더미를 들고 있는 세 사람에게 미아가 호소
했다.

"사토는 우리 편."

『그, 그렇지만, 뒤에 있는 악마인형은 마인의 부하입니다.』

"나나도 우리 편."

젠은 마인이라고 부르는구나. 쥐 수인들도 자기들 언어는 유
창하네.

나하고 나나의 이름을 말해도 쥐 수인족들은 모를 것 같은
데. 하지만 「우리 편」이라는 단어와 미아의 분위기 탓인지, 앞
에 나선 셋이 짚 더미를 내리고 「계약 위반」의 고통에서 해방되
었다.

『놔는 사토. 이쪼큰, 나나드아.』

쥐 수인족의 말로 자기소개를 해봤는데 생각보다 발음이 어려웠다. 그들의 입 구조에 맞춘 언어이다 보니 인간족의 입으로는 말하기 어렵구나. 나는 포기하고 시가 국어로 말했다.

"나는 미아를 고향으로 배웅하고 있어. 나나는 마인의 부하였지만 지금은 우리들 동료다. 미아에게 해를 끼치지 않으니 안심해라."

『그러면 우리는 미아 공주를 호위하기 위해 사들인 것이오?』

나는 그들의 질문에 고개를 저어 부정했다. 미아를 납치한 젠이 승천한 것과 붉은 투구가 무사하다는 것, 그리고 쥐 수인족의 포로가 노예가 되어 있다는 소문을 듣고 그들을 고향으로 돌려보내기 위해서 샀다고 간결하게 전했다. 또한 「소문」이 어쩌고 하는 얘기를 지어내는데 「사기」 스킬이 활약했다.

쥐 수인들에게 충분한 식사를 먹이고 하룻밤 푹 재운 다음, 내일 아침 국경의 산자락까지 배웅해주기로 했다.

나는 며칠정도 휴양을 생각했었는데, 쥐 수인들의 건강 상태가 생각보다 좋아서 예정을 앞당겼다.

노예 처지에서도 견뎌낼 수 있었던 것은 그들이 단련된 전사들이었기 때문이겠군.

아인 소녀들과 미아에게 쥐 수인들의 간호와 호위를 맡기고 물품을 조달하기로 했다.

아리사와 루루에게는 나나를 호위로 붙이고 세류 시에서 깜빡 잊은 물품이나 식료품 등을 사러 보냈다. 물론 쥐 수인들 쓸 물건들도 사오라고 시켰다.

나는 쥐 수인들이 쓸 등산 도구와 미아가 쓸 악기, 수렵용 활과 화살, 학습 카드용 얇은 널빤지, 목공이나 세공을 위한 잡다한 공구를 사러 갔다.

작은 도시라서 그런지, 유감스럽게도 구하러 간 물건의 반도 못 구했다.

유통이 발달하지도 않았고 수요도 적으니까 어쩔 수 없겠지.

그래도 악기나 활, 널빤지는 구했다. 악기는 현이 상한 중고 류트, 활과 화살은 수렵용 단궁 두 개와 청동 촉 화살 20개뿐이었다.

디딤대나 조리대, 테이블, 의자 같은 일반적인 도구는 문제없이 샀다. 거의 다 중고였지만 현대 일본 같은 소비 사회랑 비교하면 안 되겠지.

공구류는 주문 제작을 해야 한다기에 커다란 도시에 갈 때까지 미루기로 했다. 그래도 중고 줄과 끌, 나무망치를 구했으니 다소 가공은 가능할 것 같았다.

학습 카드용 널빤지는 카드 사이즈로 절단하고 모서리를 둥글게 가공해서 샀다. 처음에는 사흘 정도 걸린다고 했지만, 목공 공방의 장인이 「돈을 세 배로 내면 하룻밤에 해준다」고 해버려서 내일 아침까지 완성될 예정이었다.

쥐 수인족을 운반할 짐차와 견인용 나귀도 두 마리 구입했
다. 말은 파는 사람이 없었다. 산자락에서 나귀 등에 짐을 싣
고서 운반용으로 쓰면 되겠지.

다음 날, 세류 시를 출발한 지 사흘째 아침. 비싸기만 하고
맛은 별로 없는 아침 식사를 먹고 카이노나를 나섰다.

회색 쥐 수장국 경계로 가기 전에, 쥐 수인 동료들이 매장된
장소에 들렀다.

『보르에난 숲의 미사날리아가 시가 왕국의 나무들에게 소원
한다. 나를 지키려 용감하게 적과 맞서고 스러진 쥐 수인족의
용사들에게 평안한 잠이 내리기를.』

미아가 엘프어로 조용히 묘비 나무에 소원했다. 그 말에 응
하듯, 바람도 없는데 나뭇가지가 살랑거리는 소리를 냈다. 마
치 나무에 깃든 정령이 미아의 말에 응한 것 같았다.

류트의 음색에 맞추어 미아가 엘프어로 장송곡을 불렀다.

우리는 나무뿌리 근처에 그들이 좋아했다는 치즈 덩어리와
말린 고기 덩어리를 공양하고 공양주를 뿌렸다.

쥐 수인 중 한 명이 무덤 가까운 곳에 묻어 숨겼던 안장주머
니에서 종이 한 장을 꺼내 나에게 내밀었다.

『이거, 내 보물. 사토에게 준다. 답례.』

『호제. 그런 도움도 안 되는 종잇조각을 주어도, 사토 공이
난처하기만 하잖아?』

그건 아주 작은 글자가 빽빽하게 적힌 메모지였다.

그 메모에는 도예에 관련된 지식이 상세하게 적혀 있었다. 나는 내용보다도 쓰여 있는 **문자**에 눈길이 끌렸다.

나는 아리사를 부르고 그녀가 오는 동안 호제에게 질문했다.

"아니, 고맙게 받을게. 그런데 이건 어디서 얻었지?"

『산에서 조난당한 인간족이 나한테 줬다. 이상한 녀석이었다.』

나는 호제에게 인사를 하고 그 종이를 다시 한 번 보았다.

"불렀어?"

"그래. 이거 봐라."

"어? 이거 뭐야? 유약을 만드는 법이랑 도예 관련 메모? —근데 일본어? 주인님이 썼어?"

그렇다. 이 메모는 「일본어」로 쓰여 있었다. 문구점이나 편의점에서 파는, 줄이 그어진 상질의 종이 메모장을 찢어낸 것이었다.

호제에게서 조금 더 자세하게 물어서 얻은 정보로 추측하건대, 일본인 의혹이 있었던 릴리오의 전 남자 친구가 이 메모장의 주인일 가능성이 높았다.

그는 세류 시를 방문하기 전에 호제를 만난 모양이다. 신기한 인연이 느껴진다. 어쩐지 조만간 본인도 만날 것 같았다.

메모지는 주머니를 경유해서 스토리지의 「일본인」 폴더에 수납했다.

잠시 거기서 시간을 보낸 뒤, 우리는 국경의 산자락으로 향했다.

"반짝반짝~?"

타마의 말에 산 중턱을 보자, 분명히 뭔가 빛을 반사하고 있었다. 「망원」 스킬로 보니 창끝 같았다. 재빨리 맵을 확인했다.

"마중 나왔나 보네."

"음?"

"저건 붉은 투구—미제랑 그 동료들이야."

맵으로 보니 붉은 투구와 30명쯤 되는 쥐 수인들이었다. 아마 생존자를 찾기 위한 부대겠지.

쥐 수인들을 통솔하는 제제에게 산 중턱에 있는 붉은 투구한테 봉화로 연락하라고 지시했다.

"공주우님, 크리고, 자토. 가암사한드아."

"신경 쓰지 마."

마중 나온 붉은 투구에게 쥐 수인들을 넘겼다.

여전히 쥐 얼굴인데도 염세적이고 남자다운 표정이었다.

붉은 투구의 동료들은 다리가 여섯 개 달린 멧돼지 같은 마물을 타고 있었다. 칭호가 「종속마」인 걸 보니 마물을 길들였나 보다.

그 밖에 짐을 운반하는 「느림보 사슴」이라는 둥그스름한 사슴을 데리고 있었다. 산악에서 짐을 운반하는 데 좋은 품종이라고 한다. 아무래도 나귀는 필요 없는 것 같아서 도시에 데려가 팔기로 했다.

『큐제! 너 살아 있었더냐!』

『포로 부대장이 지켜주셨습니다.』

붉은 투구가 데리고 온 사람 중에 생존한 쥐 수인 전사가 있었나 보다. 시체도 안 남았다고 생각했던 마지막 한 명이겠지.

낮에 맵으로 검색했을 때 발견 못 한 건 왜지?

혹시 맵 검색은 현재 내가 있는 지배 영역만 대상이 되나?

아니, 아까 영역 바깥에 있던 붉은 투구 일행의 광점은 보였으니까, 디폴트 검색 범위가 그런 거겠지.

재회를 기뻐하는 쥐 수인들을 보면서 생각에 빠져 있는 나에게 붉은 투구가 말을 걸었다.

"자토, 그으대에게."

"아아, 쥐 수인족 언어도 아니까 무리해서 시가 국어로 말할 필요 없어."

『그대는 박식하군. 그대에게 이 방울을 주고 싶다. 수장이 나에게 준 것인데 엘프님들이 만든 것이다. 이것에 특수한 효과는 없지만, 숨어 사는 요정족이나 은자들에게 엘프님의 신뢰를 얻은 자의 증거로 통한다. 미사날리아 님의 신뢰를 얻은 사토 공에게는 가질 자격이 있다.』

소중한 물건 같아 보여서 고사했지만, 자신뿐 아니라 동료들까지 평화롭게 인간족에게서 구해준 답례라고 하면서 듣질 않았다.

붉은 투구 일행은 시가 왕국과 충돌해서라도 동료를 찾을 셈이었구나. 나는 의도치 않게 지역 분쟁을 막은 모양이다.

결국 엘프의 방울은 받게 되었다. 정식 이름은 「보르에난의 고요한 방울」이었다. 붉은 투구의 말에 따르면 세계수의 가지로 만들었다고 한다.

붉은 투구에게 방울을 받은 미아가 내 허리띠에 달아주었다. 이 방울은 안에 구슬이 없어서 소리는 안 난다. 엘프들이 발행한 신분증 같은 거겠지.

〉칭호 「쥐 수인족의 친구」를 얻었다.

◆

우리는 나귀와 짐마차를 팔기 위해 다시 카이노나에 들르게 되었다.

국경까지 왕복하는 시간 탓에 카이노나에 도착할 무렵에는 저녁이 되어버렸다.

중간에 학습 카드를 완성한 나에게 모두가 찬사를 보낸 것 말고는 딱히 특필할 만한 일도 없었다.

아리사에게 어제 묵은 여관에 방을 잡도록 부탁하고, 내가 혼자서 나귀랑 짐마차를 팔러 가게로 갔다.

다행히 폐점 시간 전에 도착하여 샀던 가격의 80퍼센트 정도로 되팔 수 있었다.

여관에서 먹은 저녁 식사는 오늘 아침과 마찬가지로 영 별로였지만, 양고기 구이는 꽤 맛있었다. 소금기가 좀 강했지만 냄새도 없었으니 충분히 합격점이었다.

밤중에 몰래 여관을 빠져나와 환락가로 나섰다.

인구가 적은 도시라 환락가의 규모도 작았다. 대충 서서 마시는 노점이 열 개쯤 있고 술집이 두 개 있었다.

아무래도 이 도시에는 예쁜 누님과 즐기는 가게는 없어 보였다.

노점 주변에서 손님을 찾는 거리 창부 아가씨들은 너무 젊거나 너무 성숙해서 지나쳤다.

주점 두 개 중에서 비교적 손님층이 괜찮아 보이는 가게로 들어갔다. 다른 가게는 도무지 일반인이 아닌 것 같은 사람들이 잔뜩 모여 소란스러웠다.

가게 위치가 떨어져 있는 게 다행이었다.

비어 있는 테이블에 앉자 청초한 생김새의 미유(美乳) 여종업원이 주문을 받으러 왔다. 어째선지 주문을 받는 자세가 부자연스러운 탓에 슬그머니 보이는 가슴 계곡이 근사했다.

"젊은 상인 나리. 술은 뭘로 가져올까요?"

"벌꿀주^{미드} 있나? 없으면 추천 부탁할게."

"벌꿀주는 없으니까, 카이노나 양유주는 어때요?"

이름처럼 양젖으로 만드는 도시의 특산품이라고 한다. 특산품 중에 맛없는 건 없다고 하니까 지방 명물에 도전해보는 것도 여행의 참맛이겠지.

나는 양유주와 삶은 양고기와 콩을 주문했다. 여종업원의 얼굴이 가깝다. 금발로 내 얼굴을 간질이는 건 그만해주면 안 될까요?

얼마 안 가 주문한 것들이 나왔고 양유주를 한 모금 마셨다. —맛없군. 비린내와 신맛이 예상보다 훨씬 강했다. 입에 머금은 순간에 콧구멍을 자극하는 짐승 냄새를 못 견디고 사레가 들렸다.

옛날에 마신 마유주는 좀 더 매끄러운 신맛이 있었는데…….

그건 일본인에 맞춰서 맛을 조정한 건지도 모르겠다. 결국 마시기 쉬운 시가주란 술을 추가로 주문했다.

양고기와 콩은 염분이 적당하고 맛이 부드러웠다. 콩에 양고기 지방이 듬뿍 엉겨서 맛있다. 고기가 거의 없다는 게 걸리긴 하지만 안주로서 먹기엔 충분했다.

"야! 너무 싱겁잖아! 쩨쩨하게 굴지 말고 소금 좀 쳐라!"

"시끄럽다. 주정뱅이들아! 그 가격에 소금을 팍팍 쓸 수 있겠냐?"

"쩨쩨한 영감탱이 같으니. 넌 마녀의 가마솥에나 빠져서 잡아먹혀 버려!"

"뭐야 인마—."

……단골과 주인이 다투는 소리를 들어버렸다.

일부러 소금을 적당히 써서 고급스런 맛을 낸 게 아니었구나. 맛있으니까 괜찮지만.

혼자서 마시기도 쓸쓸해서 토박이들한테 공짜 술을 돌리며 섞여 들어가 잡담을 나누었다.

〉칭호 「부자 놀음」을 얻었다.

여종업원이 추가 주문을 가지고 오면서 「일부러 들이민다」 싶은 서비스를 해주었다. 참 근사한 가게다. 팁을 천화가 아니라 동화로 주었기 때문일지도 모르지.

잡담은 카이노나 내부 이야기가 대부분이었고 도시 바깥 이야기는 별 내림이나 개미 마물의 큰 무리가 도시 근처까지 왔던 것, 근처 크하노우 백작령 경계에서 늑대의 피해가 늘었다는 것 정도였다.

그리고 소문이라기보다 우화 같은 거였는데, 크하노우 백작령의 숲에 사는 마녀의 이야기도 들었다. 선량한 자에게는 약을 주고 무례하게 숲을 어지럽히는 자는 붙잡아다 커다란 가마솥에 넣고 익혀버린다고 한다.

기왕이면 과자 집에 산다든가, 여러모로 판타지했으면 좋겠는데…….

충분히 즐기고 나서 주점을 나가려고 일어섰는데, 어느샌가 옆에서 같이 마시고 있던 여종업원이 내 팔을 붙들고는 주점 2층으로 이끌었다.

주변 취객들이 휘파람을 불며 놀리는 걸 보고 나서야, 주점이 러브호텔 역할도 겸하고 있다는 걸 깨달았다. 주점의 여종업원이 창부를 겸하는 것은 과거 지구에서도 있었던 풍습이다.

……팁을 듬뿍 뿌린 탓인지 여종업원의 봉사는 실로 헌신적이었다.

다음 날 아침, 만족스럽게 잠든 그녀의 베개 맡에 은화를 두었다. 충실했던 밤의 답례였다.

옷을 갈아입고서 주점에 영업하러 온 주술사의 마법으로 깨끗하게 씻었다. 이걸로 향수나 여성의 체취 같은 흔적이 사라졌다.

이 정도까지 했는데 여관에 돌아간 나는 바람둥이 남편 취급을 받았다.

펄펄 뛰는 건 미아와 아리사뿐이었다. 포치랑 타마는 의미를 몰랐고, 리자랑 나나는 딱히 문제시하지 않았다. 루루는 복잡한 표정을 지었지만 딱히 화내거나 슬퍼하지는 않았다.

"불결해."

"아이참! 여자애가 이렇게 많은데 왜 그렇게 바람을 피워!"

바람이고 자시고, 피보호자한테 손을 대는 건 윤리적으로 문제가 있거든?

그러니까 가끔 바깥에서 발산하는 건 너그럽게 봐주라.

세류 시를 출발한 지 나흘째 아침은 그렇게 귀여운 수라장으로 시작되었다.

우리는 기분 전환도 할 겸, 출발하기 전에 잠깐 아침 장을 둘러보았다.

딱히 눈에 띄는 건 없지만 식재료를 다양하게 산 건 좋았다. 정육점에서 양고기 반 짝도 샀으니 오늘 저녁은 징기스칸[4]을 해먹어도 좋겠군.

장보기를 얼른 끝내고 돌아가는 마을 사람들 뒤를 따라서 카이노나의 도시문을 나섰다.

도시문이 고지대에 있어서 가도까지는 내리막이었는데, 언덕을 깎아서 만든 건지 양 옆이 높아서 가도로 이어지는 지점까지의 시야가 나빴다. 신호기도 없으니 충돌 사고 위험도 높았다.

우리 앞에서 짐차를 끌고 가던 농민 부부가 내리막에서 속도를 미처 떨어뜨리지 못했는지, 가도와 교차하는 지점으로 튀어나갔다. 충돌할 뻔한 말이 앞다리를 들면서 급정지했다.

"방해된다. 우민들아! 길을 비켜라!"

말을 탄 남성이 진로를 막은 짐차의 농민 부부를 지저분한 말로 매도했다. 짐차를 끌고 가던 농민 남편이 말에 채였는지 땅에 웅크려 있고, 그 옆에서 아내가 땅에 엎드려 말 위의 남성에게 사과하고 있었다.

#4 징기스칸 일본 홋카이도 지방 요리. 솥뚜껑처럼 생긴 전용 냄비에 갖은 채소와 함께 양고기를 굽는다.

우리들 뒤에서 문지기들이 무슨 일인지 알아보러 내려왔다.

그것을 본 남자가 짐차를 피하며 말 머리를 돌렸다. 그때 문득 남자와 눈길이 마주쳤다. 그 순간 그의 눈동자가 증오로 일그러졌다.

—엥? 딱히 못된 짓도 안 했고, 애당초 저 남자랑은 면식도 없는데?

그러나 그것도 잠깐이었고, 남자는 문지기들이 다가오기 전에 가도로 달려가 버렸다.

"주인님. 그때 그 남자가 아닙니까?"

"누구더라?"

아무래도 리자가 아는가 보다.

"세류 시에서 날개 개미의 마핵^{코어}을 갈취하려고 한 관리입니다."

"아아. 그 조무래기 악당?"

우리 애들의 성과를 가로채려고 한 영지군 출납과 남자였다.

이름은 기억 안 나지만, 그때 받은 인상이 너무 조무래기다워서 「조무래기 악당」이라고 입력되었나 보다.

남자를 맵으로 검색했더니 소속이 「없음」이었다.

혹시 횡령 같은 게 발각되어 영지군에서 잘렸나?

별로 흥미도 없었다. 나는 뇌리에서 조무래기 악당의 인상을 떨쳐내고 마차를 출발시켰다.

농민 남편은 말에게 채였을 때 다쳐서 상태가 「골절」이었다.

세부 사항을 선택하자 「골절: 쇄골」이라고 나왔다. 체력 게이지의 저하는 멈춰 있으니 대미지가 계속되지는 않는 모양이다.

문지기들은 이야기를 듣고서 문으로 돌아갔다. 사고로 처리하려는지, 가해자를 쫓아가진 않았다.

아내가 남편을 짐차에 싣고서 가녀린 팔로 끌려고 하길래, 세류 시에서 산 하급 체력 회복약을 주었다.

부부 두 사람은 사양했지만 억지로 먹여서 회복시켰다. 단순 골절이라면 하급 체력 회복약으로도 치유가 되는군. 부부가 땅바닥에 엎드려 인사하는 것을 부드럽게 받아주고 그 자리를 떴다.

마차가 출발하고 얼마 지나자, 아리사가 쓴소리를 했다.

"알지도 못하는 사람들한테 마법약을 나눠주다간 끝이 없어."

"괜찮아. 하급 체력 회복약으로 골절을 고칠 수 있는지 알고 싶었던 거니까."

그렇다. 인명 구조는 덤이다. 필사적인 사모님의 모습이 찡해서 그랬던 게 아니라니까.

"그렇다고 해줄게."

아리사가 「나한테는 훤히 다 보이거든」이라고 말하는 표정으로 어깨를 으쓱거렸다.

—아니, 진짜로 덤이었다니까?

확인하고 싶은 일이 있어서 리자와 마부를 교대했다.

마부석 바로 뒤에서 미아의 류트 반주에 맞춰 애니송 합창을 하고 있던 애들 사이를 빠져나가 짐칸 맨 뒤에 앉아서 하늘을 보았다. 여기는 내가 주문 작성처럼 생각할 일이 있을 때 찾는 위치였다.

나는 맵을 열고 확인 작업을 시작했다.

일단 체크해봤는데, 아까 그 조무래기 악당의 상벌란에 「뺑소니」 같은 죄는 없었다.

맵을 검색해서 상벌의 종류를 조사해봤다. 「절도」, 「상해」, 「살인」, 「강간」, 「방화」, 「반역」까지 여섯 종류였다.

어라? 아까 그 사고는 그렇다 치고, 내가 세류 시에서 악한을 때리거나 무력화시켰을 때 「상해」는 안 생겼는데?

"왜 그래? 고민하는 표정이네."

어느샌가 가까이 다가온 아리사가 내 얼굴을 걱정스레 들여다보았다.

"아아. 야마토석의 상벌란에 대해서 좀 생각하는 중이야."

"그런 건 이 아리사한테 물어봐! 잘 알거든~."

아리사가 평평한 가슴을 내밀며 이상한 포즈를 취했다. 포치랑 타마가 따라 하니까 하지 마.

"일단 상벌의 종류는 일곱 개야."

"여섯 종류 아냐?"

"아니야. 절도, 상해, 살인, 강간, 방화, 반역 여섯 개가 일반적이지만『배교』라는 게 있어."

―배교? 내 뇌리에 타락한 성직자가 「이 배교자 놈」이라고 침 튀기며 외치는 영상이 떠올랐다.

"세례를 받은 신의 가르침에 반하거나, 그 신을 배신하거나 욕보이는 행위를 하지 않으면『배교』가 아니니까 지금까지 본 적은 없어."

그러면 「신의 세례」를 안 받으면 「배교」는 안 되는 건가?

아리사에게 그것을 물어보았다.

"그야 그렇지. 계약도 안 했는데 계약 위반이 되는 건 무리 야. 세례를 받으면 신의 축복을 얻을 수 있으니까 대부분 시종 으로 일하러 나가는 7세에서 성인이 되기 전까지 세례를 받는 모양이야."

그렇구나. 이 세상에는 신이 가까운 곳에 실재하니까 현세에 서 이익이 있었지.

"그리고 전염병 같은 게 돌면 세례를 받은 신자를 우선하니 까 세례를 안 받는 건 헌금을 못 하는 가난뱅이가 아니면 왕족 이나 영주의 직계밖에 없어."

"앞에는 알겠는데, 뒤에는 왜?"

왕권신수가 리얼하게 있을 법한 세계니까 위정자가 솔선해서 세례를 받을 것 같은데.

"왕이나 영주는 지위를 이을 때 도시 핵이랑 계약을 해야 하 니까. 세례를 받으면 그걸 못 이어. 도시의 태수나 소도시의 수호 직위를 맡는 사람은 왕이나 영주의 대행으로 도시 핵의 사용 대행권을 받으니까 세례를 받아도 괜찮아."

"잠깐만. 아리사. 그렇게 한꺼번에 말하면 이해가 안 돼."

파도처럼 말을 쏟아내는 아리사를 막았다.

"도시 핵이란 건 뭐지? 미궁 핵 같은 거야?"

"그래. 아차, 미안. 이 얘기는 다른 데서 말하면 안 돼. 도시 핵이란 건 성 지하에 있는데, 왕족이나 영주의 직계, 그것도 다음 대를 이을 사람만 아는 비밀이야. 나는 왕태자 오라버니 수업에 숨어들어가서 들었는데, 까딱하면 제거되니까 주의해야 돼."

아리사가 혀를 내밀며 윙크했다. 딴죽 걸어주길 기다리는 표정을 무시하고서 더 가르쳐달라고 했다.

"알았어. 다른 데서 말 안 할 테니까 도시 핵을 조금 더 자세히 알려줘."

"오~케이. 영주나 왕이 계약한단 얘기는 했지? 계약하면 도시의 지하에 있는 원천의 힘을 조종할 수 있어."

도시 지하에도 원천이 있구나. 그러고 보니 나디 씨도 미아의 치료에 대해 이야기할 때 세류 시 성 안쪽에 원천이 있다고 했지.

"도시를 마물에게서 지키거나, 주변 토지를 풍요롭게 하는 의식마법을 쓸 수 있어. 범위가 넓으니까 효과가 미약하다고 오해하기 쉽지만, 의식마법은 영지 전체의 기후를 조정하거나

물 부족을 완화하거나 생산성을 올릴 수 있어. 범위를 성으로 좁히면 중급이나 상급 마족의 공격도 몇 번 막을 수 있대."

꽤 굉장한 거네.

"아리사. 도시 핵이 그렇게 중요하다면 도시는 원천 곁에만 존재할 수 있어?"

"그렇지. 도시를 건설할 수 있을 정도의 원천은 별로 없을 거야. 대부분 정령 모임터나 마물 모임터라고 불리는 작은 원천밖에 없어."

아리사가 말하는 정령 모임터는 윤택한 마력의 영향으로 보기 드문 식물이나 동물이 서식하는 장소라고 한다. 계절에 안 맞는 꽃이 피어 있는 경우도 있다고 했다.

마물 모임터는 이름 그대로 마물이 사는 장소다. 토라자유야 씨의 자료와 비교해서 고찰해보면, 평범한 생물이 마물 모임터의 독기를 흡수하여 마물로 변화하는 것 같았다.

샛길로 빠진 사고를 되돌리고 아리사의 이야기를 계속 들었다.

"그리고 프루 제국 시대 이후로 도시 핵이 새로 만들어졌다는 이야기는 들질 못했으니까 특히 더 숨기고 있어."

"그러면 침략 전쟁이 빈발하지 않아?"

"그야 그렇지만, 전쟁을 너무 대규모로 벌이면 마족이 개입하거나 용이 호기심을 가지니까 대부분 소규모야."

그렇군. 마족이나 용의 존재가 억지력이 되어 인간들의 대전쟁을 막는 거구나.

이야기가 샌 것을 아리사에게 사과하고 도시 핵 이야기로 돌아갔다.

"그리고, 그 밖에는 『서훈』, 『포상』, 『단죄』, 『면죄』 같은 기능이 있어. 서훈은 기사를 임명하거나 귀족 작위를 내리는 거야. 포상은 훈장을 내리는 거. 지배 영역 안에서는 『지원 효과^{버프}』가 있나 봐. 반대로 상벌에 죄가 새겨진 사람은 『저해 효과^{디버프}』가 있대."

어느 정도 효과인지 물어봤지만 대답이 없었다. 아리사도 모르나 보다.

"단죄는 죄인에게 벌을 내리는 건가?"

"아니지. 죄인은 물리적으로 목을 날려서 끝이야. 범죄자를 고발하는 조서를 『단죄』하면 고발된 상대가 정말로 죄를 지었을 때 상벌에 죄가 새겨져."

오오, 누명이란 것과 인연이 없는 근사한 시스템이네.

"하지만 『면죄』로 죄를 지울 수 있으니까, 영주나 왕이 자기 입맛대로 죄를 없었던 걸로 할 수도 있어."

그렇기 때문에 위정자의 공평함이나 엄격함이 중요하다고 아리사가 말했다.

본래 『면죄』는 전쟁에 출병한 병사나 기사의 「살인」죄를 지우는 거라고 한다.

"야, 아리사. 내가 세류 시에서 사람을 때렸을 때 『상해』죄가 안 붙은 이유는 왠지 알아?"

"열상이나 골절 같은 중상이 아니면 『상해』가 아냐. 주점에서 싸우다가 주먹다짐을 하는 거야 일상다반사잖아. 아까 말한 것처럼 사고가 났을 경우에는 당사자들의 인식으로 상벌이 붙을지가 정해져."

그렇군. 아까 그 농민 부부는 자기들이 잘못했다고 생각해서 상대의 상벌에 「상해」가 안 붙었구나.

그렇지. 젠의 자살을 방조했을 때도 「살인」이 안 붙었는데, 젠이 「살인」이라고 생각하지 않아서 그런가?

가만 생각해보면 사람을 죽인 건데 어쩐지 실감이 안 들었다. 겉보기에 악령 같아서 성불시켰다는 감각이 든 건지도 모른다.

아니면 정신력 능력치가 높은 탓이라든가, 게임 같은 보정일지도 모르고. 질질 끌면서 고민하는 것도 내 취향이 아니니까 그렇다고 해둬야지.

아 용이나 도마뱀 수인족도 죽였는데……. 어째서 「살인」죄가 안 붙었지? 정당방위는 죄가 안 되나?

"아리사. 살인을 했는데 상벌에 안 걸리는 일도 있어?"

"있어. 독살이나 암살처럼 정체를 들키지 않고 죽이면 돼. 그리고 정당방위나 쌍방이 합의한 결투 같은 걸로 죽였을 때."

흠, 유성우로 쓰러뜨린 거랑 도마뱀 수인이랑 대결했던 건 그거구나.

먼저 공격한 도마뱀 수인은 그렇다 치고, 불가항력으로 죽여

버린 용들에게는 미안하네. 나는 스토리지 안에 「묘지」 폴더를 표시하고, 다시 한 번 명복을 빌었다. 시가 왕국을 한 바퀴 돌고 세류 시에 들른 다음에 용의 계곡에 진짜 무덤을 만들어주자고 결심했다.

내 생각을 모르는 아리사가 뭔가 생각난 듯 말을 덧붙였다.

"아, 임금님이나 영주님은 자기 영지에서 사람을 죽여도 죄가 안 돼."

그건 또 너무하네. 그런 특권이 있으면 젠이 멸망시킨 후작처럼 자기 영지에서 신처럼 구는 불량 영주도 나올 것 같다.

이때 나는 새로운 정보의 파도에 빠져서 「신의 세례를 받으면 도시 핵과 계약하지 못하는」 이유를 제대로 물어보지 못했다. 그리고 그것을 알게 된 것은 꽤 나중 일이었다.

◆

점심시간. 아까 사고를 본 탓에 미루고 있던 연금술 실습을 하기로 했다.

연금술 도구를 꺼내는 중, 학습 카드로 재미있게 놀고 있는 애들의 모습이 눈에 들어왔다.

직접 만드는 게 가능해지면 좀 더 편하게 나눠줄 수 있겠지.

"이번엔 연성? 재주가 얼마나 많은 건데?"

아리사의 기가 막힌다는 목소리가 「엿듣기」 스킬로 들렸다.

그 말을 흘려듣고 방수 시트 한구석에 진을 친 채, 늙은 노움에게서 산 책을 보며 연금술 준비를 했다. 이공계 실험 도구 같은 기기가 많았다.

교본은 스토리지에 수납하고서 메뉴의 열람 기능으로 펼쳐 놓았다. 이 상태라면 책의 페이지를 손으로 누르지 않아도 되니까 편리하거든.

「연금술의 초보」를 읽었다. 늙은 노움이 맨 처음 읽으라고 당부한 책이다. 책이라기보다는 소책자라고 해야 되나? 불과 20페이지밖에 안 되는 얇은 책이었다.

그 책은 도구의 설명부터 시작했다. 게다가 그림이 있어서 초보자라도 도구에 대해 알 수 있도록 배려하고 있었다. 영감님이 처음에 읽으라고 못 박은 이유가 있었구만.

일단 막자와 사발을 꺼냈다. 나에게 낯익은 하얀 도기가 아니라 엷은 핑크색 사발이었다. 감정해보니 마노였다. 마노는 보석 아니었나?

책에 쓰인 대로 「시약 1」이라고 쓰인 주머니에서 건조시킨 약초를 꺼내 사발에 넣고 막자로 빻았다. 사발에 물을 넣고 가는 금속 막대로 빻은 약초를 녹였다.

시작한 지 5분 만에 조합이 끝났다. 입문서의 가장 처음에 쓰여 있는 거라서 대단히 간단했다.

〉「조합」 스킬을 얻었다.

재빨리 「조합」 스킬에 포인트를 최대까지 분배하고 유효화시^{액티베이트}켰다.

완성된 수용액은 「해열제」였다. 감정해보니까 이름은 「해열제 (품질: 최저)」였고, 내용은 「해열 작용이 있는 물약. 효과는 극히 낮아서 마음의 위안을 주는 수준이다」라고 되어 있었다. 처음 조합한 거니까 품질이 낮은 것도 어쩔 수 없다.

감정해보고 알았는데, 아이템의 비고 정보에 제작자의 이름이 새겨진다.

리자의 창을 감정해보니 「제작자: 사토」라고 표시되었다. AR 표시로는 제작자 정보가 안 나왔는데, 메뉴의 설정을 조작하니까 표시되었다. 초기 설정이 비표시였나 보네.

위험한 약이나 아이템을 만들기 전에 깨달아서 다행이다. 다음부터는 아이템을 제작할 때 이름을 공란으로 해놓고 만들어야지.

입문서 다음 페이지에는 「연성판이 있으면 2장으로, 연성판이 없으면 4장으로 가라」고 쓰여 있었다. 비즈니스 소프트 입문서 같던 것이 왕년의 게임북 같은 인상으로 바뀌었다.

2장은 연성의 초보였다. 마법약을 실제로 만든다.^{포션}

교본의 해설에 따르면, 조합으로 제작하는 통상 약품과 연성으로 만드는 마법약은 효과는 비슷해도 다른 것으로 취급하고 있었다.

마법약은 제작할 때 비약이라고 불리는 마력 촉매나 마력이 필요하지만, 대신에 효과가 즉시 발휘되는 이점이 있었다.

마법약의 연성 작업을 입문서를 따라 진행했다.

일단 연성판을 준비했다. 흑단 나무를 썼는지 나뭇결이 검은 커다란 판이다. 표면에 마술적인 얇은 홈이 잔뜩 파여 있었다. 판 위 여섯 군데에 표시가 있는데, 여기에 부속인 금속봉을 세웠다. 가는 금속봉에는 연성판의 홈과 비슷한 모양의 세밀한 조각이 되어 있었다.

설치가 끝난 다음에 연성판의 손 모양 표시에 양손을 올리고 기동어를 말했다. 평범한 시가 국어로 「연성판 기동」이라고 하자 내 손에서 마력이 빨려 들어가 연성판의 홈에서 희미한 붉은 빛이 떠올랐다. 꽤 예쁘네.

연성판의 기능 설정은 이 홈을 손가락으로 쓸어서 한다. 어떤 의미로 태블릿의 터치패널 같은 구조였다.

나는 교본에서 지정한대로 연성판을 설정하고, 여섯 개의 금속봉 중앙에 금속제 비커를 놓았다.

거기에 아까 제작한 물약을 넣었다. 이건 마법약의 베이스가 되는 것이었다.

거기에 이미 조합된 비약—「시약 2」를 골고루 뿌리면서 조금씩 섞었다. 이 「시약 2」가 가라앉기 전에 마력을 주입하면 된다.

연성판에 손을 올리고 마법약의 연성을 시작했다.

여섯 개의 금속봉이 새빨갛게 빛나고 비커 안에서 「시약 2」의 가루가 반짝거리며 희미하게 빛났다. 반사가 아니라 가루 자체가 빛나고 있었다. 이 빛이 사라지면 완성이다.

﹥「연성」스킬을 얻었다.

물론 「연성」스킬도 최대까지 습득했다.

완성된 마법약은 「해열 포션(품질: 최저)」이었다. 버리기도 아까워서 비커 안의 액체를 스토리지에 수납했다.

그러면 이제부터 시작이다.

체력 회복약용 비약이 세 개 있어서 교본에 나온 순서에 따라 연성했다. 익숙해진 탓도 있겠지만 「조합」과 「연성」스킬 덕분에 고품질의 체력 회복약이 완성되었다.

스킬을 올린 다음에 조합이나 연성을 하자 「약사」와 「연금술사」 칭호를 얻었다.

교본을 보니 마법약은 전용 병에 넣어서 보존하지 않으면 마력이 빠져나가서 열화된다고 한다.

병에는 전용 잉크로 그린 간단한 마법진이 그려져 있었다. 이 마법진의 효과가 약에서 마력이 확산되는 것을 막아준다.

나는 감정이나 AR표시가 있어서 신경 안 썼는데, 보통 사람은 병에 그려진 마법진으로 종류를 판별한다고 한다.

교본에 실려 있지 않았지만, 토라자유야 씨의 자료를 보니 재료를 늘려서 한 번에 다섯 개까지 동시에 제작할 수 있다고 한다.

제작할 때 수에 비례하여 두 배의 마력이 필요한 데다가 품질이 약간 떨어진다는 주석이 있었다. 교본에는 그래서 안 실린 거겠지.

더욱이 스태미나 회복약, 그리고 진통 계열의 마법약을 추가로 제작했다.

연성판을 정리하면서 다음에 만들고 싶은 마법약의 라인업을 생각했다.

역시 해독제나 마비 해독약이겠군.

해독제는 독의 종류별로 존재하기 때문에 입문 세트에는 합성된 비약이 없었다. 용백석을 사용한 만능 해독제가 편리해 보였지만, 재료가 몇 개 부족해서 당장 만드는 건 무리였다.

비약은 마핵과 안정제가 주성분이었다. 마핵은 잔뜩 있고 「안정제」도 소량 있으니 약을 더 만들려고 하면 만들 수는 있었으나 기왕이면 조금 더 여러 가지 약을 만들고 싶었다.

다음 도시에 도착하면 마법약의 조합에 필요한 소재를 사야지.

예상 이상의 성과에 만족한 표정의 나를 태우고 마차가 출발했다.

애들을 너무 방치하면 미안하니까 야영지까지 가는 동안에는 마법 연구를 미뤄두고 놀아주기로 했다.

음치인 나에게 애니송 합창은 괴로운 일이라서 여행의 정석인 「끝말잇기」를 제안했다.

설명을 좋아하는 아리사에게 「끝말잇기」의 규칙 설명을 맡기고 놀기 시작했다.

내가 제안하긴 했지만 이 게임은 나한테는 좀 어려웠다. 일본어로 번역된 단어와 실제 시가 국어의 단어 발음이 다른 걸 까먹고 있었다.

참패가 이어졌지만, 중간부터는 요령을 터득해서 어느 정도 체면을 세웠다.

생각지 못한 실수는 있었지만, 어린이 팀뿐 아니라 연장자 팀에게도 호평이라서 앞으로 여행의 단골 놀이가 될 것 같다.

마차는 즐거운 분위기의 우리를 태우고 구릉 지대를 벗어나, 영지 경계인 산들의 바로 앞에 있는 야영 예정지에 도착했다.

◆

"어렵네."

나는 표적에서 크게 벗어난 화살을 보고 투덜거렸다.

야영 준비를 끝낸 우리는 카이노나에서 산 단궁을 꺼내 미아에게 활쏘기를 배웠다.

내가 쏘는 것을 보고 아인 소녀들뿐 아니라 아리사와 나나도 해보고 싶어 하길래, 루루까지 불러서 함께 연습하게 되었다.

그러나 활쏘기는 생각 이상으로 어려웠다.

처음에는 똑바로 쏘기는커녕 화살을 발치에 떨어뜨리는 지경이었다.

"잘 봐."

미아가 모범적으로 시범을 보였다. 궁도와 달리 활을 수평으로 눕히고 쏘았다.

다들 순서대로 쏘아봤지만, 나랑 별 다를 바 없었다.

아리사가 뜻밖에 잘 쏘았는데, 전세에서 일주일 동안 궁도부였다고 자랑 아닌 자랑을 했다.

현이 나나의 가슴을 때리는 해프닝은 없었지만, 포치가 현에 손을 맞아서 빨개졌다. 미아가 물 마법으로 치유해주었다.

결국 실용적인 레벨로 활을 쓸 수 있는 건 미아뿐이고, 그밖에는 아리사와 타마가 앞으로 날리는 게 가능한 정도였다. 명중률이 너무 낮지만 견제는 할 수 있겠네.

타마의 경우는 투석쪽이 위력과 명중률이 높은 데다가, 아리사도 무영창으로 쓸 수 있는 정신 마법이 있으니까 활은 미아만 쓰게 될 것 같다.

나도 적당한 사냥감을 발견해서 「활」 스킬을 얻을 때까지 손대지 말아야겠다.

연습을 끝낸 다음, 너무 멀리 날아간 화살을 주우러 갔다.

포치와 타마를 데리고 표적이 있던 나무 너머의 수풀을 헤치고 들어갔다.

화살이 있는 장소는 맵으로 마킹해두었기 때문에 마음 편하게 산책하는 것이나 다름없었다.

이동하면서 마법약에 쓰는 약초를 발견해서 캐두었다.

"약초~?"

"그래. 이건 적갈색 별무늬 풀이란 건데 마력을 회복시키는 약을 만들 수 있지."

타마가 내 손을 흥미롭게 들여다보길래 약초에 관해 설명해줬다.

"타마도 캘래~."

"포치도 캐는 거예요!"

"그럼 다 같이 캐면서 돌아가자."

화살 회수를 끝내고 셋이서 약초를 캐서 돌아갔다. 「채취」 스킬 때문인지 그냥 눈썰미가 좋은 건지, 타마가 캔 약초가 제일 많았다.

야영지로 돌아오니, 리자가 메인 디시를 뭘로 할지 물었다.

타마랑 같이 사냥해 온 사슴 고기는 얼마 안 남았으니, 카이노나에서 산 양고기를 쓰기로 했다.

스토리지에 있던 양고기를 격납 가방을 경유해서 꺼내 리자에게 건넸다.

상태가 변화하지 않는 스토리지에 수납해뒀기 때문에 막 해체한 색 그대로였다.

리자가 너무 신선한 고기를 보고 조금 고개를 갸웃거렸지만, 격납 가방의 기능이라고 생각한 건지 별 말 없이 오늘 쓸 만큼 잘라내고 나머지를 나에게 돌려줬다.

어린이 팀의 활약으로 다른 준비도 얼른 끝났다. 배고픈 소녀들의 뜨거운 시선을 받는 리자를 위해서라도, 아이들에게 저녁 식사가 다 될 때까지 학습 카드로 놀고 있으라고 일렀다.

그냥 저녁 식사를 기다리기만 하는 것도 뭐해서 마법 도구 제작에 도전해보기로 했다.

세류 시에서 산 『마법 도구의 기초』는 이미 읽었다.

마법 도구는 대강 말하면 특정한 마법 효과를 주문 영창 없이 재현하는 장치였다. 마법 도구에는 마도 회로^{서킷}라는 패턴을 심어서 주문을 대체한다고 한다.

간단한 회로라면 큰 설비가 없어도 만들 수 있지만, 복잡한 회로를 만들려면 전용 공방이 필요해진다. 「꼬마전구와 전선과 전지로 만드는 전기 회로」와 「반도체를 사용한 전자 회로」의 차이라고 생각하면 알기 쉬울지도 모르겠다.

마도 회로를 구성하려면 회로액^{서킷 리퀴드}을 특정한 패턴으로 그리면 된다. 참고로 회로액에 따라서 마액^{리퀴드}이라고 불리기도 한다.

목적에 따라서 마력 저항이 다른 회로액을 사용할 필요가 있기도 하지만, 처음에는 왕도로 가야지.

일단 카이노나에서 산 두꺼운 나무 판에 잉크로 둥근 원을 그렸다.

다음에는 단검으로 원을 따라서 홈을 새겼다.

여기에 회로액을 흘려보내면 완성이다.

이번에 쓰는 회로액은 녹인 구리에 마핵(코어) 가루와 안정제 혼합물을 투입하는 가장 간단한 거였다.

안정제는 연성에 쓰는 것과 마찬가지라서 출발하기 전에 마물 퇴치 가루와 함께 샀는데 뜻밖에 저렴했다. 마법약에도 쓰이니까 다음 도시에 도착하면 넉넉하게 사둬야지.

일단 도가니에 구리를 넣어서 녹였다.

이 과정에는 알코올램프 형태를 한 마법 도구를 사용했다.

버튼을 누르면 사용자의 마력을 빨아들여 버너처럼 고온의 불꽃을 뿜어내는 구조였다.

연료도 없는데 타오르는 걸 보니 역시 마법 도구다.

도가나나 버너는 「요람」의 전리품 속에서 발견했다. 아마도 토라자유야 씨나 젠이 쓰던 거겠지.

〉「금속 세공」 스킬을 얻었다.

금속을 녹여서 조건이 충족된 건가?

도가니에서 녹인 구리에 마핵(코어) 가루와 안정제 혼합물을 투입했다. 퐁 가벼운 소리가 나면서 붉은 연기가 작게 피어올랐다. 냄새는 안 났다.

다음으로 나무 판의 홈에 회로액을 흘려 넣었다. 뜨거운 회로액이 나무 판을 태우는 냄새와 연기가 났다.

조금만 식힌 다음에 하는 편이 좋으려나?

〉「마법 도구 제작」 스킬을 얻었다.

완성과 동시에 스킬이 생겼길래, 아까 얻은 「금속 세공」과 함께 최대까지 스킬 포인트를 분배해서 유효화 시켰다.

그러면 이제 동작 검증을 해야 하는데 하는 법을 모르겠다. 「마법 도구의 기초」에는 「완성되면 마력을 주입해보자」라고 쓰여 있었다.

저자에겐 너무 당연한 거라서 자세하게 쓰질 않았나 보다.

"뭐 만들었어?"

내 작업이 일단락된 것처럼 보였는지, 아까부터 학습 카드를 내팽개쳐놓고 흥미진진하게 살피고 있던 아리사가 말을 걸었다.

"마법 도구 1호다."

"어? 직접 만들 수 있는 거야?"

"그런가 봐. 시험해볼래?"

"내가 해도 돼?"

아리사의 기쁜 표정을 보니 죄책감이 싹텄다.

"마력을 주입해봐."

"오~케이. 마법 도구를 쓸 때는 『오른손에서 왼손으로 마력을 흘리면』되던가?"

설명하는 대사 고맙다. 이걸로 몰래 시행착오를 할 수 있겠다.

"그럼, 간다!"

아리사가 마력을 주입하자, 적동색 마도 회로가 살짝 붉은 기를 머금은 금빛을 띠었다.

"좋아. 이제 됐어."

"그래서 뭐가 어떻게 되는 건데?"

"마력을 주입하면 마도 회로에 마력이 흐른다."

"응, 응. 그래서?"

"그것뿐이야. 마력이 소비될 때까지 돌다가 끝."

"에~~~."

"처음 만든 마법 도구에 고도의 효과를 기대하지 마."

"으으, 기대했는데."

아리사가 굉장히 불만스런 모습이었다.

애당초 둥근 원을 그리기만 한 마도 회로가 복잡한 기능을 가졌을 리 없잖아.

흥미를 잃은 아리사가 아까 읽고 있던 마법서를 다시 펼쳤다.

나는 아리사가 주입한 마력이 다 소비되어 마도 회로가 본래 색으로 돌아가길 기다렸다.

그러면 나도 마력을 주입해봐야지. 아리사의 마력 게이지가 줄어든 걸 보니 아주 약간이면 되는 것 같다.

나는 마도 회로에 손을 대고 신중하게 오른손에서 왼손으로 마력이 흐르는 것을 이미지했다.

다음 순간, 마도 회로가 붉은 섬광과 함께 터져버렸다.

나는 반사적으로 옆에 놔둔 외투를 펼쳐서 나무 조각이나 회로 파편을 받아냈다.

"적습~?"

"큰일인 거예요!"

갑자기 폭발음이 들리자 타마와 포치가 날아왔다. 리자도 이쪽을 살피고 있었다.

"아아, 별거 아냐. 놀라게 해서 미안."

나는 애들에게 미안하다고 사과하면서 실험을 계속하기로 했다.

로그를 확인하니 방금 소동이 났을 때 스킬과 칭호를 몇 가지 얻었다.

> 「마력 조작」 스킬을 얻었다.
> 「과잉 공급」 스킬을 얻었다.
> 칭호 「마법 도구 설계사」를 얻었다.
> 칭호 「마법 도구 기사」를 얻었다.
> 칭호 「파괴마」를 얻었다.

도움이 될 것 같길래 곧장 스킬 포인트를 분배했다.

이 「과잉 공급」 스킬은 파괴 활동에 적합해 보여서 포인트를 분배한 다음에 「무효」로 전환했다. 위험한 마법 장치를 파괴할 때 쓸모가 있겠네.

다시 한 번 같은 회로를 제작하여 마력을 주입해봤다. 「마력 조작」 스킬이 있으니 괜찮을 것 같지만, 파편이 날아가면 위험하니까 아리사랑 조금 멀리 떨어져서 실험했다.

이번에는 문제없이 마력을 공급했다. 스킬 레벨이 높은 상태로 제작한 탓인지, 아리사가 시험한 것보다 열 배 이상의 시간 동안 마력이 흘렀다.

이걸 잘 쓰면 마력을 저장하는 배터리나 콘덴서 같은 걸 만들 수 있을 것 같은데.

나는 취침 시간이 되기 전까지 「마법 도구의 기초」에 쓰인 연습용 회로를 순서대로 제작해보았다.

그 결과 깨달은 건데, 마도 회로의 구조나 기능이 전기 회로와 비슷한 점이 많았다. 전기를 마력으로 치환하기만 한 것이 많이 보였다.

물론 명백하게 물리적으로 불가능한 기능을 가진 회로도 있으니 완전히 치환할 수는 없었다.

시험해보고 싶은 회로가 몇 개 있지만 공구나 재료가 부족했다. 공구는 「요람」이나 「용의 계곡」의 전리품 속에도 있을 법하지만, 쓸 만한 재료를 찾는 게 너무 어려워서 포기했다.

도시에 들렀을 때 사야지. 사고 싶은 게 너무 많아서 잊을까봐 메뉴의 교류란에 있는 메모장에 우선순위를 매겨서 일람표를 만들었다.

양고기를 듬뿍 쓴 저녁 식사를 즐긴 다음, 식후의 차를 즐겼다.

뭔가 생각에 빠졌던 리자가 결심한 듯 내 앞으로 나섰다.

"주인님. 몸이 둔해지지 않도록 포치와 타마와 훈련을 하고 싶습니다. 괜찮을까요?"

무슨 말을 하려나 싶어서 긴장했는데, 대단한 것도 아닌 부탁이길래 흔쾌히 승낙했다.

물론 진검으로는 위험하니까 근처에 있는 나무를 베어서 간단한 목제 소검과 창 모양으로 생긴 곤봉을 제작했다.

"마스터. 다음은 저도 참가하고 싶다고 청원합니다."

"그래. 좋아."

아인 소녀들이 즐거운 듯 훈련하는 걸 본 나나가 그렇게 말하길래 목제 세검을 만들어줬다.

"훈련할 때는 『마법의 화살_{매직 애로우}』은 쓰지 마라."

"금지 사항을 등록. 마스터의 지령은 수리되었다고 보고합니다."

나나가 무표정하게 고개를 끄덕였다.

아인 소녀들은 레벨 13. 나나는 절반 정도인 레벨 7밖에 안 되니까 이술로 「신체 강화」를 허락했다. 딱 좋은 핸디캡이다.

1대 1 개인전이나 2대 2의 팀전을 시켜봤다.

나는 심판도 보고 다칠 것 같을 때 개입하는 역할이라서 훈련에는 참가 안 했다.

역시 리자가 특출하게 강했고 이어서 타마, 포치, 나나의 순위였다.

타마는 회피를 잘하니까 상대의 공격을 계속 피하며 시간을 끌어 무승부로 만드는 것이 특기였다.

포치는 공격능력은 리자만큼 좋았지만, 너무 공격 일변도라 방어나 회피가 서투른 탓에 리자에게 그 틈을 찔려서 패배했다.

나나는 유감이지만 모두 졌다. 「마법의 화살」을 쓰면 근소하게 이겼을지도 모르지만, 이번에는 레벨 차이와 기세로 아인 소녀들을 당해내지 못했다.

그래도 네 사람 중에 제일 방어가 능숙해서, 레벨이 오르면 좋은 방패^{탱커} 전사가 될 것 같았다.

훈련을 마친 네 사람이 땀을 닦는 동안 루루가 수프를 다시 데워줬다. 그걸 마신 다음 다들 재웠다.

아리사와 함께 처음 불침번을 설 때 흡혈 박쥐가 공격해 왔다. 이름은 마물 같지만 피를 빠는 보통 박쥐였다.

외투로 가리고 스토리지에서 꺼낸 마법총으로 흡혈 박쥐의 날개를 쏘아 땅에 떨궜다.

단궁에 화살을 먹여 땅바닥에서 파닥거리며 몸부림치는 박

143

쥐 날개에 화살을 댄 상태로 쏘니까 「활」 스킬이 생겼다.

동물을 학대하는 취미가 없어서 스킬을 얻은 다음에 나이프로 목을 베어 즉사시켰다.

다음 날, 세류 시를 출발한 지 닷새째 아침. 내 눈앞에 해체되어 조리 준비가 끝난 흡혈 박쥐의 산이 쌓여 있었다.

어젯밤에 맵으로 조사했을 때 흡혈 박쥐의 둥지는 꽤 멀었는데, 아침까지 몇 번 공격이 있었나 보다.

아침 식사로 나온 흡혈 박쥐 구이는 냄새가 좋았지만, 아무래도 손이 안 갔다. 그래서 맛보는 척만 하고 나머지는 애들에게 양보했다.

아리사와 루루도 나와 비슷한 감상인지, 박쥐 구이는 거의 다 아인 소녀들의 뱃속으로 사라졌다. 셋이 모두 뼈째로 오독오독 씹어 먹던걸 보면, 뜻밖에 맛있는 걸지도 모르겠다.

기껏 이세계 여행을 하고 있으니까 다음 기회에 분발해서 도전해봐야지.

내 결심을 태우고 마차가 세류 백작령을 빠져나가 크하노우 백작령으로 들어갔다.

마물의 습격

"사토입니다. 고향집에 갔을 때 『곰 주의』 간판이 있었지만 다행히 마주 친 적은 없습니다. 자동차를 타고 있으면 몰라도, 맨몸으로는 절대 만나 기 싫단 말이죠."

"주인님. 날씨가 심상치 않아요. 산을 넘어가기 전에 비가 내 릴 것 같아요."

산을 따라 영지 경계를 넘었을 즈음에 마부석의 루루가 보 고했다.

어느새 짙은 구름이 나타났다. 이제 곧 점심시간인데 오늘은 마차 안에서 먹어야겠네.

나는 격납 가방에서 방수 외투를 꺼내 입었다. 마차 안에서 는 젖을 일이 없겠지만, 혹시 몰라 모두에게 비옷을 건네고 입 으라고 했다.

"루루. 교대하자."

"네. 길 폭이 좁으니까 되도록 산 쪽으로 부탁드릴게요."

"알았다."

루루에게 마부 역할을 이어받았다.

산에 들어서면서 가도의 폭이 좁아지더니 마차가 한 대 통과하는 게 고작이었다. 마차로 가는 걸 고려해서 경사가 완만한 게 그나마 다행이었다. 그런 만큼 구불구불해서 가도의 시야는 나빴다.

굽어진 가도 두 개 너머에서 사두마차가 산속을 폭주하는 게 보였다. 폭주라고 해봤자 원동기보다 훨씬 느리긴 한데, 무슨 일 있나?

메뉴의 마법란에서 「모든 맵 탐사」를 선택하고 크하노우 백작령의 정보를 얻었다.

마차를 따르는 기마가 세 기― 처음에는 도적인가 했는데 호위 같았다. 마차를 습격한 것은 여기서는 안 보이는 서른 개 가까운 광점이었다. 하나를 선택해보고 늑대 무리라는 것을 알았다.

말 탄 호위가 잠깐 보였는데, 마상에서 단궁을 쏴 늑대들을 견제하고 있었다.

호위대장은 리자와 같은 레벨이었다. 다른 두 사람은 레벨 6, 7이니 일반적인 병사와 비슷하다고 할 수 있겠군.

늑대가 레벨 3부터 5 정도니까 따라잡혀서 포위되지만 않으면 괜찮을 것 같다.

하지만 이대로 가면 도망치는 마차와 정면충돌하는 미래가 기다린다. 맵을 조사해서 마차가 피할 수 있는 장소를 찾았다.

요 앞 고개에 피난 장소 겸 휴게소로 보이는 오두막이 있는 광장이 있길래 거기까지 서둘러 마차를 몰았다.

"개~?"

"잔뜩인 거예요!"

비옷을 입고서 마부석으로 온 타마와 포치가 나무들 사이로 보이는 늑대 무리를 발견하고 가리켰다.

"저건 늑대다. 마차를 따라가고 있나봐."

나는 두 사람의 말을 정정해주고, 옷을 갈아입고 마부석 뒤로 모인 모두에게 상황을 보고했다.

"마차가 쫓기고 있어? 이, 이건 왕녀님이나 귀족님을 구하는 플래그네!"

아리사가 「약속된 전개 와따아~」라며 기쁜 목소리로 외치길래 「가만히 좀 있어」 하고 타일렀다. 그리고 공주 구출과 귀족 구출은 이미 클리어했다.

운명의 신이 그 잡담을 듣고 기분이 틀어졌는지, 마차 크기의 거대한 늑대가 마차의 호위를 덮쳤다. 한눈을 판 탓인지, 마치 기마 앞에 순간 이동으로 나타난 것처럼 보였다.

기마대장이 거대 늑대의 공격에 저항했지만, 세 마리의 거대 늑대가 더 출현하자 공격을 막아내지 못하고 목숨을 잃었다. 그것을 본 나머지 두 기가 활을 버리고 도주하기 시작했다. 현명한 판단이었다.

엄호해주고 싶지만 단궁으로는 저 거리까지 화살이 안 닿는다. 마법총의 사정거리도 단궁이랑 비슷해서 무리다.

—하지만 투석이나 투창이라면 닿지 않을까?

나는 마차를 세우고, 돌을 던져 거대 늑대 한 마리를 공격했다. 공기 저항과 중력 가속도를 뿌리치고서 아음속으로 날아간 돌이 거대 늑대의 머리를 분쇄했다.

두 번째 돌을 집었지만, 나타났을 때와 마찬가지로 거대 늑대들이 사라졌다. 광점의 움직임을 보니 마차를 뒤쫓아 갔다.

맵으로 거대 늑대의 세부 정보를 확인했다. 「분사 늑대_{로켓 울프}」라는 레벨 10대 후반의 마물인데, 「분사」와 「권속 지배」란 특수 기능을 가졌다.

……요전에 타마가 잡아 온 새끼 늑대의 동족이네.

"요 앞 광장에서 늑대를 맞아 싸운다. 모두 전투 준비해."

모두 알았다고 대답했다. 말까지 푸르릉거리며 기합이 들어간 콧김으로 대답했다.

포치와 타마가 말들을 격려하며 방패와 소검을 장착했다.

"기! 힘내는 거예요!"

"다리도 힘내~?"

기는 오른쪽 말, 다리는 왼쪽 말이다. 오른쪽과 왼쪽[5]에서 이름을 따온 것은 말할 필요 없겠지?

"루루. 마부역할을 부탁한다. 나는 먼저 광장에 갈게."

내가 고삐를 넘기자 루루가 황급히 마부석에 앉는 것을 확인하고 혼자서 가도를 달려갔다. 물론 전력으로 달리면 가도가 울

#5 오른쪽, 왼쪽 일본어로 오른쪽은 미기, 왼쪽은 히다리

퉁불퉁해지니까 자동차 비슷한 속도정도만 냈다.

달리면서 맵을 확인했다.

짧은 시간 동안 호위의 기마는 사람과 말 모두 분사 늑대의 먹이가 되어버렸다.

호위가 시간을 벌어준 덕분에 마차는 아직 무사했다. 짐칸 부분에 궁병이 타고 있는지, 마차를 쫓는 늑대들이 다가오지 못하게 분발하고 있었다.

작은 늑대는 다갈색 늑대라는 보통 동물이었다. 아마도 분사 늑대의 「권속 지배」로 조종당하는 거겠지.

광장에 도착했다. 생각보다 넓었다. 계곡 쪽에 바람막이 나무가 몇 그루 서 있었고, 마차를 세 대 정도 세울 수 있는 공간이 있었다. 산 쪽 조금 높은 장소에 로그하우스 같은 오두막이 세워져있었다.

어두운 하늘에서 드디어 빗방울이 툭툭 내리기 시작했다.

나는 오두막이 있는 고지대보다 더 위쪽을 눈여겨보았다. 저기서는 고갯길의 늑대를 저격할 수 있겠다.

재빨리 이동하여 스토리지에서 단궁과 화살을 꺼내 겨누었다.

―아차. 화살이 열 개밖에 없네.

나는 혀를 차면서도 산길 사이로 보였다 말았다 하는 마차와 다갈색 늑대를 확인하며 한 마리씩 저격했다. 다갈색 늑대의 급소를 노려서 거의 다 일격 필살이었다.

〉호칭 「활의 명수」를 얻었다.

연사 속도는 마법총보다 활이 빠르다.

흘깃 보인 분사 늑대도 한 마리 명중했다. 이 녀석은 마지막 화살 하나로 처리할 수가 없어서 스토리지에서 꺼낸 마법총으로 결정타를 가했다.

단궁의 위력은 현의 장력에 좌우되기 때문에 레벨 보정의 영향이 적었다.

그 다음에도 마법총으로 다갈색 늑대 몇 마리를 처리했지만, 산을 따라 크게 굽어지는 가도 탓에 마차와 늑대의 모습이 안 보이게 되었다.

광장에는 우리 일행이 탄 마차가 도착했으니 합류하기로 했다.

"늑대는 반쯤 처리했어. 분사 늑대라는 거대한 늑대가 두 마리 남았다. 이 녀석들은 강적이니까 다 같이 한 마리를 노려라."

아인 소녀들이라도 1대 1로는 상처 없이 쓰러뜨리기 어려울 것이다.

루루를 오두막으로 숨기고 말들도 오두막 뒤에 있는 나무에 묶었다.

팔을 걷어붙이고 빙빙 돌리는 아리사에게 조용히 못을 박았다.

"아리사. 고유[유니크] 스킬은 쓰지 마라."

"에엑? 아리사의 굉장한 모습을 보여줘서 주인님을 해롱거리게 만들 계획이었는데—."

"명령이야."

"으헤엥~."

두 손을 땅에 짚고서 풀이 죽은 아리사에게는 미안하지만, 젠이 죽을 때 남긴 충고가 마음에 걸렸다. 아리사의 일회용 대포 같은 고유 스킬을 섣불리 쓰도록 할 수는 없었다.

산으로 가려진 언덕 너머에서 마차의 모습이 보였다. 삼십 미터쯤 떨어진 거리다.

"마차 왔어~?"

"좋아. 공격 개시."

타마가 보고하자 전투 시작 사인을 내렸다.

미아의 활, 포치와 타마의 투석, 나나의 마법 화살이 마차 말을 노리는 늑대를 저격했다. 아리사의 정신 마법은 마차까지 휘말릴 가능성이 있어서 지금은 못 쓰게 했다.

나도 마법총 두 정으로 늑대를 저격했다.

"으아핫. 쌍권총 모에하네! 아아, 어째서 이 세상에는 『카메라』가 없는 거야!"

아리사의 말을 흘려들으며, 한 마리씩 차근차근 다갈색 늑대를 처리했다.

마차 말이 경사를 다 오르고 내리막으로 바뀌자 마차의 짐칸이 보였다. 천막이 찢어져 있고 당장이라도 마부를 물어뜯으려는 분사 늑대가 보였다. 짐칸에 있던 호위들의 모습은 보이지 않았다.

"마물이다! 당신들도 도망쳐!"

우리를 본 마부가 있는 힘껏 외쳤다. 분사 늑대의 숨결이 느껴지는 건지, 마부는 결코 돌아보지 않았다.

분사 늑대가 기뻐하는 듯, 마부의 머리 위에서 입을 열었다.

—그만해라.

나는 위력을 최대까지 올린 마법총으로 분사 늑대의 머리를 맞췄다.

피보라가 흩어지고 분사 늑대가 마차에서 굴러떨어졌다.

마차가 광장 앞을 통과했다.

"아리사!"

내가 외치자 아리사가 「정신 충격파」 마법을 써서 마차를 따르던 다갈색 늑대들을 일망타진했다.

다갈색 늑대가 눈과 귀에서 피를 흘리며 넘어졌다. 반쯤은 죽은 모양이다.

아인 소녀들에게 다갈색 늑대 처리를 맡기고 싶었지만, 아직 분사 늑대 한 마리가 남아 있었다. 그게 먼저다.

그때 레이더에 산꼭대기에서 이쪽을 향해 똑바로 오는 광점이 보였다.

그쪽을 올려다봤지만 안 보였다.

광점은 우리가 아니라 아까 그 마차 쪽으로 가고 있었다. 나는 가도로 나가서 달려간 마차를 살폈다.

마차 위 하늘에서 집채만 한 덩치가 떨어져서 착지하더니, 분사 늑대가 엉망으로 만든 짐칸이 분쇄되었다.

그것은 용 같은 몸에 뱀 같은 머리 세 개와 두 장의 날개를 가진「세 머리 히드라」였다.

집채만 한 덩치에 걸맞게 레벨이 39나 되었다. 불사의 왕(노 라이프 킹)이랑 비슷하군.

마부를 구하려고 히드라에게 총을 겨누었다.

"주인님, 뒤!"

등 뒤에서 아리사가 절규했다.「위기 감지」스킬도 동시에 반응했다.

레이더의 붉은 광점이 급속 접근했다. 분사 늑대다.

"방패(실드)!"

내가 돌아보기 전에, 나나의 마법 방패가 분사 늑대의 돌진을 막았다.

관성까지 막을 수 없었는지, 투명한 마법 방패가 분사 늑대에게 밀려 내 쪽으로 다가왔다. 나는 마법총을 스토리지에 수납하고 한 손으로 그것을 밀어냈다.

마부를 가리키는 광점은 이미 레이더에서 사라졌다.

나는 분풀이 삼아 마법의 방패째로 분사 늑대를 차올렸다.

일격으로 마법 방패가 빛의 조각이 되어서 흩어져버리고, 건너편에 있던 분사 늑대의 턱을 부쉈다. 그 일격으로 체력이 90퍼센트 가까이 깎였다. 분사 늑대의 체력 게이지가 굉장한 기세로 줄어들었다.

포치와 타마가 달려와서 분사 늑대의 뒷다리 힘줄을 끊어버리고, 리자의 창이 분사 늑대의 옆구리로 파고들어 심장을 꿰뚫었다.

마지막으로 나나가 이슬로 만든 마법의 화살 세 개가 분사 늑대의 머리 부분에 꽂혀 숨통을 끊었다.

남은 적의 소탕은 아이들에게 맡기고 히드라를 눈으로 좇았다.

히드라는 세 머리의 입으로 말을 깨물고 유유히 산 너머로 날아가고 있었다.

이제 와서 히드라를 공격해도 운명이 바뀌는 사람은 없지만 복수 정도는 해줘야겠다. 이미 마법총의 사정거리 바깥이라서, 스토리지에서 단창을 꺼내 머리를 노리고 전력으로 투척했다.

초음속으로 날아간 단창이 히드라의 머리 세 개를 꿰뚫으려는 기세로 접근했다.

머리 두 개를 꿰뚫었고 마지막 머리도 무사하진 않았지만 쓰러뜨리지는 못했다. 비행 자세가 무너진 히드라의 모습이 산 너머로 사라졌다.

「불씨 탄환」 마법이라면 쓰러뜨릴 수 있었을 것 같지만, 그 다음에 발생할 삼림 화재를 생각하면 위험해서 쓸 수 없었다. 「동결탄」이나 「마법의 화살」처럼 사용성이 좋은 원거리 마법이 있으면 좋겠다.

만약을 위해서 히드라에 마커를 달았다.

그 밖에도 영지 안에 있는 강한 마물에 마커를 달아두는 편이 좋겠다 싶어서 검색해봤는데, 영지 전체를 검색해봐도 얼마 없었다.

마물이나 마족의 광점도 적대하지 않는 한 사람이나 동물과 마찬가지로 백색 표시길래 디폴트 색을 노란색으로 변경했다.

그걸 체크하면서 깨달았는데, 세류 백작령과 달리 영지 안에 공백 지대가 몇 군데 있었다.

이 공백 지대는 크하노우 백작의 지배 영역이 아닌 장소겠지?

거의 남쪽 무노 남작령과 경계 부근인데, 지금 가고 있는 노우키란 도시 남쪽에도 공백 지대가 있었다.

거기가 단순히 미개척지나 자치구라면 괜찮지만 히드라 같은 마물의 소굴이라면 위험하니까 얼른 조사하고 싶었다.

오늘 밤에는 가장 가까운 노우키에 숙박하여 애들 안전을 확보한 다음, 몰래 조사하러 가야지. 또 창관에 간다고 오해할 수도 있겠지만 안전 확보는 필수였다.

싸우는 와중에 내리기 시작한 비는 전투가 끝날 무렵이 되자 게릴라 호우처럼 격렬한 빗줄기가 됐다.

시체를 빗속에 방치하는 건 마음 아팠지만, 산사태가 날 위험도 있으니 다들 오두막으로 피난시켰다.

모두 비에 젖어 체온이 내려갔으니 몸을 데우기 위해서 점심 식사 준비를 부탁했다.

방금 전 싸움으로 아리사와 나나의 레벨이 하나씩 올랐다.

나나는 스킬이 늘지 않았고 아리사는 스킬 포인트를 아껴두기로 했다.

전투 때문에 이슬을 너무 썼는지, 나나가 마력 결핍을 호소해서 세류 시에서 산 마력 회복약을 먹였다.

물이 끓어오르자, 루루가 차를 타서 돌렸다. 맛이 개운한 향초차가 내 머리를 날카롭게 만들어주었다.

느긋하게 행동하고 있었지만, 마차의 잔해나 분사 늑대의 시체 때문에 후속 마차가 사고라도 나면 꿈자리가 사납겠다.

맵을 열어서 가도를 따라가는 광점을 조사했다. 가장 가까운 마차도 앞으로 세 시간은 괜찮겠다.

—어라? 고개 중간에 생존자가 있다. 둘이나 된다. 체력은 반쯤 남아 있지만 상태가 「기절」이었다.

일행에게 마차를 보고 온다고 한 다음 혼자 빗속으로 나섰다.

길 위에 쓰러져 있던 호위의 시체나 가도에 드러누운 분사 늑대의 시체를 스토리지로 회수하면서 생존자의 광점으로 접근했다.

마차가 고개를 급선회했을 때 떨어졌는지, 벼랑 중간에 있는 바위에 걸려서 목숨을 부지하고 있었다.

나는 튼튼해 보이는 나무에 로프를 묶은 다음 그것을 잡고 벼랑을 내려갔다. 평소처럼 경쾌하게 점프해도 되겠지만, 사람을 두 명이나 회수해야 하니까 신중을 기했다.

진흙으로 지저분해진 외견 때문에 알기 어렵지만 AR표시로 보니 둘 다 10대 후반의 소년 소녀였다. 고등학생쯤 되는 나이인데 뜻밖에도 부부였다. 아니, 이쪽에서는 둘 다 성인이니까 보통인가?

소년은 다리가 골절되어 있어서 부목을 대고 응급 처치를 했다.

두 사람을 로프로 묶어서 한꺼번에 짊어지고 점프 한 번으로 3미터 위의 가도에 돌아왔다.

……로프 필요 없었네.

두 사람 모두 생명에 지장은 없었기 때문에 일단 비를 피할 수 있는 나무 그늘에 눕혀놓았다. 비에 방치된 호위대장과 그의 애마 시체를 스토리지에 회수한 다음 두 사람을 오두막으로 데리고 돌아왔다.

시체는 마차 근처의 비에 젖지 않는 나무 그늘에 눕혀놓고 천을 덮었다. 말의 시체는 너무 커서 나무 그늘에 안치하기 어렵길래 방수 천을 덮어놓기만 했다.

"생존자다. 미아, 회복 마법을 걸어줘."

"응."

고개를 끄덕인 미아에게 두 사람을 맡기고 나는 다시 밖으로 나갔다. 마부의 시체를 회수하기 위해서였다.

"주인님. 조리는 루루와 나나에게 맡겼습니다. 저 혼자라도 동행을 허락해주세요."

비옷을 입은 리자가 따라오길래 데리고 가기로 했다.

포치나 타마도 따라오려고 했지만 시체가 처참한 상태일 가능성이 높으니까 오두막에서 기다리라고 명령했다.

나는 리자를 데리고 가도로 나섰다.

"그 아룡의 커다란 몸이 착지하면 이렇게 되는군요."

리자가 떨리는 목소리로 말했다.

그녀의 시선 끝에는 마차였던 잔해가 있었다. 마부석이었던 장소에는 상반신이 뭉개진 남자의 시체가 있었다. 내가 구하려고 했을 때 이미 죽은 상태였나 보다.

유품을 모아서 남자의 신분증을 확인했다. 그는 크하노우 시의 상인이었다. 짐은 대부분 부서져 있어서 마차의 잔해와 함께 통행에 방해가 안 되도록 길가의 수풀로 밀어놓았다.

비가 그친 다음, 아리사의 정신 마법 「각성」으로 두 사람을 깨웠다. 다른 생존자가 없다는 것을 전하고 나무 그늘에 안치한 시체로 데려갔다.

"형니임……."

"오라버니."

광장에 나뒹구는 분사 늑대의 시체에서 마핵을 꺼내는 작업을 하고 있던 아인 소녀들이 두 사람에게 걱정스런 시선을 보냈다.

아인 소녀들 근처에서 다갈색 늑대의 피를 빼고 있던 루루도 걱정하고 있었다. 루루와 함께 작업하고 있던 나나의 표정에서는 뭔가 읽어낼 수 없었지만, 두 사람을 보고 있으니 아마 그녀도 걱정하고 있을 것이다.

먼저 진정한 소년과 조금 이야기를 했다.

마부는 소녀의 오빠로 셋이서 장사를 했다고 한다. 영지 경계에 늑대가 출몰한다는 이야기를 듣고 솜씨 좋은 호위를 고용했다고 하는데, 분사 늑대 같은 마물이 함께 나오는 걸 몰랐다고 한다.

광장에 누워 있는 분사 늑대의 머리를 중오에 차서 짓밟고 있던 소년을 데리고 가도에 흩어진 짐을 회수하러 갔다. 다른 일을 하면 조금 진정되겠지.

아리사와 미아를 불러서 소녀를 봐달라고 부탁했다.

마차 무게를 줄이려고 버린 짐을 소년과 함께 살폈다. 포치와 타마도 따라왔다.

짐은 주로 목공 제품이나 도자기류였다. 톱밥 같은 완충재가 들어 있어서 도자기류도 절반은 무사했다. 목공 제품은 각종 가구나 칠기, 창대나 화살대 같은 잡다한 물품이었다.

"운반~!"

"인 거예요!"

타마랑 포치가 열심히 운반해준 덕분에 호위대장의 시체가 있던 장소에 이르렀을 무렵에는 대부분의 짐을 회수할 수 있었다.

"시체는 어쩔 거지?"

"오두막 뒤편에 묻으려고 합니다. 이만큼 신세를 졌는데 염치가 없습니다만 매장을 도와주실 수 있을까요?"

나는 분명히 가까운 도시까지 운반해달라고 할 줄 알았는데, 소년의 말에 따르면 여행지에서 발견한 시체는 그냥 방치하는 게 보통이고 신앙심이 깊은 사람이라도 명복을 빌거나 공양을 하고 끝이라고 한다.

이번처럼 한식구가 생존했어도 매장할 여유가 있는 경우는 드물다고 한다.

나는 그들의 부탁을 받아들여서 오두막 뒤편에 무덤을 팠다.

네 명이나 묻을 무덤을 파는 건 본래는 꽤 힘든 일인데, 내 쓸데없이 높은 근력치와 아인 소녀들의 도움으로 금세 끝났다.

살아남은 두 사람이 작별을 아쉬워하는 동안 광장 구석에 말들을 매장했다. 리자가 해체해서 식량으로 쓸까 물어봤지만, 어쩐지 그럴 기분이 안 들었다.

포치와 타마에게는 격납 가방을 들려서 광장이나 가도의 다갈색 늑대 시체 회수를 부탁했고, 나는 분사 늑대를 해체한다는 리자를 도왔다.

분사 늑대는 너무 커서 격납 가방에 들어가지 않으니 미리 해체하고 싶은 거겠지.

다갈색 늑대의 피 빼기 작업을 마친 루루와 나나도 해체에 참가했기 때문에, 나는 큰 나무의 가지에 로프를 걸어서 분사 늑대를 매다는 작업밖에 안 했다.

청결한 물이 들어간 물동이를 리자 곁에 둔 다음 조용히 작업을 지켜보았다. 털가죽만 벗겨내려나 했더니 고기도 먹으려나 보다.

"저, 저기 리자 씨. 마물의 고기를 먹어도 되나요?"

루루가 질문하자 리자가 망설임 없는 어조로 대답했다.

"내장은 아무래도 위험하니 파기하지만, 고기는 색을 보니 평범하게 먹을 수 있을 겁니다."

분명히 색이 소고기와 비슷하지만, 그것만으로 판단하는 건 좀 그렇지 않니?

잘라낸 고깃덩이를 감정해봤더니 독 같은 것도 없고 식용도 가능하다고 나왔다.

소년 소녀 곁에 있던 아리사와 미아가 오두막 뒤에서 부르는 소리가 들려와 그쪽으로 갔다.

"작별은 끝났나?"

"네. 계속 울고만 있으면 오라버니께 혼날 거예요."

우느라 빨갛게 부은 눈가를 닦은 소녀가 의젓하게 웃었다. 나는 그녀에게 격려의 말을 한마디 해준 다음 소년과 함께 시체에 흙을 덮었다.

신분증에 적힌 그들의 이름을 적당한 크기의 돌에 새겨서 묘비 대신 세웠다.

◆

고갯길의 오두막을 출발한 우리는 저녁이 되기 전에 크하노우 백작령의 노우키에 도착했다. 가장 가까운 도시였다.

소년이 문지기에게 고갯길에서 일어난 일을 보고했다. 나도 가끔씩 보충 설명을 했다.

"분사 늑대가 이끄는 무리가 영지 경계의 가도에 나왔다고? 좀 더 서쪽에 있을 텐데……."

─혹시 히드라에게 쫓겨서 무리가 이동한 거 아닌가?

그래서 히드라에 대해서도 이야기했다.

"히드라라고? 분사 늑대만 있는 게 아니었나?"

"나도 뭉개진 마차를 봤어. 위에서 바위라도 떨어지지 않으면 그런 식으로 안 부서질 거야."

반신반의하는 위병에게 소년도 증언을 더했다.

그래도 히드라가 거주 지역 근처에 나타났다는 이야기는 믿기 어려웠나 보다.

"정말로 낙석 때문에 부서진 건 아니고?"

"의심이 간다면 현장에서 마차를 살펴보면 될 것 같습니다. 다른 목격자도 있을 테니, 근처 농촌이나 사냥꾼에게 물어보면 어떨까요?"

구태여 히드라 얘기를 믿게 만들 생각도 없으니 적당한 부분에서 이야기를 끊었다.

그러나 그 태도가 오히려 신빙성을 더해버렸는지, 관청까지 같이 가서 「심의관」이라는 관리를 만나게 되었다.

"이야기를 정리하지. 분사 늑대와 다갈색 늑대의 무리에게 쫓기고 있는 행상인을 발견, 행상인의 호위들은 늑대의 습격으로 순직, 늑대는 그대들이 퇴치했지만 갑자기 나타난 히드라가 마부를 맡았던 상인을 죽였고 히드라는 말을 물고서 산 너머로 도망갔다. 그런 이야기가 맞겠지?"

나는 심의관의 말을 수긍하며 틀림없다고 대답했다. 이곳에는 상인 소년과 관리들로 보이는 남자들밖에 없었다. 우리 일행들은 관청 앞에 세워둔 마차 옆에서 기다리고 있었다.

"그러면 내가 이제부터 방금 정리한 것을 순서대로 질문하겠다. 사실인가 아닌가가 아니라, 반드시 『네』라고만 대답하도록."

그는 그렇게 말하고 순서대로 심의를 개시했다.

"심의관 하테스가 묻겠다. 행상인의 호위들은 늑대와 싸우다 순직했는가?"

"네."

"심의관 하테스가 묻겠다. 행상인은 히드라에게 살해당했는가?"

"네."

"심의관 하테스가 묻겠다. 그대들은 행상인 일행을 해치지 않았는가?"

"네."

"심의관 하테스가 묻겠다. 히드라는 산중으로 물러갔는가?"

"네."

은근히 심문을 섞었지만 신경 쓰지 않고 대답했다.

이 도시에서 히드라의 보고를 받은 위병이 「단죄의 눈동자」라는 기프트를 가지고 있었으니까, 우리가 행상인을 안 죽인 건 알고 있을 테고 말이지.

"이자의 말은 진실이다."

심의관의 말을 들은 관리 중 한 사람이 다급한 태도로 소리치며 안쪽으로 달려갔다.

"수호님!"

수호(守護)라는 것은 영주에게 도시의 통치자로 임명된 관리라고 한다.

"수호님이 긴급 통지용 마법 도구로 영주님께 연락을 취해주실 것이다. 이제 곧 군이 파견되어 히드라를 토벌해주겠지."

심의관이 걱정할 것 없다면서 웃었다.

나와 소년은 수호 집무실이라는 방으로 불려가서, 다시 한번 히드라와 분사 늑대에 관해서 보고하게 되었다.

분사 늑대는 사냥에 나서도 권속 지배한 다갈색 늑대를 미끼로 풀어 깊은 산으로 도망쳐버리기 때문에 영지군도 속을 썩이고 있다고 한다. 수호직을 맡은 남작이 고압적인 태도로 칭찬해주었다.

그 다음에 사무를 맡고 있는 수호 보좌관의 집무실로 자리를 옮겨서 히드라 출현 보고와 분사 늑대의 토벌에 관한 포상을 이야기하게 되었다.

아무래도 이 도시는 예산이 적은지, 현금을 내기 싫어하는 기색이 있길래 금품 대신 오늘 밤 묵을 숙소에 보여줄 소개장을 달라고 했다.

현금 사례가 필요 없다고 말하자, 깡마른 수호 보좌관이 기분 좋게 술술 붓을 놀려주었다.

수호 보좌관도 작위를 가진 하급 귀족인데 세상 살기 참 어려워.

그 다음 소년은 사망한 행상인과 호위들의 사망 신고서를 내러 갔다.

그 동안 나는 관청의 창구에 가서 분사 늑대에서 회수한 마핵 두 개를 매각했다. 시세가 이상하게 올라서 세류 시의 세배 가까운 가격이었다.

관청에서 용건을 끝낸 다음, 소년 소녀를 그들의 지인이 있는 상회까지 바래다주었다.

소년이 사례를 하겠다며 가진 상품 중에서 뭔가 가져가라고 했다.

돈은 궁하지 않지만, 이 상황에서 답례를 안 받으면 소년을 얕보는 것 같은 느낌이라서 화살대랑 창 자루 등을 받았다.

그렇지만 두 사람이 앞으로 어떻게 살아갈지가 걱정이었다. 그들이 가진 상품 중에 이 도시에서 처분하기 어려운 것을 슬쩍 물어보고 매입가에 다소 돈을 보태서 구매했다.

아리사가 무르다고 타일렀지만, 운송비는 들지 않으니까 흑자로 매각할 수 있는 곳에서 처분하면 되잖아.

몇 번이고 인사를 하면서 배웅하는 소년 소녀와 헤어진 우리는 관청에서 소개해준 도시 제일의 여관으로 갔다.

◆

작은 도시라서 금세 여관에 도착했다. 방을 잡고 다들 휴식시키려고 했는데 아인을 방에 들일 수 없다고 튕겼다.

아리사가 카이노나에서 보인 수완을 한 번 더 발휘해도 괜찮지만, 기왕 관청에서 소개장을 받았으니 그것을 여관 주인에게 보였다.

소개장은 효과 만점이었다. 이쪽 요구대로 4인실 두 개를 잡을 수 있었다.

여관 주인이 소개장을 정중하게 접어서 돌려주길래 그대로 품에 넣었다. 이제 용건은 끝났지만 귀족이 쓴 편지를 버릴 수도 없었다.

가위바위보로 묵을 방을 정했다. 나나, 루루, 리자가 나와 같은 방이 되었다.

이것은 시련인가? 고뇌했지만 문제없다는 걸 깨달았다. 오늘밤에는 공백 지대를 탐색하러 갈 예정이니까.

저녁 시간이 가까웠지만 내일은 아침 일찍 출발할 생각이라 미리 흩어져서 장을 보았다.

아리사와 나나에겐 후추 같은 향신료의 탐색을 맡겼다. 나머지는 말 사료를 구하고 텅 빈 물동이에 물을 보급하는 작업을 부탁했다.

나는 호위 역할인 리자와 함께 도시에서 유일한 연금술 가게 겸 마법 상점으로 갔다. 리자는 트러블을 방지하기 위해서 후드가 달린 외투로 몸을 감추었다.

가게 앞에서 후드를 깊숙하게 눌러쓴 남자가 문을 세게 열어서 부딪힐 뻔했지만, 리자가 재빨리 팔을 뻗어서 문을 막아주었다.

남자는 갑자기 멈춘 문에 얼굴을 부딪히고는 고압적인 어조로 불평을 했다.

"조심해라! 내가 누구라고 생각하느냐! 나는—."

"실례. 상처는 없으신지?"

상황을 보면 상대의 자업자득이지만 어른스럽게 사죄의 말을 했다. 진심이 아닌 건 너그럽게 봐주라.

후드 때문에 얼굴이 안 보이는 남자가 뭔가를 깨달은 듯 입을 다물더니 가게 앞에서 기다리고 있던 마차를 타고 가버렸다.

커다란 짐을 안고 허둥지둥 가게에서 나오는 시종에게 후드 쓴 남자가 욕을 했다.

"다음 가게로 간다! 얼른 따라와라. 이 쓰레기 노예 놈."

노예 남성이 타지도 않았는데 마차가 달리기 시작했다. 노예 남성은 불평 한 마디 없이 잘그락 소리가 나는 커다란 짐을 어깨에 메고 마차 뒤를 쫓았다.

"가자. 리자."

마차 쪽을 신경 쓰는 리자를 재촉하여 가게로 들어갔다.

"어서 오세요. 강장제는 환약이라면 있지만 마법약은 없어."

이상한 안경 모양 마법 도구를 쓴 가게 아가씨가 입을 열자마자 말했다. 내가 그렇게 호색한으로 보이나?

나는 내심 불쾌한 기분을 얼굴에 드러내지 않으려고 「무표정^{포커페이스}」 스킬의 도움을 빌렸다.

"안녕하세요? 마법약용 비약^{포션}을 사고 싶은데 재고 있나요?"

"체력 회복약용은 세 봉투 정도 팔 수 있어. 하나 당 은화 한 닢이야. 마핵^{코어}이 좀 부족해서 말이지. 가격 흥정은 하지 않아. 싫으면 관두시고."

가게 아가씨는 약 봉투 세 개를 손가락 사이에 끼우면서 말했다. 장사할 생각이 없어 보인다. 약 봉지는 병원에서 가루약 줄 때처럼 종이를 접은 포장이었다.

세류 시의 연금술 가게의 가격과 비교해서 세 배 가까운 가격이지만, 「시세」 스킬이 가르쳐주는 가격도 같은 걸 보니 바가지는 아닌 모양이다.

이유는 몰라도 마핵이 부족해서 비싸졌다고 했으니 안정제는 싸지 않을까?

아까 얻은 분사 늑대의 마핵은 관청에서 매각했다. 그러나 미궁이나 「요람」에서 얻은 마핵이 대량으로 있으니 안정제가 있다면 비약이야 얼마든지 만들 수 있다.

"그러면 안정제는 있어요?"

"그래. 안정제라면 많이 있어. 당신 마핵을 가지고 있으면 조금 융통해줄 수 없어?"

당돌한 애네. 갑자기 마핵을 팔라니.

아니지. 지금 이야기의 흐름에 따라서 비약의 재료가 되는 안정제를 사려고 하면 또 하나의 주재료인 마핵을 가지고 있다고 추측하는 것도 당연하군.

하지만 영지 안에서 얻은 마핵은 그 영지의 관청이나 문지기한테 매각하는 게 규칙일 텐데?

"마핵은 아까 관청에서 매각해버렸어요."

"이봐, 부탁해. 연금술사라면 한두 개는 숨기고 있을 거 아냐?"

"유감스럽게도."

재료가 없어서 난처한 것은 동정이 가지만, 그냥 위법 행위잖아. 나는 내 몸을 지키는 걸 첫째로 생각하여 거래를 거절했다.

"그러면 당신 아는 사람 중에 마핵을 가진 녀석이 있으면 팔러 오라고 해주지 않겠어? 아무리 수상쩍어 보여도 아무 말 없이 살 테니까."

"아는 사람에게 말을 해볼게요."

그렇지. 상대의 약점을 파고드는 것 같지만, 마핵을 융통해 주는 대신 마법의 두루마리를 살 수 없을까?

"아는 사람이 마법의 두루마리를 구하고 있던데요—."

"주(朱)3 이상 등급의 마핵을 이 추랑 같은 무게로 가지고 오면 생각해볼 수 있어."

마핵에 등급이 있었구나. 일단 마핵의 등급에 대해 가게 아가씨에게 배웠다. 색 견본이 있어서 그것을 보면서 스토리지 안에 있는 마핵을 표시시켜서 비교해봤다. 가지고 있는 마핵 중에서 색 견본과 일치하는 걸 찾아 등급별 폴더를 만들어 표본을 제작했다.

내가 표본을 보는 동안, 가게 아가씨가 안쪽에서 10킬로그램 즈음 되어 보이는 커다란 주머니를 가지고 나왔다.

그 주머니는 두둥실 떠올라서 그녀 뒤를 따라왔다. 너무 마법 같아서 오히려 무슨 트릭 같았다.

"그것도 마법인가요?"

"『이동하는 판』이야. 그렇게 드문 마법도 아닐 텐데?"

자기 입으로 드물지 않다고 하면서도 약간 자랑스러워하는 기색이 슬쩍 보인다. 분명히 이술 마법의 초급 책에 그런 마법이 있었다.

그녀가 가지고 온 안정제를 확인했다. AR표시를 보니 「안정제/우기 잎의 분말」이었다. 시세는 금화 다섯 닢이다.

"우기 잎 분말이네요."

"그래. 용케 알았네. 요 근처에서는 드문 물건인데, 전에 어떤 상인이 약값 대신 대량으로 두고 갔지. 상하기 전이라 다행이야."

"얼마나 팔 수 있죠?"

"안정제는 쟈르마 풀을 막 매입한 참이라 전부 팔 수도 있어. 전부 살 거면 금화 두 닢이면 돼."

그러면 새로 매입한 걸 팔라고 말하고 싶지만, 시세의 반 이하로 팔아준다면 재고품이라도 상관없겠지. 스토리지 안에서는 품질 열화도 없을 테니 나한테는 좋을지도 모른다.

나는 안정제를 주머니째로 구입하고 비약의 제작에 필요한 소재나 직접 조달하기 귀찮은 필수 재료를 추가로 구입했다.

계산을 끝내고 가게를 나서려고 하는데 깜빡한 것을 떠올렸다.

"마법약용 병을 사고 싶은데 얼마죠?"

"—미안. 당신이 오기 전에 전부 사 갔어. 세담 시의 태수 직인이 찍힌 징발(徵發) 영장을 가지고 왔거든. 거절할 수가 없었어."

병을 강제로 모아서 뭘 하려고 그러지? 태수가 마법약을 대량 생산하려고 그러나?

태수(太守)라는 건 수호랑 비슷한 직위인데, 조금 더 큰 도시를 다스리는 관리였다.

억지를 부려봤자 소용이 없으니 매입한다는 도예 공방에 사러 가려고 했으나 그쪽에서도 아까 그 남자가 다 사가서 품절이었다.

연금술용 병은 한 달에 한 번밖에 굽질 않으니까 다음 달까지 기다리라고 했다. 굽기 전 흙에 안정제를 섞어야 하니까 다른 그릇과 동시에 못 만든다고 한다.

안정제는 아까 대량으로 샀으니까, 다음 도시에 들렀을 때 안 팔면 직접 만들어볼까? 다행히 쥐 수인족 호제가 준 종이에 자세한 순서가 있었으니 어떻게든 되겠지.

여관으로 돌아오자, 먼저 돌아온 아리사가 후추를 획득했다고 재는 표정으로 보고했다.

아리사 일행의 성과는 그것만이 아니었다. 겨자와 고추의 분말, 마늘과 염교 같은 것의 기름 절임, 양배추 초절임, 그리고 단무지와 닮은 절임도 구해 왔다.

더욱이 단무지의 재료가 되는 두 갈래 세 갈래로 갈라진 무도 구했다고 하니, 무 조림 같은 채소 요리의 폭이 넓어지겠군.

저녁 식사는 방으로 가져와서 먹었다. 카이노나의 여관 식사보다는 나았지만, 이 정도라면 노점에서 사 먹는 편이 더 맛있는 요리가 있을지도 모르겠다.

어린애들을 얼른 침대에 재우고 혼자서 밤거리로 나왔다. 같은 방 애들에겐 잠깐 나갔다 온다고만 했다.

리자랑 나나가 호위로 따라오려 했지만, 이번에는 나 혼자가 아니면 이동에 시간이 걸려서 참으라고 했다.

아차, 공백 지대를 조사하러 가기 전에 할 일이 있었다.

"마핵이 필요하다고 했다던데."

나는 연금술 가게에 들어가자마자 가게 아가씨에게 말을 꺼냈다.

지금 내 복장은 얼굴에 천을 감은 데다가 너덜너덜한 외투를 걸치고 후드를 깊숙하게 눌러쓰고 있었다.

보통은 신고당해도 할 말이 없는 수상한 사람이었다.

"주3 이상이 있다면."

그러나 가게 아가씨는 내가 누군지 알았는지 아주 평범하게 대응했다.

나는 주머니에서 꺼낸 마핵을 카운터에 놓았다. 「붉은 침 벌」에서 회수한 마핵이라 작은 것이 많았다.

미궁산은 주7 이상의 고품질밖에 없었고 「요람」 것은 주2 이하밖에 없어서 선택의 여지가 없었다.

"당신. 아무리 분말로 만들기 전의 마핵이 안정되어 있다고 해도 주머니에 그대로 가지고 다니는 건 관둬. 마법을 쓸 때 마력을 흡수해서 파열되면 어쩌려고 그래?"

어허, 파열되는 건가? 그러고 보니 처음에 만든 마법 도구도 마력을 너무 주입해서 파열됐지.

나는 그녀의 충고에 인사를 하고서 열두 개의 마핵을 놓았다.

그녀는 작은 연성판 같은 것 위에 마핵을 놓더니, 뭔가 조사해서 메모했다. 아무래도 마핵의 가격을 책정하는 것 같았다.

"조금 더 질 좋은 건 없어? 가능하다면 중급약에 쓸 수 있는 주5 이상이 좋은데. 조금이라도 괜찮아."

"이거면 되나?"

나는 붉은 투구를 구할 때 쓰러뜨린「기어 오는 그림자」의 마핵을 테이블에 놓았다. 조금 작지만 이건 주6 수준의 마핵이었다.

"이, 이건 좋은 돌이네."

가게 아가씨가 견적을 끝내는 동안 두루마리를 보여달라고 했다.

"점주, 마핵의 대가는 두루마리로 지불해준다고 들었는데."

"이 중에서 좋을 대로 골라봐."

보여준 두루마리는「방패」,「탐지」,「신호」세 종류였다. 가게 안에는「마법의 화살」이나「짧은 기절」같은 두루마리도 있었다.

"다른 건 없나?"

"있기는 한데, 살상력이 높은 걸 처음 본 손님한테 파는 건 사양하고 싶어. 탐색자였던 여행자가 놓고 간 건데 이건 어때?"

가게 아가씨가 내놓은 것은「풍압」이라는 두루마리였다. 생활 마법의「산들바람」보다 강하지만, 사람을 쓰러뜨릴 정도의 효과는 없다고 한다. 본래 용도는 범선의 보조로 쓰는 바람 마법이었다.

어떤 괴짜가 만들었나 신경 쓰여서 물어봤다. 이걸 판 탐색자 말에 따르면 미궁에서 출토된 거라고 한다.

솔직히 죄다 미묘한 마법들이었지만, 기왕 기회가 왔으니 살 수 있는 두루마리는 전부 사기로 했다. 두루마리는 모두 개당 은화 네 닢~여섯 닢인데, 두루마리 네 개로 합계 은화 열아홉 닢이었다.

붉은 침 벌의 마핵이 평균 은화 한 닢, 그림자는 은화 여섯 닢으로 둘 다 시세의 세 배 가까운 가격이었다. 비약과 마찬가지로 가격이 폭등했나 보다.

나는 나머지를 현금으로 받았다. 사실은 중급 마법서나 마법 도구를 사고 싶었지만, 나한테 필요한 상품이 없길래 포기했다.

◆

연금술 가게를 나선 나는 도시 외벽을 뛰어넘고 자동차에 맞먹는 속도로 밤의 가도를 달렸다.

물론 신원이 밝혀지면 귀찮아지니까 이름을 공백으로 바꾸고 온몸을 가리는 검은 외투를 입은 데다 후드도 깊게 눌러 썼다.

반시간 정도 지나 목적지에서 가장 가까운 가도에 도착하여 숲 안으로 들어섰다.

「밝은 눈」 스킬과 「험로 주파」 스킬의 지원 덕분에 낮이나 다름없었다.

　가끔 수풀 사이로 나타나는 야행성 동물들을 피하면서, 때때로 작은 계곡을 뛰어넘어 숲 속으로 나아갔다.

　예정 지점까지 절반쯤 왔을 때 발길을 멈추었다.

　공백 지점에 뭐가 있을지 모른다. 만전의 태세로 가는 것이 좋겠다.

　나는 적당한 장소에서 두루마리를 써서 「방패_{실드}」, 「탐지_{소나}」, 「신호_{시그널}」, 「풍압_{블로우}」의 마법을 배웠다. 「술리 마법」 스킬과 「바람 마법」 스킬도 동시에 얻었다.

　이 「술리 마법」 스킬은 전에 「유성우」를 썼을 때 얻은 「술리 마법: 이계」와는 다른 스킬 같았다. 어쩌면 「감정_{애널라이즈}」 스킬처럼 포괄 스킬일지도 모른다.

　「방패_{실드}」는 마법란에서 선택하여 사용해도 나나가 쓰는 이술과 변함이 없는 것 같았다. 비교 검증은 나중에 해야지.

　다음으로 「탐지_{소나}」를 마법란에서 선택하여 사용해봤다.

　120미터쯤 되는 범위의 생물 분포가 뇌리에 떠올랐다. 취사선택에 익숙하지 않으면 어렵겠는데.

　그리고 효과 범위가 레이더보다 좁은 데다가, 탐지 대상에게 발각되는지 범위 안의 야생 동물이 도망쳐버렸다. 액티브 소나 같은 거겠지. 이건 쓰지 않는 것으로 결정됐다.

　이번에는 「신호_{시그널}」를 써봤는데 유감스럽게도 혼자서 쓰는 마법이 아닌가 보다.

본래는 마술사끼리 신호를 보내거나 통신하는 데 쓰는 모양이니까 마법 도구와 병용해서 간단한 통신기를 만들 수 없는지 시험해봐도 재미있을 것 같았다.

마지막으로 「풍압」을 써봤다.

풍동(風洞) 실험에 쓸 법한 폭풍이 휘몰아쳤다. 가는 수목이 몇 그루 부러져 쓰러졌지만 「불씨 탄환」에 비하면 귀여운 수준이었다.

아무래도 순수하게 전투용인 「불씨 탄환」보다 살상력이 낮은 모양이다.

마법의 실용 시험이란 이름의 자연 파괴를 끝내고 본래 목적으로 돌아갔다.

공백 지대에 도착할 때까지 「동물학」, 「추적」, 「기척 감지」, 「발소리 죽이기」, 「잠복」, 「은신」 스킬을 얻었다.

이동하는 도중에 털이 몽실몽실한 동물이 보이길래 만져보려고 들키지 않게 접근했을 때 스킬을 얻었나 보다.

호칭도 「숲의 탐구자」, 「모습 없는 추적자」 같은 것이 늘었다. 후자는 스토커 같아서 좀 싫은데…….

맵의 공백 지대에 들어간 순간, 현기증 비슷한 감각을 느꼈다.

위화감은 금세 사라졌지만 신경 쓰여서 로그를 확인해보니 「방위환혹이라는 마법에 저항했다」고 표시되어 있었다. 새로운 내성 스킬은 안 생겼다.

주변에 마법사 같은 존재는 없었다. 나는 재빨리 메뉴의 마법란에서 「모든 맵 탐사」 마법을 선택하여 맵의 공백을 메웠다.

이곳은 「환상의 숲」이라고 했다. 보기에는 평범한 숲인데 이름이 너무 거창한 느낌이군.

사람은 먼 탑에 있는 인간족 여성 두 사람뿐이었다. 한쪽이 마녀였고, 또 한쪽은 마녀의 제자였다. 그 밖에는 마창조생물^{컨스트럭터}이 몇 있고 환수로 분류되는 생물들도 있었다. 물론 평범한 생물도 잔뜩 서식하고 있었다.

아까 현기증을 느낀 장소를 가만히 바라보니까, 「방위환혹의 결계」라고 AR표시가 떴다. 침입자를 평화적으로 내쫓으려고 설치했나 보다.

아까 결계를 통과한 것이 마녀들에게 전달되었는지, 마녀의 제자가 이쪽으로 오고 있었다.

나는 용건이 끝났지만 불법 침입을 했으니까 사과는 해야 되겠지?

누가 무슨 목적으로 침입했는지 전하지 않으면 상대에게 괜한 걱정을 끼칠지도 모르니까.

자 이제 슬슬 도착하는 모양이다.

"······■■ 석순."^{토스 스톤}

로브 차림의 작은 소녀— 마녀의 제자가 나무들 뒤에 몸을 숨기고 마법을 써서 견제했다.

종유석 같은 돌 창 세 개가 발치에서 솟아올랐다. 세 방향에서 둘러싸듯 공격해 왔지만, 나를 찌르는 게 아니라 돌 창으로 둘러싸서 움직임을 봉하는 게 목적 같았다.

나는 그 자리에서 움직이지 않고 창이 둘러싸기를 기다─릴 셈이었는데, 하나가 겨냥을 실패했는지 돌 창이 내 심장을 꿰뚫는 각도로 공격해 오길래 중간 부분을 가볍게 차서 부쉈다.

〉「흙 마법」 스킬을 얻었다.
〉「흙 내성」 스킬을 얻었다.

겉보기만큼 튼튼하질 않네.

어쩌면 몸에 맞아도 조금 아프기만 하고 상처는 안 났을 가능성이 높았다.

"후에엥. 『석순』을 차서 부수다니…… 비상식적이야."

마녀의 제자가 울 것 같은 목소리로 중얼거렸다. 나이는 아리사랑 비슷하고 기가 약해 보이는 애였다. 후드에서 빨간 곱슬머리가 튀어나와 있었다.

그녀는 어깨 높이가 1미터 좀 넘는 강철제 표범을 타고 있었고, 더욱이 「살아 있는 갑옷」 넷이 따르며 그녀를 지키고 있었다. 표범도 리빙 아머와 같은 계통의 피조물 같았다.

"우우우. 얘들아. 해치워어어!"

마녀의 제자가 반쯤 울상 지으며 리빙 아머들에게 지시를 내렸다.

한 손 도끼와 둥근 방패를 든 둘이 마녀의 제자를 지키고 나머지 둘이 나를 공격했다.

그러면, 어쩐다.

이렇게까지 문답 무용으로 적대할 줄은 몰랐다.

결계를 치고서 타인을 경계하는 남의 부지에 불법 침입을 했으니까 틀림없이 내가 잘못했다. 용서해줄지 모르겠지만 깔끔하게 사과해야지.

"섣불리 너희들 영역에 침입해버린 부주의를 사죄한다. 미안해."

나는 손도끼를 양손에 들고 공격해 오는 리빙 아머들을 부수지 않도록 주의하면서 숲의 나무들이 만든 어둠 속으로 던졌다.

그러는 동안에도 아까처럼 「석순」 마법으로 만든 돌 창이 공격해 왔지만 가볍게 손을 휘두르면 부서지는 터라 별로 위험하지 않았다.

"아우아우, 마법이 안 통해요오. 스승니이임~~."

패닉에 빠진 어린 소녀가 긴 주문을 외기 시작했다.

주문 처음 부분을 들으니 흙 마법 같았다. 요즘에 마법서를 읽은 덕분에 대강 알아들을 수 있었다.

이렇게 노력하는데 영창을 잘 못해서 마법을 자유롭게 못 쓰다니, 세상은 참 뜻대로 안 된다니까.

불평은 그만하고 그녀를 진정시켜야지.

"일단 위험하니까 공격하는 거 멈추지 않을래? 벌이 필요하다면 한 방 정도는 맞아줄 수 있어."

나는 자세를 낮추고 그녀의 눈높이에 맞추어 말을 걸었지만, 도무지 얘기를 들어줄 기색이 없었다.

그녀가 외고 있는 건 「진흙 파도」 주문이라서 제대로 맞으면 진흙투성이가 된다.

불법 침입의 벌로 맞아줄 수도 있겠지만, 그녀의 **위**에서 나타난 인물이 그것을 막아주었다.

머리 위에서 파드득 소리가 들리며 그림자가 내려왔다.

거대한 참새 모습을 한 「장로 참새」가 어린 소녀를 뭉개듯 착지했다.

"꾸엑."

폭신해 보이는 참새 배 아래에서 어린 소녀의 비명이 들렸지만, AR표시로 보니 일단 무사해 보였다.

장로 참새의 등에는 어린 소녀와 같은 디자인의 로브를 입은 노파가 앉아 있었다. 시골의 툇마루가 어울릴 법한 푸근한 분위기의 그녀가 바로 이 숲의 마녀였다.

그녀는 장로 참새의 날개를 미끄러져 땅에 내려서더니, 내 앞으로 나서서— 엎드려 절했다.

—엥?

누가 나한테 상황 설명 좀 해줘.

"처음 뵙겠습니다. 저는 이 환상의 숲 원천을 맡고 있는 마녀이옵니다. 방금 전에는 저의 불초 제자가 보르에난의 사자님께 무례를 범한 것을 깊게 사죄 올립니다. 부디 제자의 잘못은 이 늙은이의 목으로 용서해주시도록 엎드려 비옵니다."

─여기도 원천이구나.

아니, 그보다도 「보르에난의 사자」는 뭐지?

미아의 씨족이 「보르에난」이니까 무슨 연관이─ 아아, 붉은 투구한테 받은 방울 때문이구나. 그게 분명히 「보르에난의 고요한 방울」이라는 이름을 가진, 엘프가 발행한 신분 보증 아이템이었다.

그보다도 오해를 풀어서 일으켜 세워야지.

"마녀님. 그러지 말고 일어서세요. 당신의 영역에 아무런 인사도 없이 발을 들였습니다. 사과는 제가 해야죠."

그렇게 말을 해도 엎드린 자세 그대로인 늙은 마녀의 어깨에 손을 올려 일단 고개부터 들도록 했다.

뭐, 전화도 없고 방문하기 전에 연락할 방법이 있는지도 모르지만…….

"고마우신 말씀입니다만, 사자님─."

"오해가 있네요. 저는 보르에난 씨족의 엘프를 보호하고 있지만 공식 사자가 아니에요."

"그렇지만 방울을 소지한 분을 공격하는 것은 보르에난 숲에 싸움을 거는 것과 같은 의미입니다."

외교관에게 발행하는 거 비슷한 건가?

"어쨌든 엎드리는 건 그만해주실래요? 여성이 땅바닥에 엎드려 있으니 제 마음이 불편합니다. 저를 위해서라고 생각하고 일어서 주세요."

일단 마녀를 일으켜 세운 다음에, 다시 한 번 사죄의 말을 하고 화해할 수 있었다.

그리고 내가 「환상의 숲」 영역에 침입한 것은 「원천의 주인에게 인사하기 위해서」라고 둘러댔다. 「사기」 스킬이 분발해준 덕분인지 문제없이 믿어주었다.

다만 내가 사자가 아니라는 것에는 반신반의하는 모양이었다……

나는 늙은 마녀와 함께 장로 참새의 등에 타고 마녀의 탑까지 왔다.

푹신푹신한 등은 계속 타고 싶을 정도로 탑승감이 좋았다. 옥상에 착지할 때도 베테랑 파일럿처럼 조용하게 착륙했다.

장로 참새에서 내릴 때 로그를 슬쩍 봤는데, 그냥 동승한 건데도 「기승」 스킬이 생겼다.

나중에 비행형 생물을 잔뜩 조교해서 다 함께 하늘 여행도 해보고 싶다.

"사토 님, 이쪽이옵니다."

지팡이 끝부분에 빛을 밝힌 늙은 마녀를 따라서 탑의 옥상에 있는 계단을 내려갔다. 탑의 외벽을 따라서 붙어 있는 난간이 없는 나선 계단이었다. 손수 만든 느낌이 마구마구 들어서 바닥이 빠지지 않을까 걱정된다.

최상층은 창고인지, 단 위에 건조시키려고 매달아둔 식물이 늘어서 있고 실내에는 상자나 바구니가 쌓여 있었다. 그리고 뭐에 쓰려는 건지 갖가지 기구가 정연하게 놓여 있었다. 그녀 혹은 아까 그 제자가 깔끔한 성격 같았다.

마녀들의 침실이 있는 층을 통과하여 응접실 겸 연구실 같은 방으로 초대받았다.

쿠루포우 하는 이상한 울음소리의 털뭉치가 맞이해주었다. 케사랑파사랑[#6] 같았지만 AR표시를 보니 「털뭉치새^{퍼프 버드}」라는 이름의 환수로 늙은 마녀의 「사역마」였다.

방의 구석에는 그야말로 마녀의 거처에 있을 법한 큰 가마솥이 불 위에 걸려 있었고, 녹색의 무언가를 부글부글 끓이고 있었다.

AR표시로 보니 「마녀의 가마솥^{위치즈 콜드론}」이라고 나왔다. 보이는 그대로네.

그건 그렇고 불도 안 끄고 나온 건가? 두 사람에게 미안해지네.

"마법약을 연성하던 도중이라, 약간 약초 냄새가 나는 것을 양해 부탁드리옵니다."

"아뇨. 저도 연성을 좀 하니까 신경 쓰지 마세요."

내가 가마솥을 보니까 그런 식으로 생각했나 보네.

#6 케사랑파사랑 일본의 요괴. 민들레 씨앗처럼 솜털이 난 생김새.

"그런데 마녀님은 연성판을 안 쓰나 보네요?"

"저 가마솥도 연성판의 일종이옵니다. 원천의 풍부한 마소를[마나] 마법약에 담아 효능을 비약적으로 높이는 마법 도구이옵니다."

듣자니 이 탑 자체가 마소를 모으는 시설이라고 한다. 도시 핵[시티 코어] 이 있을 정도니까 탑 핵[타워 코어] 같은 것도 있는 거 아닐까?

그에 관해 묻는 건 너무 버릇없는 질문이니까 관두고, 서로 인사를 나누었다.

나는 그녀 옆에 AR표시된 상세 정보를 확인했다. 그녀는 인간족임에도 불구하고 엘프인 미아보다도 연상인 217세였다.

마녀니까 오래 사는 건지, 원천을 지배하니까 오래 사는 건지 신경 쓰이네.

레벨은 37로 오래 산 것치고는 낮았다. 물 마법과 술리 마법을 쓸 수 있었다. 그밖에는 명상이나 연성, 조합, 마법 도구 제작 등 실로 마녀다운 스킬이 있었다.

칭호가 「환상의 숲의 마녀」인 건 그렇다 치고, 이름까지 「환상의 숲의 마녀」인 건 뭔 일이래?

"원천을 계승할 때 옛 이름을 버렸습니다."

신경 쓰여서 잡담 사이에 늙은 마녀의 이름을 물어봤더니 이렇게 대답했다.

원천을 계승할 때 의식을 통해 개인의 이름을 버려서 계승 자격을 얻는다고 한다.

그건 그렇고 원천을 계승하는 데 의식 같은 게 필요하구나.

내가 「용의 계곡」 원천을 지배했을 때는 그런 의식 같은 거 없었는데, 유성우로 용들을 학살한 게 의식에 해당되는 건가?

「토라자유야의 요람」 원천을 지배하지 못한 건 복수의 원천을 지배할 수 없기 때문인지, 미아가 「요람의 주인」이니까 그녀에게 원천 지배권이 있어서인지 불명이었다.

어째서인지 「원천의 지배권」은 호칭이나 비고란에 나오질 않으니까 확인할 방법이 없었다.

유성우 다음에 로그를 조사 안 했으면 나 자신도 「용의 계곡 원천」을 지배한 걸 몰랐을 거다.

원천 이야기가 끝나자, 늙은 마녀가 완성된 마법약을 보여주었다. 감정해봤는데 모두 「고품질」이었다.

"근사한 완성도네요. 마법약은 마소나 마력을 담으면 담을수록 성능이 좋아지나요?"

나는 늙은 마녀에게 마법약을 돌려주면서 물었다.

"이론상 그렇게 됩니다. 그러나 일정 이상의 마소를 마법약에 담아도 금세 마력이 빠져나가니 별로 의미가 없습니다. 금방 쓸 거라면 효능을 높이는 효과가 있습니다만, 마력 효율로 보면 회복 마법을 쓰는 편이 현실적이옵니다."

그렇구나. 그래서 연금술 교본에는 안 실려 있었군.

그리고 얼마 동안 늙은 마녀와 연금술 토론을 했다. 대부분 늙은 마녀가 얘기를 하고 나는 듣는 역할이었지만 상당히 유익한 대화였다.

아래층에서 발소리가 들렸다.

레이더로 이미 알고 있었지만, 마녀의 제자가 돌아온 모양이다. 호위들은 강철의 표범보다 다리가 느려서 그런지 아직 숲속을 이동하고 있었다.

계단을 올라온 제자가 그 기세 그대로 방에 들어왔다.

차분함이 부족한 애네.

"이네니마아나, 방에 들어올 때는―."

"죄, 죄송합니다! 스승님, 저, 저기, 아까는, 죄송합니다!"

스승을 따라 하는 건지 제자인 그녀도 바닥에 엎드렸다.

털뭉치새가 둥실둥실 날아서 제자의 머리에 착지하더니 몸을 둥글게 부풀렸다. 아무래도 거기가 지정석인가 보다.

"이쪽이 함부로 영역에 들어온 게 잘못이야. 사죄를 받아줄 테니까 이제 그만 일어설래?"

조금 잘난 느낌이지만, 이런 식으로 말을 안 하면 납득해주질 않으니 상대의 감각에 맞췄다.

그건 그렇고 이름이 참 어렵다. 이네라고 애칭으로 부르면 안 되나?

"마법약 상태는 어떠니?"

늙은 마녀가 묻자, 이네가 가마솥 내용물을 휘저으면서 상태를 보고했다. 큰 가마솥에 맞는 사이즈라서 조합봉의 길이가 배 젓는 노 같았다.

"스승님, 순조로워요. 이거면 이번 맹약도 지킬 수 있어요."

"그래. 그렇구나. 오늘 밤에는 불 당번을 너에게 맡겨도 되겠니?"

"응! 괜찮아요! 이네한테 맡겨요!"

어쩐지 졸다가 실수할 것 같은 상황인데, 남을 놀리는 건 실례니까 조용히 흘려들었다.

신경 쓰이는 단어가 나왔길래 「맹약」이 뭔지 물어봤다.

물론 그냥 흥미로 물어본 거라 상대가 말을 망설이면 무리하게 캐물을 생각은 없었지만, 늙은 마녀에게는 딱히 비밀도 아니었는지 간단히 가르쳐주었다.

"크하노우 백작과 나눈 맹약이옵니다. 이 숲에 무법자나 사냥꾼을 들이지 않는 대신, 해마다 두 번 특제 마법약을 300개 전달하는 것이옵니다."

300개라, 재료를 모으는 게 귀찮겠지만 저 가마솥이라면 한 번에 만들 수도 있겠네.

늙은 마녀는 말을 좀 장식해서 했지만, 이 숲의 자치권을 확보하기 위한 납세 같은 거겠지.

특히 요 몇 년 동안 큰 규모의 코볼트 무리가 영지 안의 은광산을 공격해 와서, 기한을 반드시 지키라고 못을 박았다고 한다.

분명히 이렇게 즉효성 있는 약품이 넉넉하게 있다면, 마물의 무리가 공격해 와도 희생자가 안 나올 테니까.

노우키에서 마핵이 부족하거나, 관리가 마법약용 병을 모두 사 가는 건 늙은 마녀가 마법약 만드는 데 협력하려고 그러는 건가?

백작령의 상황을 보니 방해할 리는 없을 거고…….

제자가 귀환하여 중단되었던 늙은 마녀의 연금술 강의가 재개되었다.

그녀는 연성 도구부터 직접 만드는데, 저 가마솥도 늙은 마녀가 만들었다고 한다. 연금술 강의에 더해 마법 도구에 대해서도 이것저것 배웠다.

늙은 마녀가 설계나 레시피를 시원스럽게 가르쳐줬으니 재료를 모아서 이것저것 만들어봐야지.

정보의 대가는 아니지만 늙은 마녀가 한 가지 부탁을 했다.

내가 공도 방면으로 간다는 이야기를 하자, 지인에게 편지를 전해달라고 부탁했다.

가도에서 조금 벗어난 숲 속에 사는 상대라고 하는데, 딱히 문제가 없으니 승낙했다.

그런데 편지를 받는 상대가 숲 거인^{포레스트 자이언트}이라고 한다.

게임 같은 거였으면 「거인 마을에 편지를 전달하라」 퀘스트가 발생했을 거다.

늙은 마녀와 그 거인에게 도움을 주고, 더욱이 숲 거인의 마을을 구경할 수 있으니 그야말로 WIN-WIN의 근사한 관계로군.

거인이 사는 숲에는 일각수[유니콘]도 있다고 하니, 벌써부터 방문이 기대된다.

그러면 너무 오래 있었으니 이제 그만 돌아가야지. 애들도 걱정할 테니까.

나는 중후한 나무 문을 지나 탑을 나왔다.

늙은 마녀가 장로 참새로 배웅해주겠다고 제안했지만, 노인에게 초겨울의 밤하늘을 나는 건 좀 혹독한 일인 것 같아 사양했다.

배웅 나온 늙은 마녀가 주문을 외자, 엷은 빛이 풋 램프처럼 땅에서 나오더니 빛의 오솔길을 만들었다.

겉보기와 달리 고도의 마법인지, 늙은 마녀의 마력이 10퍼센트 정도 줄었다.

그러나 그것이 굉장한 속도로 회복되었다. 내 절반쯤 되는 속도였다. 미아도 아리사랑 비교하면 회복 속도가 빠르던데 늙은 마녀의 회복 속도는 그 이상이었다.

아마도 이 회복 속도도 원천의 은혜일 것이다.

물론 근본적으로 따져서 마력량이 다르니까 비율만으로 단위 시간당 회복량의 우열을 판단할 수는 없지만, 충분히 어림은 가능했다.

나는 그 생각을 뇌리에서 떨쳐내고 늙은 마녀에게 작별 인사를 하며 탑을 등졌다.

이 빛의 오솔길을 따라가면 영역 바깥으로 갈 수 있다고 한다.

나는 이 숲에 왔을 때 이름만 거창하다고 생각했지만, 그건 틀린 생각이었다.

반딧불이처럼 깜빡이는 은방울꽃, 엷은 녹색으로 빛나는 나비, 유리처럼 투명한 메뚜기 등, 실로 환상적인^{판타지한} 생물들이 넘쳤다.

예쁜 생물들만 있는 것도 아니었다. 눈앞으로 날아온 리얼한 인면 나비를 보고 가볍게 간담이 서늘해져서 날개에 있는 얼굴 모양에게 비웃음을 사기도 했다.

숲 속의 작은 풀밭에 모여 있는 하반신이 염소인 「염소 다리^판족」이란 요정들이 북 같은 악기를 두드리며 즐겁게 춤추고 있었다.

어린이 팀을 데리고 오면 같이 섞여 놀 것 같군.

그 광경도 「방위환혹의 결계」 부근까지 오자 차츰 보이지 않게 되었다.

약간 아쉽지만 충분히 즐겼으니 만족이었다.

돌아가면서 이동 경로 근처에 숨어 있던 멧돼지를 잡았다. 애들한테 주는 선물이었다.

여관으로 돌아가자, 너무 걱정을 해서 조금 히스테릭해진 아리사에게 혼났다.

밤의 숲은 위험하니까 단독으로 어슬렁거리지 말라는 취지였다. 내가 도시 바깥에 갔다고 말했던가?

방도 다른데 어떻게 알았느냐는 물음은 얼버무렸지만, 묘하게 옷자락이 짧은 잠옷을 입었으니 보쌈이라도 하러 숨어들었겠지.

그것을 지적하여 공세로 나서도 되겠지만, 눈물을 글썽거리며 필사적으로 야단치는 아리사가 귀여워서 괜한 변명은 관두고 끌어안으며 계속 사과했다.

조만간 어둠 속에서도 문제없이 행동할 수 있는 걸 증명해서 아리사가 걱정 안 하도록 해야겠다.

◆

다음 날 아침. 침대가 삐걱거리는 소리에 눈을 떴다.

누군가의 숨소리가 들렸다. 또 아리사가 아침부터 성희롱을 하러 왔나? 지겹지도 않나 보지?

나는 약간 진절머리를 내면서 눈을 떴다.

"……마스터, ……부탁 ……애원합니다."

예상 밖으로 요염한 목소리를 듣고 단숨에 잠이 달아났다.

머리카락을 푼 나나가 내 위에 올라타 있었다. 평소처럼 무표정했지만, 열이 오른 것처럼 요염했다.

양팔과 다리를 짚고서 내 얼굴을 들여다보고 있다 보니, 많이 트인 옷깃 사이로 보이는 계곡이 굉장하다. 밑에서 손바닥으로 출렁출렁 가지고 놀고 싶은 충동을 느꼈다.

나나가 무슨 말을 하는 건지 잘 모르겠다. 어젯밤에 옆 방 아저씨의 코골이가 너무 시끄럽길래 「엿듣기」 스킬을 OFF로 한 탓이겠지.

"마스터. 어서."

"······그래."

열기를 띤 나나의 목소리에 이끌려 무심코 고개를 끄덕였다.

나나가 몸을 일으키더니, 그대로 기세 좋게 셔츠를 벗었다. 셔츠에 끌려서 위로 올라간 언덕 두 개가 자유를 쟁취하여 자랑스럽게 꼭대기를 드러냈다.

그 매혹적인 광경도 한 순간 뒤에 바지런히 쫓아온 긴 금발에 가려져 버렸다.

내 손이 매료된 것처럼 나나의 가슴으로 뻗어갔다.

"좋은 아침~! 당신의 아리사랍니다아— 오오오오오옷! 그거 뭐야!"

아리사의 절규를 듣고 제정신을 차렸다. 같은 방에서 잔 리자랑 루루가 안 보였다. 벌써 일어나서 출발 준비를 하고 있겠지.

그러면 들어 올린 손은 어떡하면 좋을까?

―일단, 주물러야지.

나는 잠이 덜 깬 머리로 나나에게 손을 뻗었다.

"아리사, 철벽 가드!"

아리사가 어수선하게 뛰어들더니 양손으로 받아냈다.

나나가 고개를 갸웃거리더니 나와 아리사를 보았다.

"마스터? 이술 기관의 조정을 부탁드립니다."

"어? 야한 거 아니었어?"

나나의 말에 아리사가 맥이 빠진 표정을 지었다.

좋아. 이 흐름에 올라타자.

"당연하잖아."

"뭔가 수상해……."

"그럴 리가 있나?"

아리사가 눈을 게슴츠레 뜨고서 추궁하지만 「무표정」 스킬의
도움을 받아 흘렸다.

아리사와 함께 새삼 나나의 설명을 들었다.

듣자니 어제 낮에 마력 회복이 신통치 않다고 호소했던 나나
가 본격적으로 안 좋아져서 나한테 조정을 의뢰한 것이었다.

"나나는 마력 조작 스킬 있지 않아?"

"이술 기관의 상태가 안 좋아서 마력 조작이 불가능하다고
보고합니다."

"알았다. 나도 『마력 조작』 스킬이 있으니까 해볼게. 어떡하
면 되지?"

"심장에 가까운 곳에 손을 대고 마력을 흘려주십시오. 미세
조정은 그때마다 의뢰할 것을 선언합니다."

나나가 양손을 옆으로 늘어뜨리고 무방비하게 몸을 드러냈다.

아리사가 옆에서 「으그그」 신음했다.

미안하지만 이건 치료 행위거든. 응. 어쩔 수 없다구.

내가 의기양양하게 팔을 뻗었지만, 실행하기 직전에 미아의 한 마디로 저지당했다.

"등."

"그렇지! 심장에 가까워야 되는 거면 등 쪽으로도 문제없잖아! 역시 미아야!"

"응. 맡겨둬."

입구에서 고개를 내민 미아가 터벅터벅 방으로 들어오더니 내 무릎 위에 척 올라탔다.

"미아의 제안을 승낙. 등 쪽으로도 조정 효율에 문제가 없는 것을 보증합니다."

나나가 일어서서 뒤로 돌아 앉았다.

현대풍의 하얀 속옷이 눈부셨지만, 아리사나 미아의 시선이 따가워서 응시 못 하고 조정에 착수했다.

나나가 자기 머리카락을 붙잡아 몸 앞으로 이동시켰다. 목덜미의 솜털이나, 어깨에서 등으로 이어지는 라인이 눈부셨다. 견갑골의 요염함이 폭력적이다. 방심하면 이성이 날아갈 것 같았다.

나나의 등을 손가락으로 쓰윽 만져 보고픈 충동이 생겼지만 이성을 총동원해서 참았다.

등에 두 손을 대고서, 오른손에서 왼손으로 마력을 흘렸다.

약간 거슬리는 감촉이 느껴졌다. 마력 흐름의 강약을 조금 조정하여 마력이 흐르는 도선을 청소했다.

이술 기관의 조정은 순조롭―.

"아앙…… 흐으…… 마스터. 조금만 살살. ……아앗."

―야. 나나?

그렇게 한창 하는 중인 것처럼 소리 내지 말라니까. 하반신
이 반응하면 어떡하라고.

"우웅. 파렴치."

"으그그. 다음에는 분명히, 분명히 아리사 차례야."

미아가 삐치는 건 그렇다 치고 아리사는 피눈물이라도 흘릴
것 같아서 무섭다. 나를 깨우러 온 리자에게 부탁하여 아침 식
사를 하라고 내보냈다.

10분쯤 걸려 이술 기관 조정이 끝났다. 자극이 어지간히 강
했는지, 나나는 조정이 끝난 다음에도 계속 침대에 엎드려 있
었다.

만족스럽게 웃고 있길래, 출발하기 전까지 그대로 방치했다.

◆

약간 득 본 기분이 드는, 세류 시 출발한 지 엿새째 되는 오후.

우리는 크하노우 백작령의 노우키를 출발하여, 해가 지기 전
에 영지 안의 시내 옆 풀밭에 자리를 잡고 야영을 준비하고 있
었다.

트러블을 방지하려고 가도에서 잘 안 보이는 나무들 뒤편을

골랐다.

여기를 야영지로 고른 이유는 어제 확보한 짐승을 해체하기 위해서다.

스토리지 안에서는 신선도가 떨어지지 않지만, 해체해두지 않으면 요리에 못 쓰니까.

이윽고 야영 준비가 끝나고 아인 소녀들이 메인 해체를 시작했다. 루루와 나나도 해체한 다음 고기를 처리하기 위해서 준비를 시작했다.

미아와 아리사가 비린내를 싫어하는 것 같아서, 강을 따라 하류 쪽으로 탐색을 보냈다. 두 사람에겐 들풀과 약초를 모아오라고 부탁했다.

어디. 이번에는 수가 많다. 나도 도와야겠지?

나는 뜻을 굳히고 시냇가에서 늑대를 해체하는 일행 곁으로 다가갔다.

"왜 그러십니까? 주인님."

리자가 방금 손도끼로 베어낸 늑대 머리를 돌 위에 올려놓고 돌아보았다.

—늑대 머리랑 눈이 마주쳤다.

내 안에 있던 의욕이 무시무시한 속도로 사라졌다.

"아니, 어젯밤 산책하다가 멧돼지를 잡았거든. 같이 해체해 줄래?"

무심코 화제를 돌려버렸다.

내가 격납 가방을 경유하여 스토리지에서 꺼낸 소형 멧돼지
를 보고 리자가 찬사를 보냈다.

"역시 주인님이십니다."

"멧돼고기~?"

"맛있어 보이는 멧돼지인 거예요!"

　타마와 포치가 받아서 리자가 지시한 커다란 돌 위에 놓았다.

"뒷일은 맡긴다."

"네. 오늘 저녁은 기대해주세요."

"기대하고 있을게."

　약간 흥분하여 가슴을 두드리는 리자에게 대답한 다음, 조
금 하류로 내려갔다.

"아, 주인님. 만선이야."

"사토."

　아리사가 바구니에 한가득한 물고기를 보여줬다. 시냇물에
정신 마법을 때려 박아서 잡았나 보다.

　풀피리를 부는 미아의 바구니에는 여러 가지 나무 열매나 버
섯이 들어 있었다. 버섯은 나중에 감정을 해봐야겠다.

　―그렇지. 짐승은 무리지만 물고기라면 손질할 수 있을 거야.

　나는 둘과 함께 야영지로 돌아와서 아리사가 잡아 온 물고기
를 손질했다. 물론 처음에는 리자의 시범을 보았다.

　물고기의 미끈한 몸통을 붙잡고 비늘을 긁어냈다. 손에 들
러붙는 비늘을 불쾌하게 생각하면서도 다 긁어내고 부엌칼로

대강 머리를 잘라내었다.

이어서 가슴지느러미를 잘라내고 시범을 떠올리면서 배를 갈라 내장을 긁어내 시냇물에 버렸다. 번들거리는 반사광이나 질척한 촉감은 생각 바깥으로 던져버렸다.

시냇물의 깨끗한 물로 미끈거리는 것을 씻어내고 한숨 돌렸다.

여기까지만 하면 다음은 간단했다. 「조리」 스킬과 「해체」 스킬의 지원을 거스르지 않고 물고기 뼈를 발라내기만 하면 된다.

남은 물고기도 똑같이 발라내었다.

마음을 비우고 기계적으로 포를 뜬 탓인지 「명경지수」란 스킬이 생겼다. 이 세상에도 사무라이가 있었다면 화낼 것 같은 경위였다.

그 밖에도 「해체 장인」이라는 신기한 호칭이 생겼다. 굳이 따지자면 요리보다 건물 같은 걸 해체하는 사람 같은 칭호였다.

"저기. 주인님. 발라내는 솜씨는 굉장히 좋은데. 이렇게 많이 발라내서 어디다 쓰게?"

……응. 생각 안 했다.

내 침묵으로 모든 것을 깨달은 아리사가 어쩔 수가 없다고 말하는 제스처를 취했다.

나는 회색 뇌세포를 풀 회전시켜서 사용 방법을 생각했다.

"튀김은…… 기름이 없네."

"빵가루나 달걀도 없어."

조리용 기름은 튀김이 가능할 정도로 많지 않았다. 고기 지방은 잔뜩 있지만 이걸로 기름을 만들기는 귀찮다. 다음 도시에 들렀을 때 튀김이 가능할 정도로 구입해야지.

문득 다갈색 늑대를 해체하는 리자의 모습이 보였다.

내장이 저렇게 잔뜩 나왔으니 오늘 밤 식사로 다 먹지도 못할 것이다. 거기에다 물고기 열다섯 마리가 더해지면 대량으로 남아돈다.

"좋아. 건어물 만들자."

"뭐. 저 광경을 봤으니 그렇게 해야지."

리자 옆에 쌓여 있는 고기 산을 본 아리사가 조금 핼쑥해져서 시냇물 쪽으로 갔다. 냇가에서 예쁜 자갈을 모으고 있는 미아랑 합류하려나 보다.

본래 일본인이고 왕녀였던 아리사는 나와 마찬가지로 짐승을 해체하는 데 저항감이 있나 보다.

그것을 눈으로 배웅하면서, 나는 나무 쟁반 위에 늘어놓은 생선살에 소금을 듬뿍 뿌렸다.

다음으로 햇빛에 말려서 수분을 날려버리면 완성……이었나?

"주인님. 생선을 말릴 때는 소금물에 담가서 살 안쪽까지 소금이 배어들게 해야 합니다."

햇볕에 소금을 뿌린 생선살을 늘어놓으려고 했더니 리자가 말렸다.

리자 말에 따르면 진한 소금물에 30분 정도 담가둔 다음에 물로 씻어내고서, 바람이 잘 통하고 햇볕이 쬐는 장소에 말린다고 했다.

나는 리자에게 배운 대로 작업을 했다. 「조리」 스킬이 지원해 줘서 소금의 양은 어렴풋이 알 수 있었다. 시계를 안 보고도 딱 좋을 때를 알 수 있으니 스킬 시스템은 참 굉장하구나.

나는 물로 씻어낸 생선살을 커다란 판에 늘어놓았다.

다음은 벌레가 안 꼬이게 해야지.

나는 냇가에 있는 아리사를 불렀다.

"아리사! 미안하지만 『벌레 퇴치』 부탁한다."

"오~케이."

아리사의 「벌레 퇴치」 마법은 내가 설계한 오리지널 스펠이었다. 전에 아리사가 정신 마법 「불안 공간」으로 벌레 쫓는 것을 보고 힌트를 얻어 만들었다.

벌레의 경계심을 자극하는 주문이었다. 동물 버전도 만들었지만 그걸 쓰면 기척에 민감한 타마가 안절부절못하기 때문에 기각되었다.

이 마법은 야영할 때 아침까지 쾌적하게 보내는 것이 목적이라, 한 번 쓰면 다음 날 아침까지 효과가 지속된다.

그러면 본격적으로—.

물고기를 손질하는 미션을 클리어한 나에게 빈틈은 없다.

자, 늑대를 해체하러—.

"……리자?"

"네. 무슨 일이신지?"

잘라낸 늑대 머리를 바라보던 리자를 보고 당황했다.

"아, 이렇게 잔뜩 있으니까 뭔가 요리가 가능하지 않을까 싶어서요."

혀와 뺨, 뇌 같은 걸 먹기도 하지만 이건 비밀로 해야지. 머리 해체를 구경하는 건 아직 난이도가 너무 높았다.

"도시의 정육점에 들르면 한번 물어볼게."

"네! 부탁드립니다!"

리자가 기대에 찬 표정으로 부탁했지만, 양손에 늑대 머리를 들고 있어서 좀 초현실적이었다.

나는 늑대 머리와 눈을 마주치지 않으려고 애쓰면서 남은 해체를 도왔다.

물고기와는 다른 미끈함이 있었지만, 애들에게 꼴사나운 모습을 보여줄 수 없다는 일념으로 분발했다. 머리를 절단할 때 시체랑 눈을 마주치지 않는 것이 요령이었다.

중간에 아까 얻은 「해체 장인」이란 호칭을 달고 해체를 해봤지만 변화는 체감할 수 없었다. 무슨 의미가 있는 거지?

이만큼 해체를 했으니 짐승 냄새가 굉장하다.

주변을 둘러보니, 미아와 아리사가 냇가에서 예쁜 자갈을 찾는 게 보였다.

나는 미아를 불러서 마법으로 씻었다.

그러나 냄새가 독해서 세정 마법 한 번으로는 빠지질 않았다.

"미아. 미안하지만 마력 회복약 먹고 또 한 번 부탁해."

"싫어."

미아가 입 앞에 손가락으로 가위표를 만들어 거부했다.

"써."

마력 회복약이 그렇게 쓴가?

"분명히 긴급 상황이 아니면 먹기 싫은 맛이야. 그냥 물을 끓여서 씻자. 주인님 등은 내가 씻겨줄게."

"우웅, 파렴치."

아리사가 섣부르게 발언하자, 미아가 마력 회복약을 단숨에 들이키더니 마법을 걸어주었다.

"써어."

진심으로 싫다는 표정이었기에 입가심으로 가시 감초의 과육을 내밀었다.

한발 먼저 청결해진 나는 마차 뒤에서 마법 도구를 만들고 있었다.

방금 전까지 물 끓이기를 담당했는데, 성의 영빈관에서 같이 목욕했던 아인 소녀들은 그렇다 쳐도 나나와 루루까지 벗기 시작하길래 다른 곳으로 이동했다.

아무래도 이쪽 여성들은 무방비하달까, 알몸에 대한 수치심이 적은 느낌이었다.

뇌리에 세류 시의 문전 여관에서 만난 목욕 미녀의 하얀 살결이 떠오르려 해서 머리를 휘둘러 번뇌를 쫓아냈다. 이런 데서 리비도(libido)를 증폭시키면 안 된다.

나는 강한 의지의 힘으로 번뇌를 억누르고, 마법 도구를 제작하기로 했다.

지금 만들고 있는 건 열탕기다. 점화 지팡이처럼 마력을 열로 변환하는 회로는 비교적 간단했기 때문에 한번 도전해봤다.

전에 만들었을 때는 널빤지에 회로를 그렸지만, 이번에는 가열용품이라 널빤지에 그리면 불타지는 않아도 그을려 버릴 것이다.

스토리지 안에서 내열성과 열전도율이 높은 물건을 찾았다.

후보는 몇 개 있었지만, 예비 냄비를 쓰기로 했다. 두꺼워서 달구기 어려운 철제 한 손 냄비와, 비슷한 크기의 구리 냄비 두 개로 시험해보기로 했다.

냄비 바닥에 회로액으로 가열 회로를 그렸다.

마력을 전달하는 회로가 붉게 달아오르며 고열이 발생했다. 이윽고 온도가 너무 올라가서 구리 냄비에 구멍이 뚫려버렸다. 철 냄비는 괜찮았지만, 회로는 조금 녹아버렸다.

물 끓이는 데 쓰기에는 온도가 너무 높으니, 회로를 조정해서 모닥불과 비슷한 온도까지 낮췄다.

냄비에 물을 넣고 회로에 천천히 미량의 마력을 흘렸다. 회로가 달아오르면서 냄비 바닥에 작은 기포가 부글부글 올라왔다. 이윽고 기포의 수가 늘어나며 물이 끓기 시작했다.

냄비에 가득 채우면 마력 1포인트에 30도까지 온도가 올라

가는군. 불씨 탄환이 한 발에 마력을 10포인트밖에 안 쓰는 걸
^{파이어 샷}
생각하면 효율이 나쁘다.

마법 도구 책에 의하면 철은 마력이 확산되기 쉽다고 쓰여
있으니, 아마 그 때문이겠지.

그래도 1분 만에 물이 끓었으니 괜찮은 편이다. 지금처럼 단
순한 회로로 더 빨리 끓이려고 하면 회로가 녹아버린다.

이 물 끓이는 마법 도구 냄비는 회로가 다 드러나 있으니까,
이대로 요리에 쓰는 건 무리다. 냄비를 휘젓는 국자가 회로를
깎아내서 망가질 것 같았다. 그리고 재료가 회로 틈으로 들어
가서 씻기 힘들 것 같네.

당분간 물 끓이는 데만 써야지.

목욕을 해서 요염한 분위기의 나나와 루루가 리자의 지도
아래 저녁 식사 준비를 시작했다.

아이들은 식기 준비를 마친 다음 할 일이 없으니 자유행동이
었다. 포치랑 타마는 미아와 같이 냇가에 예쁜 자갈을 주우러
갔고 아리사는 돗자리 위에 앉아서 마법서를 읽기 시작했다.

나는 저녁 식사용으로 쌓여 있는 고기를 돌아보았다.

해체가 끝난 다갈색 늑대의 정육만 해도 400킬로그램이 넘
는 양이라서, 오늘 먹을 분량의 심장이나 간 말고는 파기용으
로 판 구멍에 묻어버렸다.

슬라이스한 심장이나 간이 커다란 접시 위에 작은 산을 만

들었다. 검붉은색이라 식욕은 별로 당기지 않았다.

이것에 비하면 어제 잡은 분사 늑대 고기가 색은 더 좋았다.

—맞다. 기왕 「조리」 스킬이 생겼으니까 시험 삼아서 그 고기를 구워볼까?

"리자, 어제 잡은 분사 늑대 고기를 시식해보고 싶은데 굽는 법 가르쳐줄래?"

"드시고 싶다면 제가 굽겠습니다."

"직접 구워보고 싶어."

리자의 말은 고맙지만 「조리」 스킬의 효과를 보고 싶은 거라서 납득시켰다.

일단 분사 늑대의 고기를 준비했다. 해외산 소고기처럼 지방이 적은 붉은 고기다. 50그램 정도 작은 고기 조각으로 잘라내어, 리자의 어드바이스에 따라서 식칼로 힘줄에 칼집을 내고 소금과 후추로 간을 했다.

다음으로 달군 프라이팬에 지방을 올려서 기름을 두른 다음, 먼저 마늘 간장 절임을 슬라이스해서 볶아 작은 접시에 담았다. 다음으로 기름이 튀는 소리를 들으면서 고기를 재빨리 구웠다. 식중독이 무서우니까 웰던으로 굽는다.

—뭐야? 이 폭력적으로 맛있는 냄새.

고기 겉을 살짝 태운 다음 뒤집었다. 이제 완성될 때까지 이대로 둔다. 마물의 고기라서 그런지 굽는 데 필요한 시간이 길었지만, 조리 스킬이 가르쳐주는 감각에 따르면 굽는 시간 말고는 보통 고기랑 똑같이 구워도 되나 보다.

"자, 잠깐만! 이 맛있는 냄새는 뭐야!"

마법서를 읽던 아리사가 달려와서 내가 굽는 걸 들여다보았다.

냇가에서 예쁜 자갈을 줍고 있던 포치와 타마도 침을 흘리면서 아리사 뒤에 나타났다. 어째선지 고기를 안 먹는 미아나 유동식밖에 못 먹는 나나까지 내가 굽는 걸 보고 있었다.

"뭐긴? 어제 잡은 분사 늑대 고기를 시식하려고 구운 건데."

"어? 이렇게 작아? 다 같이 먹을 수가 없잖아?"

그야 그렇지. 이건 내가 먹고서 이상한 내성이 안 생기나 확인하는 거랑, 그 다음에 누구 먹여서 다음 날까지 문제가 없는지 확인할 분량이니까.

그렇게 설명하자, 다들 헌신적으로 외쳤다.

"나! 내가 존귀한 희생을 치를게!"

"타마도 치를래~."

"포치도 희생양이 되어 고기를 먹고 싶은 거예요!"

"아니, 아이들에게 맡기면 위험합니다. 이번에는 제가 실험 대상이 되도록 하죠."

"마스터. 저는 마스터의 것입니다. 그러니 마스터의 것은 저와 마찬가지란 뜻입니다. 그러니까 실험 대상은 제가 걸맞다고 건의합니다."

"우웅, 고기?"

요컨대 다들 먹고 싶은 거구나. 미아는 냄새에 이끌려서 왔지만 고기라는 걸 알고서 흥미를 잃었다.

……나나는 조금 더 유동식을 먹어야 되니까 참아라.

"가위바위보로 승부를 정하자. 나나는 단단한 음식은 아직 안 되니까 참가 금지다."

"마스터! 재고를."

"안 돼."

무표정하게 경악하는 고난이도 감정표현을 선보인 나나에게 차갑게 대답했다.

가엾긴 하지만 위장이 제일 약해 보이는 사람을 실험 대상으로 쓸 수는 없었다.

"됐다~! 이겼어요!"

루루가 만세 포즈를 하며 뿅뿅 뛰었다. 루루가 이렇게까지 직설적으로 기쁨을 표현하는 일은 보기 드물었다.

제정신을 차리고 자기 행동을 창피해하는 루루를 보고 흐뭇해하면서 다 구운 고기를 둘로 갈라 한 조각 먹었다.

—이게 뭐야?

지금까지 먹어본 고기 중에서 제일 맛있다. 아니, 고기 자체의 랭크라면 입사가 결정된 다음에 사장이 사준 고급 소고기 안심살이 더 좋았다.

하지만 이 스테이크는 왜 이렇게 맛있지?!

심플하게 소금이랑 후추로 간을 한 것이 고기 본래의 맛을 끌어올리는 것 같았다.

웰던인데도 한 번 씹을 때마다 고기 맛이 입안에 가득 찼다. 육즙 자체는 적은데 그것이 직접 혀를 자극했다. 더욱이 녹아 내린 지방이 뒤엉켜서 맛을 끌어올린다.

이렇게까지 맛있을 거라고는 생각 못 했다. 함께 먹은 마늘 비슷한 채소의 맛이 적당히 감각을 살려 맛에 깊이를 더해 주고 있었다.

소고기랑 다른 야생적인 식감을 즐기는 사이에 작은 고기 조각이 목 안으로 사라져버렸다.

코를 통과하는 마늘 향과 지방의 뒷맛이 다음 한 입을 먹고 싶게 만든다.

그러나 목적을 떠올리고 꾹 참았다.

일단 로그를 확인했는데, 이상한 내성은 안 생겼다. 감정으로 확인한 것처럼 위험한 고기는 아닌 모양이다.

"맛있다. 자 루루도 먹어봐."

젓가락으로 집어서 루루에게 내밀었다. 루루는 손으로 머리카락을 누르고 작은 입을 크게 벌려서 고기를 먹었다. 평소의 루루라면 부끄럽다며 망설였을 것이다.

맛있는 것의 매력이란 무서운 거로군.

바쁘게 변화하는 루루의 표정이 녹아내릴 듯 행복한 미소로 변했다.

"아아. 주인님과 결혼하는 사람은 이런 요리를 매일 먹을 수 있는 거네요······."

루루가 섹시하게 한숨을 흘리면서 식욕에 지배된 말을 흘렸다.

"그래! 루루의 미모로 주인님을 함락시키는 거야! 어때? 주인님! 루루를 함락시키면 아리사도 빠짐없이 따라가거든! 미소녀 자매로 자매 덮밥—."

위험한 말을 하기 전에 아리사에게 꿀밤 마크2를 쥐어박았다. 마크2에 의미는 없었다.

스테이크의 포로가 된 탓인지, 평소에는 외모를 칭찬하면 부정적인 반응을 보이는 루루가 아리사의 말을 완전히 흘려들어서 반응이 없었다.

로그를 슬쩍 보니까 「고기 요리의 달인」과 「식탁의 마술사」라는 칭호가 생겼다.

로그를 닫은 시야에 구운 고기 기름으로 지저분해진 접시가 보이길래 옆에 있는 통으로 얼른 헹궈냈다. 기름때는 잘 안 지거든.

"아앗."

"꿈도 **지방**도 없는 거예요."

스테이크 접시를 씻었을 뿐인데 타마가 비명을, 포치가 절망의 한탄을 흘렸다.

—혹시 접시의 육즙을 핥고 싶었나?

리자는 별 말 없었지만, 냄비가 끓어 넘치는데도 반응하지 않았다.

……어쩔 수 없지. 모두 먹을 만큼 구워야겠다.

결국 미아를 빼고 모두 분사 늑대의 스테이크를 먹게 되었다.

처음에는 나나는 참으라고 할 셈이었는데, 나나가 펼친 전설의 비기 「파후파후^{#7}」 앞에서 무릎을 꿇고 말았다.

전설이 실재하는 것을 인정하기 싫은 아리사와 미아가 뭐라고 항의했지만, 행복에 빠져 있었던지라 잘 기억이 안 난다.

다들 작은 스테이크로는 만족하지 못하는 것 같았지만, 너무 많이 먹어서 몸이 상하면 안 되니 다음 접시는 다갈색 늑대의 심장이나 간을 구워서 제공했다.

분사 늑대의 스테이크에 비교하면 맛에 특색이 강했지만, 이것은 이거대로 맛있었다.

「조리」스킬을 최대까지 올리면 어지간히 괴상한 것도 맛있게 조리할 수 있을지 모르겠다.

또한 혼자서 참가 못한 미아에게는 버섯과 채소 볶음을 만들어주었다. 유감이지만 내 레퍼토리에 복잡한 요리가 없었다.

"아~, 앞으로 매번 이렇게 맛있는 요리를 먹을 수 있는 거구나~."

"그건 패스. 내일부터는 내킬 때만."

맛있는 요리를 먹는 건 좋아하지만, 매번 만드는 건 무리다. 반드시 요리에 질릴 거고 리자에게 조리를 배우고 있는 루루

#7 **파후파후** 게임 드래곤 퀘스트 시리즈에 나오는 용어. 커다란 가슴을 이용한다는 것 말고는 구체적으로 밝혀진 바가 없다.

와 나나에게도 미안하다.

그러나 나 자신도 「조리」 스킬 최대의 요리를 먹고 싶으니 앞으로 기분 내킬 때만 식사 당번에 참가하기로 했다.

"에~. 그런 게 어딨어~."

"우웅."

"마스터. 재고를!"

식욕에 지배된 아리사, 미아, 나나 세 사람이 항의했다.

아인 소녀들과 루루는 유감스런 표정이지만 얌전하게 있었다.

—그렇군. 노예 신분이라 못 나서는 건가?

북풍과 태양의 일화처럼 얌전한 아이들에게 마음이 풀려서, 하루에 한 번 점심 식사 때 실력을 발휘하기로 했다.

문득 돌아보니, 그렇게 쌓여 있었던 심장과 간의 산이 사라져 있었다.

어디, 이번에는 위장약이라도 만들어야겠네—.

음모와 재회

"사토입니다. 「현재에 만족하지 말고, 더욱 높은 곳을 지향하라」는 말을 어느 세미나에서 들었습니다. 하지만 가끔은 아무 생각 없이 느긋하게 지내는 것도 중요하다고 생각합니다."

"폐촌인가 보네."

"그래. 아무래도 그런가 보다."

세류 시를 출발한 지 이레째 점심 무렵, 우리는 아무도 없는 마을에 들렀다.

가도에서 부러진 결계주가 보이길래 무슨 일인가 들러봤더니 여기서 무슨 일이 있었던 것은 몇 년 전 같았다.

내가 어린이 팀을 데리고 마을 안쪽을 탐색하고, 연장자 팀은 짐 보기와 점심 식사 준비를 위해서 마차 곁에 남겼다.

결계주가 부러진 방식이나 땅이 파헤쳐진 방식을 보니, 마을 바깥에서 대형 마물이 날아와 날뛰었나 보다. 어쩌면 그 히드라 짓일지도 모른다.

배치하려면 여섯 개는 있어야 하는 결계주 중에서 네 개가 부러졌고 두 개는 인위적으로 파낸 건지 구멍밖에 없었다.

부러진 결계주는 모두 안쪽을 파내서 비어 있었다.

그것을 포치와 타마랑 같이 들여다보고 있는데, 미아랑 아리사가 뒤에서 말을 걸었다.

"사토."

"저기 우물이 있었는데 이상한 냄새가 나서 못 쓰겠어."

"그래? 세담 시에서 꽤 가까운데 왜 방치하는 거지?"

새로운 결계주를 묻어서 재건하면 될 텐데…….

"그러네. 내 고향에서는 사가 제국에서 결계주를 수입했으니까 결계주를 만들 수 있는 영지가 멀어서 그런 것 아닐까?"

그렇군. 전신주처럼 생겨서 오해를 했는데 이것도 마법 도구의 일종이었지.

나는 애들을 데리고 마을 주변을 조사했다.

여기는 도자기로 생계를 잇는 마을이었는지, 마을 뒷산에 흙을 채취하는 장소와 가마가 남아 있었다.

가마 세 개 중에서 두 개는 부서졌지만 하나는 무사했다.

포치랑 타마가 점토로 놀고 싶어 했지만, 지금은 참으라고 했다.

갈라진 그릇이나 접시가 흩어져 있는 오솔길을 지나서, 마차를 세워둔 마을 광장으로 갔다.

길을 가다가 마력 회복약에 쓰는 적갈색 별무늬 풀을 타마가 눈썰미 좋게 발견했기 때문에 돌아가는 길은 다 함께 약초를 캐면서 돌아왔다.

폐촌의 광장에서 조금 이른 점심 식사를 했다. 어제 약속한 대로 내가 다갈색 늑대 고기를 조리했다.

여러 번 굽는 게 귀찮아서 희망자의 접시에 흘러넘칠 정도로 커다랗고 두꺼운 스테이크를 구워주었다.

분사 늑대보다도 힘줄이 많아서 스테이크에는 안 맞는 고기였지만, 리자가 「씹는 맛이 근사하다」고 절찬했다. 포치와 타마도 고기를 찢어내려고 건투하는 모습을 보니 흐뭇해졌다.

뜯어먹지 못하는 다른 애들 것은 한 번 회수해서 깍두기 모양 스테이크로 만들었다.

미아는 어제와 마찬가지로 채소 볶음이지만, 건더기를 연구해서 살짝 바꿔봤다. 아리사가 사 온 몇 종류의 절임을 잘라서 섞고 냄새를 잡는 향초로 맛과 향을 정리했다.

과식하지 않을 정도의 양밖에 안 만들었는데, 다 먹은 다음에도 얼마 동안은 만족감에 아무도 움직이지 않았다.

나는 식후 휴식 시간에 연성용 비약을 조합했다.

처음에는 연습용이라는 생각을 하고 「요람」에서 얻은 주1의 마핵^{코어}을 썼다.

일단 이것을 분쇄해서 가루로 만든다. 연금술 세트 속에 들어 있던 나사 형식 호두까기 같은 것을 사용해 마핵을 부수고, 사발에서 가루가 될 때까지 세심하게 빻았다.

좀 귀찮으니까 다음부터는 손가락으로 부숴야지.

다음으로 안정제를 섞는다. 여기에 노우키의 연금술 가게에서 구입한 박쥐 날개나 도롱뇽 구이 분말과 소금을 아주 약간 투입하면 완성이다.

새끼손가락 끝 마디쯤 되는 마핵으로 마법약 20개 분량 정도의 비약을 만들었다.

완성된 비약을 「연금술」 폴더 아래 만든 「비약/체력 회복약/주1」에 수납했다.

어느 정도 효과가 있는 것을 만들 수 있는지 흥미가 생겨서 하급 체력 회복약을 연성해봤다. 「마력 조작」 스킬을 얻은 탓인지 연성판의 조작이 간단해진 것 같았다.

완성된 마법약은 「최고품질」이었다.

가게 아가씨가 주3 이상 등급의 물건을 가지고 싶어 해서 마법약을 제작하려면 그 이상의 랭크가 필요한가 했었는데 주1이라도 평범하게 만들 수 있나 보네.

이번에는 토라자유야 씨의 자료에 있던 다섯 개 동시에 만드는 레시피를 시험해보았다. 이건 유감스럽게도 한 랭크 내려가서 「고품질」이 되었다.

이번에는 주2와 주3으로 검증해봤다. 이 두 종류의 마핵으로 만든 비약은 다섯 개 동시 레시피로도 「최고품질」이 되었다.

일단 마핵의 등급에 따라서 완성되는 마법약의 등급이 좌우되는군.

아마도 등급이 낮은 마핵으로 품질이 높은 마법약을 만들 수 있는 건 「연성」 스킬의 레벨이 최대라서 그럴 것이다.

주1에서 주3 사이의 돌은 대량으로 있으니 20개 분량씩 비약으로 만들었다. 약봉투에 나눠 담기가 귀찮아서 가루 상태 그대로 폴더에 수납했다.

덤으로 아까 캐낸 적갈색 별무늬 풀로 하급 마력 회복약도 몇 번 만들었다.

전에 미아랑 아리사가 쓰다고 한 것이 떠올라, 소량의 벌꿀이나 가시 감초의 즙을 써서 쓴맛을 줄이고자 시도해봤다.

효능이 약간 떨어지지만 뜻밖에 맛있어졌다. 분명히 조리 스킬이 좋은 영향을 준 거겠지.

병에 넣지 못한 마법약은 스토리지 안의 각종 약 폴더에 액체 그대로 수납했다.

얼른 마법약을 담을 병을 조달하고 싶은데.

아무리 그래도 세담 시까지 가면 보충할 수 있겠지.

◆

"마스터. 숲 속에서 수상한 자를 발견. 대상은 이미 도망쳤습니다만, 그때 동료와 연락을 취했을 가능성이 있습니다라고 보고합니다. 경계 레벨을 올릴 것을 장려합니다."

"수상해."

세담 시가 얼마 안 남은 가도에서 마부를 보던 나나와 미아가 보고했다.

숲 속에 누군가 있었다. 「떠돌이」라는 낯선 길드에 소속된 남자였다.

아마도 세담 시 부근의 지방 길드겠지. 「살인」 같은 중죄를 저지른 자도 포함되어 있으니, 세류 시의 「시궁쥐」 길드처럼 범죄 길드일지도 모른다.

더욱이 그 녀석과 같은 길드에 소속된 남자들이 이 앞 가도와 옆길이 합류하는 지점에 몇 명, 옆길 끝에 있는 시냇가 광장에 스무 명 정도 숨어 있었다.

나는 만약을 위해 마부를 보던 나나와 교대했다.

합류 지점에서 기다리고 있는 것은 그야말로 「THE 악한」 같은 풍채의 남자들이었다. 조잡한 받침대와 차단봉으로 가도를 막고 있었다.

『야. 마부가 여자가 아닌데?』

『뒤에 암컷 꼬맹이도 타고 있잖아. 이 마차가 맞을 거야.』

『아니, 할망구랑 계집애뿐이라고 했잖아?』

악한들이 작은 소리로 대화하는 내용을 「엿듣기」 스킬로 들었다.

—이 녀석들이 노리는 건 「노인이나 여자애가 마부를 보고 있는 마차」인가?

아무래도 수상쩍은 배경이 있는 모양이다.

—뭐, 남 일이지만.

타깃이 아니라는 걸 확인했는지, 남자들이 가도를 막고 있던 차단봉을 치웠다.

"무슨 일 있어?"

"아무것도 아니니까 가라."

내가 슬쩍 물어봤지만 악한들은 허리에 찬 칼을 여봐란듯이 보이면서 우리를 내쫓았다.

조금 신경 쓰이지만, 트러블을 피할 수 있다면 불만은 없지.

우리는 수상쩍게 생각하면서 그대로 악한들 옆을 빠져나가 세담 시에 도착했다.

세담 시는 세류 시와 비슷한 규모의 성채 도시지만 인구는 20퍼센트 정도 많았다. 아인의 비율은 세류 시보다 낮았다. 고양이 수인족의 비율이 조금 많았다.

시문에서 조금 떨어진 외벽을 따라 판잣집 같은 가옥이 서있고 누더기 같은 옷을 입은 지저분한 사람들이 살고 있었다.

AR표시를 보니 그들은 세담 시의 시민이 아니었다. 호칭이 「유민」이니까 다른 영지나 나라에서 찾아와 살고 있는 거겠지.

시문에서 입시세를 내는 김에 물어봤더니, 그들은 20년쯤 전에 무노 후작령에서 도망쳐 온 사람들이라고 가르쳐주었다. 젠이랑 후작의 싸움에 불똥을 맞은 사람들이구나.

20년 동안 많은 사람들이 근린 마을이나 도시로 옮겨 갔지만, 달리 갈 곳이 없는 사람들 200명 정도가 지금도 남아 있다고 했다.

잡담을 나눈 다음에 아까 그 수상쩍은 악한들을 세담 시 문지기에게 보고했더니, 지휘관으로 보이는 기사가 인원을 갖춰서 순찰을 돌겠다고 했다.

얼굴은 난폭하게 생겼는데 자세히 듣지도 않고 믿어줬다. 사람은 겉보기와는 다른 법이네. 겉모습으로 불량 위병이라고 단정 지은 것을 반성했다.

◆

"그러니까 이 애들은 아인이지만 주인님의 애완 노예입니다. 보시는 것처럼 비싼 의복을 입고 있으니 헛간에서 재워 도난을 당하면 곤란해요. 아니면 도난당했을 때 여관에서 보상해주는 건가요?"

"보상은 못 하죠."

"그렇다면―."

"그러니 물러가 주십시오. 우리 여관에서는 묵을 수 없습니다."

아리사의 교섭술도 은근히 무례한 문전 여관의 지배인에게는 안 통했다.

세담 시에 도착한 우리는 거점을 확보하려고 가장 가까운 여관으로 왔는데 매정하게 거부당했다.

그렇지, 그 소개장 못 쓰려나?

나는 반쯤 될 대로 되라는 심정으로 노우키의 수호 보좌관에게 받은 숙박 장소 알선 소개장을 무례한 지배인에게 내밀었다.

다른 도시 수호 보좌관의 권위가 통할지 의문이었지만, 같은 백작령의 귀족이 소개한 거니까 다소 효과가 있을지도 모른다.

"이, 이것은 준남작님이— 시, 실례했습니다. 즉시 방을 준비하겠습니다."

지배인이 비명을 지르기라도 할 것처럼 떠는 표정으로 태도를 바꾸었다. 소개장은 이 도시에서도 유효한 모양이었다.

갑자기 태도를 바꾸는 지배인에게 아리사가 경멸의 시선을 보냈다.

"귀여운 얼굴을 망치면 안 되지."

아리사에게 작게 속삭인 다음, 지배인에게 방을 잡아달라고 부탁했다.

6인실이 가장 넓었기에 그 방을 닷새 동안 빌리기로 했다. 내가 묵을 1인실도 빌리려고 했지만 다수의 반대로 기각되었다. 지금까지 다 함께 모여 잤으니까 새삼스럽긴 하네.

사고 싶은 것들이 쌓여 있어서 여관의 지배인에게 취급 품목이 많은 상회에 대해 물었다.

여러 공방에 가서 세세하게 교섭을 하는 게 귀찮으니까 거기서 한꺼번에 주문하기로 했다.

머무는 기간 동안 구한다고 해도 구하고 싶은 걸 모두 구할 수는 없겠지만, 시세의 세 배까지는 낼 수 있다고 말한 덕분에 90퍼센트 이상의 물건이 모일 것 같았다.

많은 양을 사는 게 아니니까 시세의 세 배라도 문제는 없었다.

마법 도구의 토대로 쓸 재료 등 전문적인 부품의 경우는 상회와 계약한 공방에 직접 가서 세세하게 주문했다.

관이나 와이어, 볼트나 너트 같은 자주 쓰는 각종 금속 기구도 주문했다. 이러면 뭔가가 생각났을 때 금세 만들 수 있다.

대장장이 공방의 대부분은 은산의 코볼트 퇴치에 쓰는 무구의 생산과 수리로 바빴지만, 다행히 상회 전속 장인들에게 일을 맡길 수 있었다.

부품을 주문한 다음 공방 주인과 잡담을 하면서 코볼트 관련 이야기를 들었다.

세담 시의 태수는 무투파인데, 행정을 보좌관에게 떠넘기고 스스로 기사를 이끌어 은산의 코볼트 퇴치에 응원군을 끌고 갔다고 한다.

참고로 코볼트는 개 수인족과는 별개의 종족이었다.

코볼트는 사악한 요정에 속한 종족인데 뾰족한 귀, 개 같은 입, 파란색 피부 같은 외견적 특징이 있다고 한다.

듣자니 무노 남작령의 북서쪽으로 이어지는 산맥 오지에 본거지가 있다는 소문이었다.

신기하게 세담 시의 마법 상점과 연금술 가게에서도 마법약용 병을 팔지 않았다.

　상회에서도 마법약은 취급하지만 병은 취급하지 않길래 도예 공방을 소개받아 주문하러 갔는데, 두 말 없이「한 소월 뒤에 된다」고 하면서 쫓겨났다. 한 소월이라면 열흘 뒤구나.

　마치 누군가 먼저 와서 심술을 부리는 것 같았다.

　일단 상회에서 내 구매품을 담당하는 사람에게 마법약용 병을 구할 수 있는지 알아봐 달라고 부탁했다.

　매입은 대강 끝났으니, 내일은 시장을 둘러본 다음에 시내 관광이라도 할까 싶군.

◆

　슬슬 욕구 불만이 쌓여서 애들 눈을 피해 밤거리에 나서기로 했다.

　노우키와 다르게 세담 시의 환락가는 세류 시와 비슷한 넓이였다.

　목적한 가게로 직행하는 것도 너무 밝히는 것 같아서, 맛있는 새 꼬치 냄새가 나는 주점에 들르기로 했다.

　"어서 오세요! 오늘은 풋비둘기 꼬챙이 구이와 동글이 참새 통구이를 추천합니다. 에일도 있지만 노우키산 사과주^{시드르} 좋은 게 들어왔으니 괜찮으면 주문해주세요."

　밝은 미소가 매력적인 종업원 아가씨가 테이블로 안내해주었다.

전에 있던 손님이 먹던 식기가 남아 있었다. 종업원 아가씨가 들고 있던 접시에 식기를 회수하더니, 가지고 있던 걸레를 호쾌하게 휘둘러 테이블 위의 흘린 잔반을 바닥으로 쓸어 내렸다.

어지간히 위생 불량이었지만 이것이 이쪽의 상식이니까 불평하진 않았다.

주위 손님들은 동글동글하게 살찐 참새 통구이를 안주로 핫에일을 마시는 사람이 많았다.

나는 데우지 않은 차가운 에일과 새 꼬치를 주문했다. 손님하나가 무 조림 같은 것을 먹고 있는 것을 보고 그것도 주문했다. 전부 합쳐 동화 한 닢이라는 대단히 합리적인 가격이었다.

혼자서 마시자니 쓸쓸해서 카이노나의 주점에서 그랬던 것처럼 에일을 술통째로 주문하여 가게 손님들에게 베풀며 주객들이랑 친해졌다. 공짜 술을 싫어하는 자는 이세계에서도 적은가보다.

"손님 씀씀이가 좋네. 이건 사실 단골들한테만 내놓는 건데 말야."

술통 준비를 끝낸 종업원 아가씨가 뜸을 들이며 세일즈 토크를 시작했다.

"점장님 비장의 무노산 『거인의 눈물』이란 오래된 술이 있어. 굉장히 비싼데 이 가게에서만 마실 수 있는 일품이야. 개중에는 이 술을 마시려고 다니는 사람도 있을 정도야."

이름만 들어도 거인이 만드는 술 같았다. 얘기를 들었으니 주문을 해봤는데 달콤한 브랜디 같은 느낌의 술이었다.

분명히 맛있는 술이었지만, 알코올 도수가 높아서 술이 약한 사람이 마시면 만취할 것 같았다.

그 달콤한 술을 맛보면서 수다를 좋아하는 아저씨들한테 세담 시의 명소가 어딘지 물었다.

다 함께 돌아보기 좋아 보이는 장소를 메모하고 있는데, 먼 자리에서 수상한 대화가 들렸다.

『—상태는 어떤가?』

『아직 나타나지 않았어.』

『뭐라고? 기한은 내일 모레 일몰이다. 예년이라면 벌써 도착했을 거야.』

『나도 모르지. 그리고 늦어지는 편이 우리에게도 좋지 않은가? 빼앗는 것에 실패해도 전부 깨버리면 맹약—.』

소리가 들리는 쪽을 돌아보니, 구석 자리에서 차림새 좋아 보이는 남자들이 후드를 깊숙이 눌러쓴 채 술을 마시고 있었다.

그중의 한 명이 흘러내리는 긴 은발을 귀찮다는 듯 쓸어 올려, 깊숙하게 눌러쓴 후드 안으로 넣었다. 예리한 남성의 목소리가 아니었다면 여성으로 착각했을지도 모른다.

수상한 대화가 클라이맥스에 접어들려고 할 때, 한눈파는 내 어깨를 아저씨가 잡아끌어 몸을 돌렸다.

"어이. 듣고 있나? 젊은 양반."

"그럼요. 듣고 있죠. 관청 앞에 놓인 왕조님 동상이 훌륭하

단 말이죠?"

나는 아저씨 잔에 추가로 주문한 사과주를 따랐다. 에일이 조금 남아 있었지만 신경 쓰는 타입은 아니다.

『―만 손에 넣으면, 새로운 도시를 건설하는 것도 꿈이 아냐.』

『경이 새로운 도시의 수호가 되면 우리 일족도 수호 보좌 정도는 앉혀달라고.』

『좋다. 충성에는 보답을 해야지. 그러나 착각하지 말도록. 수호가 아니라 소영지의 영주가 목표다.』

『이보시게. 너무 욕심을 부리면―.』

영구 동토 같은 은발 남자의 목소리에 속아서 무슨 음모 이야기인가 싶어 귀를 기울여버렸는데, 아무래도 술 취한 몰락 귀족의 헛소리였나 보다.

아리사의 이야기를 들어보면 새로운 도시를 건설하거나 도시 핵을 얻는 것은 쉬운 일이 아니었다. 멸망한 도시 지하에 있는 도시 핵이라도 발견하지 못했다면 불가능하다.

"어이. 기껏 얘기해주는 거니까 잘 들어봐!"

내 주의가 비껴간 탓에 아저씨가 역정을 냈다.

"듣고 있어요. 5년 전에 유행병으로 죽은 분들을 추도하는 비석이 태수님 성 앞에 있던 말이죠?"

"그래. 잘 듣고 있구만. 우리 어머니도 병으로 죽을 뻔했는데, 숲의 마녀님 약으로 목숨을 건졌지. 마녀님 만세다."

어허. 정기적으로 체력 회복약을 납품하는 것 말고 그런 것도 하는구나. 나이가 비슷했으면 반할 것 같아.

"형씨! 아까 말한 녀석을 데리고 왔다."

이번에는 다른 주객이 정신 멀쩡한 중년 남성을 데리고 왔다.

―무슨 얘기였더라?

"당신인가? 도자기 주문을 하고 싶다는 부자가?"

아, 맞다. 아까 마법약 병을 구할 수가 없다고 얘기했을 때 누가 도예 공방에 지인이 있으니까 불러다 준다고 했었지.

"아이고 이거, 여기까지 오시느라 수고하셨습니다."

중년 남자는 도자기 가마를 소유한 약소 공방의 주인이라고 한다. 마법약 병은 도예 길드의 전통 점포들이 독점하고 있어서 멋대로 만들 수가 없다고 했다.

"―하지만, 샛길은 있지."

나는 공방 주인의 이야기에 귀를 기울였다. 대강 정리해서 말하면, 그의 가게에서 「도예를 배우는」 시늉을 하면서 나 자신이 만들면 된다는 것이었다.

"하지만 문제가 하나 있다……."

"뭔데요?"

"우리는 가난뱅이 공방이거든. 인간족 제자는 한 명뿐이고 나머지는 아인족 노동 노예들밖에 없어. 도예에 쓰는 흙 반죽은 그 아인 노예들이 하고 있다. 당신이 아인이 반죽한 흙을 만지는 게 질색이라면 이 이야기는 없던 걸로 하지."

씁쓸한 표정으로 말하는 공방 주인에게 문제없다고 대답하고 우리 애들 수를 알리며 다 같이 가도 괜찮은가 확인했다.

"그래. 상관없어. 선대에는 벌이가 좋아서 공방 자체는 넓거든. **물레**도 사람 수만큼 있어. 그리고 대금 말인데—"

공방 주인이 말한 금액을 깎지도 않고 승낙했다. 가난이 길었는지, 그가 제시한 금액은 이쪽이 황송할 정도로 저렴했다.

공방 주인에게 함께 마시자고 권했지만, 그는 내일 준비를 해야 한다며 기합을 넣으며 가버렸다.

나는 얼마 동안 주객들과 잡담을 즐긴 다음에 주객들 중 한 사람이 소개해준 세담 시에서 다섯 손가락에 꼽히는 창관에 가기로 했다.

그런데 주점을 나와 잠시 걷자—

"서방님. 마중 나왔습니다."

"돌아가."

"마스터. 취침 시간이 지났습니다라고 보고합니다."

어떻게 찾았는지 아리사, 미아, 나나 셋이 나를 마중 나왔다.

"이 친구야. 이렇게 미인 아내가 셋이나 있으면 돌아가라고. 잘 가게. 술 맛있었어! 또 같이 마시자구!"

"남편이 신세를 졌습니다. 다음에도 친하게 지내주세요."

아내라고 불려서 기분 좋아진 아리사가 대표로 남자들에게 인사했다. 하는 말은 아내라기보다 엄마 같은데.

아리사가 주객들과 이야기하는 틈에 미아랑 나나가 재빨리 내 양팔을 봉쇄했다. 나나가 끌어안은 오른팔을 왼팔이 질투

했다.

아리사가 돌아서서 내 양팔이 미아와 나나에게 점거된 것을 보고 으르렁댔다. 팔은 두 개밖에 없으니까 포기해.

나는 세 사람에게 연행되어 얌전히 여관으로 돌아왔다.

가는 길에 어떻게 찾았는지 물어봤지만, 미아가 「비밀」이라고 대답하며 가르쳐주지 않았다.

분명히 엘프의 독자적인 기술이겠지. 도시의 식물에게 물어보고 다녔다든가 같은 판타지한 대답을 기대해봤다.

◆

"아~, 안 되는 거예요! 아우, 그거는 안 되는 거예요~."

"앗, 어멋. 아아, 안 돼~."

포치와 루루의 비명에 돌아보았다.

"점토 아저씨는 차분하질 못한 거예요."

"실패해버렸어요."

물레 위에 꾸물텅 뭉개진 점토에게 설교를 하면서 포치가 점토를 반죽해서 둥근 덩어리로 만들었다.

비슷하게 실패작을 뭉치고 있던 루루가 나와 눈길이 마주치자 부끄러운 듯 웃었다.

세류 시를 출발한 지 여드레째 아침. 우리는 도예 공방에 있었다.

공방 주인은 **물레**의 사용법과 기본적인 순서만 가르쳐주었고 나머지는 고양이 수인 노예들에게 맡긴 뒤 자기 일을 하러 가버렸다.

초보자가 갑자기 병을 만드는 건 어려우니까, 다 함께 찻잔부터 도전하고 있었다.

방금 전 포치와 루루의 귀여운 모습은 그 때문이었다.

"뜻밖에 어렵네요."

"원심력을 계산하기가 어렵다고 보고합니다."

리자와 나나도 형태가 제대로 잡히지 않아서 고생하고 있었다. 중간까지는 잘 되는데 마지막에 무너져버렸다.

한편 미아는 엘프 마을에서도 도예 경험이 있었다면서, 나나와 리자에게 가르쳐주고 있었다.

"이렇게."

"미아, 언어를 통한 보충을 희망합니다."

"이렇게군요."

이론파인 나나는 미아의 말수 적은 가르침에 당혹하고 있었지만, 실천파인 리자는 문제없는지 첫 번째 그릇을 완성시켰다.

리자는 직접 만든 **찻잔**을 보고 눈웃음을 지었다. 입구가 넓어서 밥그릇처럼 보이지만, 본인은 납득하고 있으니 찬물 끼얹지 말아야지.

그 모습을 흐뭇하게 바라본 다음, 내 작업을 계속하며 옆에

서 수상쩍은 오브젝트를 만드는 아리사에게 말을 걸었다.

"그런데 아리사는 뭘 만들고 있니?"

"그거야 당연히 피규어잖아."

"기각."

수상쩍은 물체는 내 주먹에 맞아 뭉개졌다.

"아아~. 조금만 더 하면 『사랑하는 주인님상』이 완성되는 거였는데!"

"미풍양속에 반하는 건 금지다."

나는 아리사의 항의를 딱 잘라냈다. 만들던 것이 내 우상이 아니면 용납했을지도 모르지만, 그런 수상쩍은 물건은 존재하면 안 된다.

"……하아, 이제 상상으로 하반신만 만들면 되는 건데."

한탄하는 아리사를 무시하면서 작업을 계속했다. 다른 애들은 자기가 쓸 찻잔을 만들고 있었지만, 나는 마법약용 병을 만들고 있었다.

내가 쓰는 점토는 고양이 수인족 노예들이 준비한 점토에 여관에서 조합해 온 약제를 섞어서 만든 걸 쓰고 있었다. 기왕 기회가 왔으니, 이 약제에는 늙은 마녀가 가르쳐준 비장의 레시피를 써봤다.

열 개쯤 만들고 나니 병 만들기 최적화가 완료되었다.

대강 이런 느낌이다. ―소량의 점토를 엄지손가락으로 눌러 원 액션으로 병의 토대를 만들고 손에 잡은 점토 한줌을 균등

한 끈 모양으로 변형시킨 다음, 그대로 소용돌이가 몰아치듯 토대에 내려서 병의 원형을 만든다.

그 다음에는 손가락을 받치고 **물레**를 빙빙 돌려 완성.

이 어엿한 솜씨는 물론 스킬 덕분이었다. 처음 토대를 만들었을 때 「도예」랑 「점토 세공」 스킬이 생긴 덕에 스킬 포인트를 최대까지 분배했다.

최고속으로 하면 개당 6초 만에 만들 수 있지만, 너무 스킬에 의지해서 인간의 영역 한계를 돌파하면 괜히 성가신 일이 생길 것 같았다. 그래서 1분에 한두 개 속도로 자중하고 있었다.

그래도 완성도가 좋은 건 감출 길이 없었다. 모든 병이 한 치의 오차도 없이 공장 제품처럼 균일했다.

로그를 확인했더니 「도예가」 칭호가 생겼다.

"손님, 점토엔 익숙해졌나? 내 작업은 끝나서 손이 비니까 요령을 가르쳐— 이게 뭐야?"

제자를 데리고 들어온 공방 주인이 친절하게 말을 걸었지만 바닥에 놓인 수많은 병들을 보고 놀라서 외쳤다.

공방 주인의 모습을 보니 자중이 부족했나 보다.

"굉장하구만! 이렇게 단시간에 만들었다고 생각하기 어려운 완성도야. 이거면 초벌구이 전에 깎아서 다듬을 것도 없겠구만. 손님, 당신 어디 유명한 도예가 아닌가?"

"아뇨. 젊었을 때 조금 해본 적이 있어서요."

사실은 아까 스킬을 배울 때까지 단 한 번도 **물레**를 만져본

적 없지만, 진실은 때로 사람에게 상처를 주니까 「사기」 스킬의 활약에 맡겼다.

"이렇게 얇으면, 이 계절이라도 닷새 건조하면 초벌구이가 가능하겠어."

끊임없이 감탄하던 공방 주인이 뜻밖의 말을 했다.

—뭣이라?

"구울 때까지 닷새나 걸리는 건가요?"

"그래. 두꺼운 그릇은 한 소월 정도 건조해야지, 안 그러면 굽는 도중에 깨져버리니까."

오늘 안으로 완성할 셈이었는데요.

—그렇지! 요컨대 점토 안에 있는 수분이 원인이니까 그걸 어떻게 하면 되는 거잖아.

나는 물 마법에 있는 「강제 건조」를 베이스로 주문을 개량했다. 수분을 단숨에 증발시키는 순간형 「강제 건조」를 수분을 서서히 그릇 바깥으로 몰아내는 지속형으로 바꾸었다.

시간 분할 처리는 아리사에게 만들어준 「벌레 퇴치」 마법의 유지 코드를 이용했다.

학생을 공방 주인과 제자에게 빼앗긴 미아가 한가해 보이길래 완성된 마법의 시험을 부탁했다. 일단 효과가 있으면 된다고 생각하여 만들었기 때문에 이래저래 꼴사나운 주문이 되었지만 미아는 개의치 않고 시험해주었다.

"……■■■ 점토 건조."

병 바깥에 물방울이 나타나 흘러내렸다. 다만 건조 속도 조정이 물렀는지 주문의 효과가 끊어지기 전에 병에 금이 가버렸다.

물 마법의 「보습 조정」(모이스처 컨트롤) 주문에서 습도 계측 코드를 조달해서 일정하게 건조되면 정지하도록 개량했다.

이러면 건조는 잘 되지만, 필요한 마력량이 너무 많았다. 이래서는 스무 개 건조시킨 다음에 미아의 마력이 다 떨어진다.

그러면 생각을 고쳐서 모두 주문에 맡기지 말고 건조를 종료하는 타이밍을 술자가 판단하는 방향으로 가야지. 다행히 「도예」 스킬이 딱 좋은 건조도를 가르쳐주니까 문제없었다.

건조 대상을 범위로 변경한 「점토 건조 2」(클레이 드라이 세컨드)를 미아가 사용하여, 병의 건조를 완료시켰다.

"허어. 이런 마법이 있었나? 아가씨 아직 어린데 굉장하구면."

"응."

미아가 공방 주인의 칭찬에 가슴을 펴고 뽐냈다.

새로운 마법 덕분에 건조가 빨리 끝났으니, 공방 주인의 작품과 함께 굽게 되었다.

초벌구이는 저녁까지 걸리니까 나머지는 내일 하게 된다고 했다. 참고로 재벌은 굽는 데 하루 꼬박 걸린다고 한다.

생각보다 시간이 걸려서 놀랐지만, 다 함께 가마에 그릇 넣기를 하고서 불이 붙는 것을 지켜보았다.

"와~, 생각보다 시간이 걸리네. 처음부터 유약을 발라서 구우면 될 텐데."

"성질 급한 아가씨구만. 초벌구이를 안 하는 공방도 많지만, 그러면 점토에 남아 있던 수분이 안쪽에서 유약을 녹여 발색이 이상해지거든. 마법약용 병은 전용 유약이 균일하지 않으면 마법약의 열화가 심해지니까 초벌구이가 필수야."

아리사가 불평하자 공방 주인이 차근차근 가르쳐주었다.

─어라? 그 이야기에 따르면 마법으로 완성시킨 내 병은 초벌구이 필요 없는 거 아냐?

그걸 깨달았지만 이제 와서 중단시키는 것도 미안해 그대로 공방을 나섰다.

낮에는 주점에서 가르쳐준 관광지를 돌았다.

"커다래~?"

"리자가 두 사람 있는 정도인 거예요."

타마랑 포치가 관청 앞에 세워진 동상을 올려다보며 흥분하고 있었다.

"얘들아. 왕조님 동상 앞이니까 너무 떠들면 안 된다."

"네잉."

"네, 인 거예요."

내가 타이르자, 타마와 포치가 자기 입을 막듯 손으로 가위표를 만들었다.

"근데 훌륭한 위인이라지만 너무 과장했네."

"응."

아리사 말대로 왕조의 동상은 3미터도 넘는 고신장이었다. 손에 든 대검이 평범한 한 손 검으로 보일 지경이었다.

동상 앞에서 시인이 왕조의 영웅담을 노래했다.

꽤 믿기 어려운 일화가 많았다. 다수의 마물에게 둘러싸인 이야기에서는 성검 클라우 솔라스가 열세 개의 칼날로 갈라져 하늘을 날아 공격했다든가, 암살자가 침소를 공격했을 때 갑옷이 멋대로 움직여서 왕조를 지켰다든가, 천룡이나 굴복시킨 마족을 타고 싸웠다든가.

건국의 영웅을 칭송하는 노래니까 이것저것 과장된 거겠지.

시인의 미성이 울리자 어느 틈엔가 사람들이 몰려들었다.

이윽고 노래가 끝나자, 나는 어느 정도 화폐를 시인의 발치에 놓인 모자에 던져 넣고 아낌없는 박수를 보냈다.

그 평화로운 분위기를 한 남자의 매도가 끝내 버렸다.

"에에잇! 이 우민놈들! 길을 비켜라."

사람들이 갈라져서 생긴 길을 귀족 같은 차림새의 남자가 성큼성큼 걸어갔다.

"귀족인데 마차도 안 쓰다니 희한한 녀석이네."

"몰락 귀족이겠지. 전에 주점에서도 봤다."

"저 남자는 귀족이었나요? 그렇다면 주인님은 조심하시는 편이 좋겠습니다."

리자의 말에 물음표를 띄우며 돌아보았다.

"잊으셨을지도 모르겠지만, 세류 시에서 개미의 마핵을—."

리자가 거기까지 말하자 생각났다. 그때 그 조무래기 악당이구나. 세담 시의 관청에 재취직을 했나 싶었더니 소속은 아직도 「없음」이었다. 면접에서 떨어졌나?

그건 그렇고 전부터 흥미가 없는 상대의 얼굴은 기억 못 하는 편이었지만, 이렇게까지 잊어먹는 건 이상하네. 망각 같은 스킬도 없고, 지력이 높으니까 기억력도 좋을 것 같은데…….

아니다. 지력치가 너무 높아서 「아무래도 좋은 일」은 정보 처리에 방해가 되니까 평소에는 정리되어버리는 걸지도 모르겠다.

예를 들어 컴퓨터의 압축 파일 같은 거?

근거가 없는 단순한 가설이지만, 젊은 나이에 건망증이 발병했다고 생각하기 싫으니까 그렇다고 해둬야지.

즐거운 관광에 찬물을 끼얹은 일은 이것뿐이었으며, 그 뒤로는 아이들을 교대로 목말 태우면서 여러 장소를 구경하고 이세계 명물을 즐겼다.

◆

다음 날— 세류 시를 출발한 지 아흐레째 오후. 우리는 다시 도예 공방을 찾아갔다. 초벌구이가 끝난 그릇에 다 함께 유약을 발랐다.

미아의 마법이 효과적이었는지 초벌에서 깨진 병은 없었다.

유약을 바를 때 재벌하기 전에 며칠 동안 건조시킬 필요가 있다는 말을 예상했기 때문에, 이번에는 어젯밤에 만들어둔 「유약 건조」 ^{글레이즈 드라이} 주문으로 단시간에 건조시켜 재벌 구이를 시작했다.

그 다음에는 관광을 하면서 시문 근처의 시장을 돌아다녔다.

"있잖아. 괜찮은 그림책 같은 거 없어?"

"그림책은 없구만. 이 철학서와 수기는 어떤가?"

수상쩍은 인상의 왜소한 남자가 물어본 아리사가 아니라 뒤에 있는 나에게 대답했다.

매대 위에 놓여 있는 책 몇 권과 끈으로 제본한 책이 열 권. 그리고 매대 옆에 끈으로 묶인 종이 다발이 다섯 개 정도 쌓여 있었다.

"내용을 좀 봐도 될까?"

"그래. 이건 어느 부호의 후계자가 푼돈에 팔아넘긴 무슨 연구서야. 아는 학자나 마법사에게 가지고 가봤는데 안 사길래 호사가가 걸려들기를 기다리고 있지."

이 남자는 장사가 체질에 안 맞아 보였다. 그렇게 말하면 사는 녀석이 있을 리가—.

"왜 그래? 뭐 재밌는 거라도 쓰여 있어?"

아리사가 흥미를 가졌는지 물어보았다.

내 흥미는 지금 손에 들고 있는 책이 아니라, 노점 옆에 아무렇게나 쌓여 있는 종이 다발에 쏠렸다.

"그 책이라면 금화 한 닢이면 돼."

「시세」스킬로 보니 동화 한 닢인 책에 괜한 가격을 붙이는 남자에게 「글씨가 지저분해서 놀란 것뿐이야」라고 거절한 다음, 옆에 있는 종이 다발의 가격을 물어보았다.

"그건 한 다발에 동화 한 닢이면 돼. 전부 산다면 대동화 한 닢으로 깎아줄 수 있지."

"도자기 완충재로 쓸까 했는데, 그 가격이면 톱밥이 낫겠네—."

"전부 합쳐서 동화 두 닢! 가져가라 도둑놈아!"

반쯤 포기하며 외치는 남자에게 종이 다발을 사고, 덤으로 어느 부호가 썼다는 끈 제본 연구서를 헐값에 구입했다. 첫날부터 전혀 팔리질 않았다고 한다.

"그런 거 사서 뭐에 쓰게?"

"글쎄다?"

아리사의 물음에 나도 모른다고 대답했다.

실제로 이 종이 다발을 산 건 「시세」스킬 때문이다.

어째선지 이 종이 다발의 시세가 「—」로 표시되어 있었다. 이런 표시가 나오는 건 격납 가방이나 스토리지에 있는 성검 같은 일부 품목뿐이었다.

「시세」스킬로 금화 255닢을 넘는 물건을 본 적이 없으니까, 적어도 그 이상의 가치가 있다는 얘기다.

보물찾기를 하는 기분으로 산 거라, 뭐가 쓰여 있는지 벌써부터 기대된다.

정말로 보물 지도 같은 게 들어 있을지도 모른다.

어째서 샀는지 캐묻는 아리사를 「나중에 기대해」라고 하여 따돌린 다음, 뒷골목에서 격납 가방에 수납하고 다음 노점으로 향했다.

"마스터. 수수께끼의 회전체를 포착했습니다. 경계를 요청합니다."

내 팔을 꼭 끌어안은 나나가 노점 하나를 가리켰다.

나나의 얼굴이 가깝다. 그것을 본 미아가 삐쳤다.

"우-웅."

"잠~깐 실례. 영차, 떨어져 떨어져~."

아리사가 아줌마처럼 말하더니 우리 사이로 비집고 들어와 떼어냈다.

나나가 보고 있는 것은 팽이였다. 팽이 윗부분에 빛나는 빨간 잔상이 눈길을 끌었다.

"거기 잘 나가는 젊은 나리. 왕도의 마법 도구 좀 보지?"

눈길을 마주친 가게 주인이 말을 걸었다. 노점 앞에 몰려든 아이들을 주인이 쫓아내서 우리가 다가가기 좋게 해주었다.

"미안. 애들아."

손님과 구경꾼의 취급이 다른 거야 당연하지만, 쫓겨난 애들이 불쌍하니까 짧게 사과했다.

"이건 팽이인가?"

"그렇지. 하지만 그냥 팽이가 아니거든?"

씩 웃은 남자가 팽이를 양손으로 들었다. 팽이 윗면의 홈에 빨간 빛이 흐른다 싶더니 팽이가 저 혼자 돌기 시작했다.

"사기가 아니야. 젊은 나리도 마력을 흘려서 돌려보라고."

사기가 아닌 건 AR표시로 알 수 있지만, 기왕 권해주는 거 돌려보기로 했다. 참고로 팽이의 정식 이름은 「회전 원반」이었다.

롤링 디스크

부서지지 않도록 주의해서 마력을 주입했다. 1포인트 정도 마력을 주입하자 손에 든 상태로 중심 부분이 회전하기 시작했다. 손을 떼자 바깥쪽이 안쪽과 반대 방향으로 돌기 시작했다.

마력을 쓰는 모터 같은 기구였다.

이 팽이의 원리를 사용하면 믹서기 같은 걸 만들 수 있겠다.

내가 가진 마법 도구 책에는 모터 같은 회로가 실려 있지 않았으니, 이 팽이는 만든 사람의 오리지널일 수도 있었다.

"꽤 재밌네. 두 개 사겠어. 얼마지?"

"하나에 금화 두 닢 반은 받고 싶지만, 두 개를 산다면 합계 금화 네 닢에 팔지."

시세 가격이군. 장난감치고는 비싼 가격이니까 적게 부른 건지도 모른다.

나는 두 개에 금화 세 닢까지 깎아서 구입했다. 분해해서 확인할 것 하나랑 예비 하나다.

금화를 꺼내면서 제작자를 슬쩍 물어봤더니 간단히 가르쳐주었다. 왕도에 사는 쟈하드란 이름의 노박사가 만들었다고 한다.

듣자니 도움이 안 되는 마법 도구를 만드는 걸로 유명하다고 한다.

　노점을 돌다 보니 출출해져서, 좋은 냄새를 풍기는 세담 시
명물 「구이」를 사먹었다.

　밀가루를 반죽해 구운 얇은 피로 절임 같은 소를 감싸 만든
만두 같은 음식이었다. 채소밖에 안 들었지만 아인 소녀들에게
도 대호평이었다.

　문득 돌아보니 리자의 눈길이 새 꼬치 구이 노점을 포착하고
있었기에 잔돈을 주며 먹고 싶은 분량을 사 오라고 했다.

　간식 타임을 즐기던 내 시선 구석에 파란 광점이 나타났다.

　레이더의 위치를 보면 가도 부근이었다. 아는 사람을 나타내
는 파란 광점을 보고 제나 씨가 쫓아온 건가 했지만 오해였다.

　그 광점은 마녀의 제자였다.

　그녀는 리빙 아머 넷을 호위로 거느린 채 마차를 타고서 세
담 시로 오고 있었다.

　가장 가까운 노우키나, 노우키 북쪽에 있는 크하노우 시까지
가서 마법약을 납품할 거라 생각했었는데 아닌가 보네.

　마차의 짐이 마법약이니까 납품하려고 오는 거겠지.

　일부러 거리가 먼 세담 시까지 납품하러 오는 것이 이해 안
됐지만, 무슨 이유가 있겠지.

　마법약의 납품을 서두르던 이유가 「코볼트 무리가 영지 안의
은산을 습격」했기 때문이니까, 그 은산이랑 가장 가까운 세담

시가 납품 장소가 된 걸지도 모르겠다.

—그렇다면, 전에 샛길에 잠복하던 녀석들이 기다린 건 마녀의 제자였구나!

나는 맵을 다시 확인했다.

벌써 샛길과 합류 지점은 지나쳤고 샛길 부근에 상태가 「골절」인 악한들이 머물러 있었다.

마법과 리빙 아머들의 활약으로 해치웠나 보다.

깨닫는 게 조금 늦었지만, 기왕 마녀의 제자가 가까이 오는 걸 알았으니까 만나볼까 해서 문으로 갔다.

"왜 그래?"

"아아. 아는 사람을 마중 나갈까 해서."

"아는 사람?"

"그래. 전에 숲 속에 사는 마녀의 탑을 방문했다고 했었지?"

"어? 마녀의 탑이란 거 예쁜 언니들 있는 가게 이름이 아니었어?!"

아리사랑 이야기를 하면서 시문으로 가는 도중에 레이더에 비친 광점의 움직임이 이상한 것을 깨달았다. 샛길 쪽에 있던 악한들이 마녀의 제자가 모는 마차를 따라가 접근하고 있었다.

"좀 서두르자. 나쁜 놈들한테 쫓기는 것 같아."

그렇게 말하고 시문으로 갔다. 리자가 아리사를, 나나가 미아를 끌어안고 내 뒤를 따랐다.

"꺅. 포치, 타마. 내려줘~."

"운반하는 거예요."

"루루 운반해~?"

비명 소리에 놀라서 흘깃 돌아봤더니, 루루가 포치랑 타마가 만든 기마에 실려서 운반되고 있었다.

아차. 발이 늦은 애들은 나중에 천천히 오라고 할 걸 그랬네.

시문 바깥에서 소동이 일어났다.

표범 형태의 마창조생물이 끄는 마차를 악한들이 따라잡았는지, 이미 싸움이 시작되어 있었다.

사스마타[#8] 같은 봉을 든 리빙 아머 넷이 한 줄로 서서 맞서고 있었다.

마녀의 제자가 흙 마법 「투석」으로 다가오는 악한들의 일망타진을 시도했다.

시문에서 이렇게 가까운데도 문지기가 아무도 밖으로 나가지 않았다.

그러긴커녕―.

"어이! 거기 마법사! 세담 시 부근에서 마법의 사용을 금지한다. 통행인이 다치면 어떻게 할 건가!"

―이런 바보 같은 소리를 외쳐서 제자의 행동을 방해할 정도다.

병사 몇 명이 소동을 막기 위해 문을 나가려고 했지만, 아까 외친 지휘관으로 보이는 난폭하게 생긴 기사가 막았다.

#8 사스마타 끝이 두 갈래로 넓게 갈라진 창. 날을 세우지 않고 제압용으로도 사용했다.

이 녀석도 놈들에게 매수된 동료 중 한 명인가 보다.

나나를 루루와 미아의 호위로 남겨두고, 아인 소녀들을 데리고 마차로 다가갔다. 아리사에게 기사의 대처를 맡기고 정신 마법으로 이 자리의 분위기를 조작하라고 부탁했다.

"리자, 포치, 타마! 악한들을 마차에 다가서지 못하게 해!"

나는 애들 대답도 기다리지 않고 마차를 향해 달렸다.

"네놈들! 소동에 가담한다면 네놈들도 감옥에—."

말하던 기사가 빈혈을 일으킨 것처럼 쓰러졌다. 주위에 있던 병사들이 「대장」이라고 외쳤지만 아무도 보살피지 않았다. 평소 행실을 알 수 있군.

"어머나. 빈혈인가 봐?"

아리사가 짐짓 루루와 이야기하는 것을 듣고 돌아보니, 한순간 눈길이 마주친 나에게 깜빡 윙크를 했다.

아리사가 단일 목표 정신 마법 「정신 충격타^{마인드 블로우}」로 기절시켰군.

달려가는 우리를 감지하고서 제자의 머리 위에 올라탔던 둥그스름한 사역마 「털뭉치새^{퍼프 버드}」가 쿠루포우 울면서 경계를 재촉했다.

"가세할게."

"다, 당신은! 엘프님의 방울을 가진 사람!"

"—사토다."

나는 제자인 이네— 뭐였더라? 아무튼 이네에게 이름을 밝히면서 악한 퇴치를 도왔다.

방해하는 기사를 제거한 덕분인지 문지기들도 지원하러 왔다.

"여기는 우리들에게 맡기고 도시 안에 들어가라."

문지기들 부지휘관으로 보이는 남자가 이네에게 말을 걸면서 악한들을 포박하려고 나섰다. 공무원들이 참전하자 악한들이 도망치려고 했다.

이네의 마차와 리빙 아머들이 우리들 옆을 빠져나가 시내로 들어갔다.

실패한 걸 깨달은 악한들은 대부분 삼삼오오 숲 속으로 도망쳤지만, 몇몇 악한이 집요하게 마차를 쫓아가는 걸 보고 아인 소녀들이 무력화시켰다.

붙잡은 악한들의 뒤처리는 문지기들에게 맡기고 우리도 시내로 돌아갔다.

시문을 넘었을 때, 묵직한 충돌음과 함께 무언가가 잔뜩 깨지는 소리, 그리고 이네의 비명이 들렸다.

서둘러서 문을 통과하자 양 옆에서 통나무를 실은 짐차에 받힌 이네의 마차, 충돌 때문에 찌그러진 리빙 아머의 모습, 그리고 리빙 아머에게 짓눌린 「마법약이 든 나무 상자」의 무참한 모습이 보였다.

나무 상자에서 물방울이 똑똑 떨어지고 있었다…….

마법약을 만들자!

"사토입니다. 약을 만들 수 있는 PC게임은 꽤 많지만, 대부분 소재를 모아서 조합하면 병까지 세트로 완성되는 게 많더군요. 레시피를 볼 때마다 「병은 어쩌고!」라고 외쳤다니까요."

"아앗. ⋯⋯마법약이. 이대로 가면 『환상의 숲』이⋯⋯."

작은 마녀가 눈물을 뚝뚝 흘리기 시작하더니 「후에에엥」 어린애처럼 울었다. 이네의 양 옆을 지키듯 리빙 아머 둘이 대기하고 있었다.

마침 짐차를 충돌시켜 파괴 공작을 한 남자들이 도망치는 참이었다.

"아리사, 얘 좀 부탁한다."

"오~케이!"

경쾌하게 대답한 아리사에게 뒷일을 맡기고, 나는 아인 소녀들과 함께 도망친 남자들을 포박하러 갔다.

"리자, 포치, 타마. 저쪽으로 도망친 놈들을 쫓아라."

"예!"

"포치는 힘내는 거예요!"

"타마도 힘내~."

포치와 타마가 구경꾼들 다리 사이를 휙휙 빠져나가서, 구경꾼들을 밀쳐내며 나아가던 남자를 따라잡았다.

"다리 후리기인 거예요!"

"처벌~?"

두 사람이 남자들을 땅에 넘어뜨리고, 그 사이 따라잡은 리자가 남자들을 짓밟아 무력화시켰다.

나는 그것을 흘깃 지켜보면서, 물 흐르는 듯한 움직임으로 남자들을 앞지르고 돌아서면서 손바닥으로 기절시켰다.

붙잡은 남자들을 문지기 부지휘관에게 넘겼다.

"협력에 감사드립니다."

"아는 애라서 도운 것뿐이에요."

문지기들의 도움을 받아서 마차의 짐칸에 통나무를 들이박은 짐차를 빼냈다.

"아앗. ……아부랑 제부가아. 미안. 아팠지. 미안……."

이네가 몸통이 찌그러져서 제대로 못 움직이는 리빙 아머 둘에게 매달리더니 또 울기 시작했다.

일단 현재 상황을 확인해야겠다.

"이네니마아나. 울음 그쳐라ㅡ."

"어린애가 그런다고 그칠 리 없잖아!"

아리사가 내 말을 막으며 태클을 걸었다.

"어, 어린애, 히꾹…… 아니, 훌쩍…… 야."

이네가 울음 섞인 목소리로 아리사의 말을 부정했지만 설득력이 없었다.

"이네니마아나. 일단 상황을 확인하자. 마법약이 몇 개 무사한지, 마차는 움직이는지 두 가지만이라도 먼저."

"으, 응…… 가부랑 로부가, 상자 내려서, 확인할 거야."

눈물이 섞인 데다 띄엄띄엄이었지만, 그래도 이네는 울음을 그치고 무사한 리빙 아머 둘에게 지시하여 마법약의 병이 들어간 나무 상자를 땅에 내렸다.

나랑 아리사도 협력하여 센 결과, 300개 중에서 180개의 병이 깨져서 내용물이 흘러나온 걸 확인했다.

나는 깨진 병을 확인하는 척하면서, 몰래 깨진 병의 바닥이나 나무 상자 안에 남은 마법약을 스토리지에 회수했다. 「마녀」 폴더를 만들어서 세어 보니 40개 분량쯤 된다.

마차 아래 땅에서 대량의 잡초가 돋아나 있었다. 아마도 140병 분량의 마법약을 빨아들인 탓이다.

마차는 옆판이 부서졌지만 이동에는 문제가 없길래, 납품 상대가 있는 시청사까지 가기로 했다. 무사한 것만이라도 납품하고 나머지는 나중에라도 괜찮은지 확인하기 위해서다.

나도 이네와 동행하여 시청사로 갔다. 이 상황에서 아는 애를 내칠 정도로 박정하지 못했다.

물론 아는 사이가 아니라도 저렇게 불안한 눈으로 쳐다보면 역시 참견하고 싶은 기분이 들 거다.

"아리사. 같이 가자. 다른 애들한테는 부탁할 일이 있는데—."

시청사는 교섭을 잘 하는 아리사만 데려가고 다른 애들은 최악의 사태에 대비하여 몇 가지 용건을 부탁해두었다.

◆

"—사정은 알겠다. 그러나 맹약은 맹약이다. 오늘 일몰까지 마법약 300개를 납품해야 한다."

"그런 말이……."

시청사에서 사정을 설명하는 이네에게 태수 보좌관이라는 은발 남성이 냉랭하게 말했다.

참고로 보좌관은 자기 집무 책상 의자에 앉아 있지만, 우리는 모두 선 채로 사정을 설명했다.

아리사가 보좌관의 냉혹한 발언을 듣고 날뛰지 않도록 뒤에서 입을 막고 끌어안았다.

이네의 동행으로 같은 방에 있던 나와 아리사는 발언이 허가되지 않았다.

나도 보좌관의 발언에는 울컥하는 심정이었지만, 보좌관과 어디서 만난 것 같은 이상한 데자뷔가 들어서 신경 쓰였다.

이 방에는 그 밖에도 신경 쓰이는 인물이 또 한 사람 있었다.

보좌관 대각선 뒤에서 비웃는 표정으로 서 있는 그 조무래기 악당이었다.

—이 녀석이 왜 여기 있지?

전에 봤을 때는 허름한 문관복이었는데, 오늘은 쓸데없이 어엿하고 귀족다운 옷을 입고 있었다. 안 어울린다기보다는 그냥 옷걸이 같은 느낌이었다.

"나는 바쁘다. 다른 용건이 없다면 퇴실하게."

보좌관의 차가운 목소리에 이네가 작은 어깨를 떨었다.

아리사가 팔꿈치로 내 허리를 쿡 찔러서 행동을 재촉하더니 이네를 위로했다.

그래. 지금은 어른이 지원을 해줘야지.

"발언을 허락해주세요."

"닥쳐라 평민! 단순한 동행 주제에 입을 열지 마라!"

보좌관에게 허가를 요구했더니, 조무래기 악당이 발언을 막으려고 끼어들었다.

이네가 조무래기 악당의 큰 목소리에 움찔 떨었다. 아리사가 뭔가 말하고 싶은 듯 눈썹을 찌푸렸지만 그것을 손으로 막았다.

이런 놈들에게 반응해서 같은 수준으로 대응하면 그 시점에서 패배다.

본래 세계에 있었을 무렵의 나라면 폭력적인 분위기에 겁을 먹었을지도 모르지만, 진짜 살기를 뿜어내는 도마뱀 수인에게 죽을 뻔하거나, 악마 그 자체 같았던 상급 마족과 사투를 벌인 경험에 비하면 소형 애완견이 깽깽거리며 짖는 거랑 다를 바 없었다.

나는 신경 쓰지 않고 보좌관을 바라보며 그의 대답을 기다렸다.

〉호칭 「오만한 개 조련사」를 얻었다.
〉호칭 「냉철한 교섭자」를 얻었다.

로그에 표시된 문자를 보고 내심 방금 전 생각을 반성했다.

보좌관은 한 손을 들어서 조무래기 악당을 막더니, 턱을 까딱거려 나에게 말을 재촉했다.

"아까 전 사건으로 마법약 300개 중에서 반 이상인 180개가 파손됐습니다. 이 180개를 어떤 수단으로든 조달하여 규정된 수대로 납품하라는 말씀이 틀림없습니까?"

다시 말해서, 남은 마법약을 시내에서 구입해도 좋다는 언질을 보좌관에게서 받고 싶었다.

"그건 인정할 수 없다."

보좌관은 얼마간 묵고한 다음, 얼음장 같은 목소리로 부정했다.

"이 맹약은 『환상의 숲』의 마녀와 크하노우 백작 사이에서 나누어진 것이다. 납품이 허용되는 마법약은 마녀가 만든 것뿐이다."

늙은 마녀에게 맹약 내용을 들었을 때 「특제 마법약을 납품한다」고 들었지만, 「그녀가 아닌 사람이 만든 것은 납품하지 못한다」는 뉘앙스는 없었는데.

실제로 이번에 납품한 마법약의 제작자는 제자인 이네의 이름으로 나왔다.

마치 이 납품에 실패하여 「맹약」을 깨고 싶은 모양새다.

—아니지. 「싶은」이 아니구나.

버릇인 건지, 보좌관이 긴 은발을 쓸어 올렸다. 은발이 창문으로 들어온 빛을 반사했다.

꽤 예쁘장하지만 남자다. 전혀 기쁘지 않았다. 옛날 순정 만화 캐릭터 같은 장발이었다.

하지만 지금 그 보좌관의 행동이 기억을 자극했다.

—뭐지?

보좌관 뒤에 있는 조무래기 악당의 싱글거리는 표정이 겹치면서 뭔가 기억날 것 같았다.

그리고 보좌관의 얼음장 같은 목소리도 귀에 익었다.

대체 어디서 들었지?

……생각났다! 이 녀석들, 주점에서 본 몰락 귀족 콤비다!

그렇다면 그때 망언이라고 생각했던 일이 다른 의미를 가지게 된다.

이 녀석들이 노리는 건 늙은 마녀의 원천을 빼앗아 그곳에 새로운 도시를 건설하는 거로군.

가능한지는 둘째 치고, 이 녀석들은 그것을 실행하기 위해 움직이는 거라고 생각해도 될 것이다.

본래 세계에서도 비슷한 일은 잔뜩 있었지만, 그 환상적인 생물들이 쫓겨나는 건 보기 싫었다.

그래서 「사기」 스킬과 「교섭」 스킬의 지원을 받아서 보좌관이 멋대로 조항을 추가한 것 같은 뉘앙스를 담아 캐물었다. 「단죄」 스킬도 힘내라!

"『맹약』에는 그러한 조항이 없을 텐데요. 누가 추가했는지 보좌관님은 아시는지?"

"어째서 네놈 같은 평민이 맹약의 내용을 알고 있나?"

보좌관이 빙하가 깨지는 것처럼 묵직한 목소리로 나에게 캐물었다.

그런 건 내가 동행으로 같은 방에 들어왔을 때 물어봤어야지.

"마녀님에게 조금 신세를 진 적이 있습니다."

나는 「무표정」 스킬의 힘을 빌려서 내 진의를 캐내려는 보좌관의 시선을 막았다.

웃는 표정을 만들고 아주 짧은 순간 「위압」 스킬을 유효화해서 보좌관에게 겁을 주었다.

얼음 같은 미모에 한줄기 식은땀이 흘렀다.

"……좋다. 마녀의 마법약과 같은 효능을 가진 물건도 납품을 받아주지."

숙이고 있던 이네가 고개를 들었다.

그러나 지금 그 발언은 조금 안 좋다.

"보좌관님, 동급 이상의 물건이라도 받아주신다고 하신 거라 생각해도 괜찮겠죠?"

"—동급 이상이라고 돈을 뿌려서 중급 마법약이라도 사 모을 셈인가?"

나는 생긋 웃기만 했다.

하급이랑 달리 중급은 유통량이 적었다. 세담 시 전체에서 긁어모아도 20퍼센트 정도나 모이면 다행이었다.

그리고 보좌관도 그것을 알고 있겠지.

"흥. 모을 수 있다고 생각한다면 해봐라. 동급 이상의 효능을 가진 것이라면 받아주겠다."

보좌관은 탐탁지 않은 표정으로 우리를 퇴실시키려고 했다.

그러나 이야기는 아직 끝이 아니었다.

나는 그의 집무 책상에 종이 두 장을 놓고 방금 전의 납품 조건을 술술 써 내려갔다. 문장은 방금 전까지 교류란 메모장에 바탕글을 써뒀기 때문에 막힘이 없었다.

얼마 안 가서 두 장의 서류가 완성되었다. 「베끼기」 스킬의 지원 덕분에 내가 썼다고 생각하기 어려울 정도로 글자가 깔끔했다.

"지금 나눈 이야기를 서면으로 작성했습니다. 틀림없다면 날인을 받고 싶습니다."

회사끼리 일을 할 때도 그렇지만 구두 약속은 엄금이다. 서면으로 남겨두지 않으면 「말했다」, 「말 안 했다」 그러다가 입장이 약한 쪽이 확실하게 진다.

이번처럼 설렁설렁 넘어갈 일이 아닌 안건의 경우는 특히 그렇다.

"······서면이라고?"

"평민 따위가 귀족의 말을 신용 못 하겠다는 것이냐!"

조무래기 악당이 또 나섰지만 묵살했다.

내가 이야기하는 상대는 어디까지나 보좌관이었다.

"보좌관 나리는 바쁘신 듯 보입니다. 납품할 때 보좌관 나리가 없거나, 잘못해서 연락이 안 닿을 경우는 다른 관리가 받아야 할지도 모릅니다. 그 탓에 정시를 넘겨서 『맹약』이 깨지는 것은 **보좌관 나리도** 원하는 바가 아니지 않습니까?"

보좌관은 「맹약」을 깨뜨릴 생각이 넘쳐흐르겠지만, 입장상 이것을 수긍할 수는 없을 것이다.

그는 떨떠름한 기색으로 미모를 물들이고 서류에 서명 날인을 한 다음, 두 장을 나란히 놓고 분할 날인했다.

나는 인장이 없어서 이네에게 빌렸다. 늙은 마녀가 들려준 것이다. 나도 이번 일이 일단락되면 내 걸 만들어야지.

"이거면 되겠지. 퇴실해도 좋다."

보좌관은 가면 같은 표정으로 이번에야말로 우리를 내보냈다.

"마법약을 만들면 된다고 생각한다면 유감이구나! 병을 찾아 헤매다가 좌절해봐라!"

집무실을 나올 때 뒤에서 소악당이 외치는 소리와, 이어서 괜한 소리를 탓하는 보좌관의 목소리가 들렸다.

······역시, 그래서 주변 도시까지 가서 병을 회수하고 다녔구나. 그 노력을 다른 데 좀 써봐라.

나는 펄펄 뛰는 아리사와 울상 짓는 이네를 데리고 시청사를 나섰다.

◆

"어디. 마법약 180개라. 병이 조금 문제지만, 일몰 전까지 시간도 있으니 어떻게 되겠지."

"우에? 여, 연성하려고?"

내가 말하자 이네가 반문하면서 혀가 꼬였다. 아리사는 보좌관의 얼굴을 땅에 그려놓고 짓밟고 있었다.

이네는 의문형이었지만, 유감스럽게도 다른 방법이 없었다.

시판되는 하급약은 양이 부족한 데다가, 고품질인 마녀의 약을 대신할 수가 없었다.

"그래. 병도 100개 정도는 짚이는 데가 있는데, 나머지 80개는 어떡한다."

"하지만, 어떻게든 되겠지?"

"그래. 지금 우리 애들이 그걸 위해서 도시 전체를 뛰어다니고 있어."

아리사가 신뢰의 표정으로 확인했다. 이네의 불안한 표정과는 대조적이었다.

"그, 그건! 병이 있어도! 일몰까지 종 세 번밖에 안 남았잖아? 그 마법약도 『마녀의 가마솥』으로 하룻밤 걸려서 만들었는걸. 그 전에 준비도 스승님이랑 한 달 걸려서 했는데…… 당연히 무리야."

이네가 조금 화까지 내면서 눈물이 글썽거리는 눈으로 올려다보았다. 당장이라도 울 것 같네.

"괜찮다니까. 우리 치트 주인님이 어떻게든 해줄 거야."

—신뢰는 기쁘지만, 치트^{반칙}라고 하지 말아줄래?

그때 포치와 타마를 데리고 루루가 돌아왔다.

"주인님, 확인했습니다."

"고마워. 어땠니?"

"그것이……."

루루가 보고한 결과는 신통치 않았다.

도예 공방에서 병의 완성을 서두를 수 없는지, 더욱이 추가로 100개 더 구울 수 없는지 확인하러 갔는데, 처음에 굽기 시작한 것조차 가마에서 꺼내려면 빨라야 내일 아침이라고 한다.

이어서 시장으로 간 미아와 리자가 돌아왔다.

"사토."

"주인님, 돌아왔습니다."

두 사람이 짊어진 바구니에 향초와 시금치 비슷한 채소가 가득 들어 있었다.

이것들은 마법약의 재료들이었다. 약효의 주성분이 되는 파란 쑥 풀은 열 단밖에 없었지만, 다른 재료는 필요한 양의 세 배에 가까웠다. 남은 분량은 나중에 내가 약 만들 때 쓰면 되겠네.

마지막으로 상회에 간 나나가 돌아왔다.

"이것이 상회에서 입수한 체력 회복약용 병 스물다섯 개와, 하급 체력 회복약 열두 개입니다 하면서 건넵니다."

나나에게 받은 병을 확인했다. 하급 마법약은 병을 이용하기 위해서 샀다.

마녀의 마법약은 기본적으로 하급 마법약 개량판이라서 같은 병을 쓸 수 있었다. 감정해보니 늙은 마녀의 병보다 품질 보존 기간은 짧았지만, 이번 경우에는 문제없을 것이다.

도예 공방의 병을 쓸 수 있으면 앞으로 43개만 더 조달하면 되는 건데, 이제 와서 들쑤셔봤자 의미가 없다.

"역시 병을 어떻게 해야겠네."

"아이참! 그·러·니·까! 병이 문제가 아니야! 재료가 있어도 병이 있어도 무리라니까!"

내가 하는 말을 들은 이네가 또 다시 히스테리를 부리는 것처럼 외쳤다.

아니군. 「처럼」이 아니다. 히스테리였다.

"왜 무린데?"

"그, 그야—."

나는 그녀를 진정시키려고 시선을 맞추며 말을 걸었다.

이네는 말도 잘 안 나오는지, 「그야」를 반복했다.

본래는 얼른 행동을 시작해야 하지만, 병을 어떻게 할 방도가 없었다.

시내를 대상으로 맵 검색을 하여 병이나 체력 회복약을 찾아봤지만, 전부 합쳐도 반도 못 모을 것 같았다.

아마 태수가 은산의 코볼트 퇴치에 출정하기 전에 시내에서 징발했겠지.

귀족의 저택 같은 장소에 대량의 병이 있었지만, 이건 보좌관이랑 조무래기 악당이 모은 게 틀림없었다. 여기서 슬쩍하는 건 최후의 수단이었다.

"그야, 마, 마력이 부족한걸. 『원천』 옆이었으면 금세 회복되니까 할 수 있을지도 모르지만, 여기서는 무리인걸."

"마력 회복약을 마시면서 만들면 되잖아."

마력 회복약은 완성품은 물론이고 재료도 잔뜩 있거든.

"우, 우에. 그렇게 쓴 걸⋯⋯."

또 다시 울먹거리는 이네를 못 봐주겠던지, 모자처럼 가만히 있던 털뭉치새가 쿠루포우 이상한 소리로 울더니 이네의 이마를 쪼아댔다.

"아야야야야."

비명을 지르는 이네와 대조적으로 우리 애들이 기뻐했다.

"으핫, 그거 모자 아니었어?"

"마스터. 이 구체의 보호를 신청합니다."

특히 아리사와 나나의 반응이 뚜렷했다. 물론 나나의 신청은 기각했다.

이 털뭉치는 분명히 늙은 마녀의 사역마였지?

—혹시.

"이네니마아나. 얘를 통해서 마녀님이랑 얘기할 수 있어?"

"으, 응. 할 수 있어. ……혹시 실패한 거 이르려고?"

어린애다운 반응이지만 「환상의 숲」의 존망이 걸린 이상, 늙은 마녀에게 「보고, 연락, 상담」이 필수였다.

"그런 거 아냐. 마녀님하고 상담할 일이 있어."

"……응, 알았어. 포우 이리와."

털뭉치새 이름은 울음소리에서 땄구나.

"■■ 호출."

이네가 짧은 주문을 쓰자, 털뭉치새의 분위기가 변했다. 쿠루포우 우는 소리는 그대로지만 어쩐지 깊은 지성이 느껴졌다.

"이제 스승님한테 말할 수 있어. 하지만 건너편에서는 말 못해."

잉꼬처럼 말할 수 있는 성대가 있는 생물을 사역마로 삼으면 그것도 가능할 것 같은데. 땅바닥에 「네」랑 「아니오」를 서서 커뮤니케이션을 취하기로 했다.

나는 상황을 보고하고 몇 가지 행동 예정을 전달했다.

그리고 크하노우 백작 자신이 이번 음모에 관련되었을 가능성이 있는지를 확인했다.

대답은— 「아니오」였다.

그렇다면 보좌관의 단독 계획이군.

세담 시의 태수는 기사단을 이끌고 은산에 원군으로 갔고, 크하노우 백작 자신은 머나먼 크하노우 시에 있었다.

백작이 보좌관을 처벌해주면 편한데 말이지…….

만약을 위해서 이번 「맹약」이 깨어질 경우 보좌관이 「환상의 숲」에 대해 꾸미고 있는 일을 실행할 수 있는지 확인했다.

유감스럽게도 대답은 「네」였다.

「네」와 「아니오」만으로는 자세히 알 수 없었지만, 이걸로 시간이 되기 전까지 남은 마법약을 납품해서 「맹약」을 지켜야 하는 것이 확정되었다.

나는 늙은 마녀에게 몇 가지 부탁을 하고서 통화를 종료했다.

늙은 마녀에게 보고하는 것이 끝난 다음, 이네를 포함한 모두와 함께 마법약 준비에 대한 이야기로 돌아갔다.

"그러면 병 말인데……."

"저요 저요~! 아리사한테 맡겨줘!"

아리사가 초등학생처럼 손을 들었다. 발돋움해서 뿅뿅 뛰는 모습이 외견이랑 어울려서 귀엽다.

"무슨 아이디어 있니?"

"에헤헤~. 듣고 싶어? 응? 듣고 싶어?"

"알았으니까 얼른 말해."

아리사가 등 뒤로 손을 돌리면서 올려다보았다. 헤실헤실하며 웃는 아리사의 볼을 붙잡아서 말을 재촉했다. 볼이 참 잘 늘어난단 말이지.

"자아까아, 그아해애~."

"아아, 미안. 나도 모르게."

"아이참. 마을이야 마을. 요전에 발견한 폐촌."

그러고 보니 폐촌 뒷산에 안 부서진 가마가 있었지.

"그렇지만 애당초 지금부터 구워도 일몰까지 되려나?"

만약 가능하다면 도예 공방에서 100개의 병을 얻을 수 있을 텐데.

"그거는 저거. 주인님의 슈퍼 반칙 기술을 기대하고 있어."

대책이 없군. 시간을 단축시킬 방법이 없는지 잘 아는 사람하고 의논해볼까?

나는 그 생각에 도예 공방으로 가려고 했지만, 미아가 「호제」라고 짧게 한 마디 했다.

―호제? 가 뭐였더라? 아아…… 전에 구한 쥐 수인족이군.

맞다. 전에 그 친구한테 도자기에 관한 메모를 받았지.

일본어로 쓰인 그 메모를 꺼내서 다시 한 번 숙독했다.

도자기 작업 과정과 필요한 시간, 그리고 뭣 때문에 그 작업을 하는지, 그 시간은 어째서 필요한지가 작은 글자로 참 자세히 적혀 있었다.

덤으로 문자로 알아듣기 어려운 부분이나 도구는 그림도 있었다.

정성이 이만저만 아니라 무섭다.

마치 처음부터 이세계로 건너오는 게 결정된 일이라서, 본래 있던 세계의 지식을 미리 수집한 것 같았다.

……그건 나중에 틈이 생기면 생각하기로 하고.

메모를 읽어 판명된 일을 머릿속으로 정리해봤다.

재벌 구이에 시간이 드는 이유는 가마 안의 온도를 올리고 내리는데 시간이 걸리기 때문이었다.

그 시간을 단축하는 수단으로, 본래 세계에서는 전자레인지처럼 마이크로파를 써서 급속하게 온도를 올린다.

장작 말고, 연소가 아닌 방법으로 가열할 수 있는 방법이 있으면…….

나는 사고의 바닥에 가라앉은 기억을 뒤졌다. 경험했던 일이 주마등처럼 떠올랐다 사라졌다.

―있었다. 구리 냄비 바닥이 녹아버리는 온도까지 단시간에 가열하는 방법.

나는 옆에서 메모를 들여다보는 아리사에게 고개를 끄덕였다.

"좋은 방법이 생각났나 보네."

"그래. 하지만 폐촌 설비를 멋대로 써도 되나?"

"괜찮지 않을까? 꽤 오래 사람들이 드나든 기척도 없었으니까."

그렇겠지. 괜히 관청에 가서 허가를 요구하면 오히려 일이 커질 것 같았다.

맵으로 위치를 확인했다. 중간에 작은 산이 있으니까 가마에서 피어오르는 연기를 보고 탓하는 일도 없겠다.

"좋아. 그걸로 가자."

애들에게 선언하고 역할을 나누어 필요한 도구를 추가로 조달한 다음 폐촌으로 향했다.

가마의 온도를 낮출 시간이 있을지 미묘했지만, 괜한 트러블만 없으면 아슬아슬하게 시간에 맞출 수 있었다.

◆

우리는 이네의 마차를 타고서 폐촌으로 갔다.

우리 마차의 두 배 가까운 속도인데 진동이 별로 없었다.

"후우. 굉장한데. 서스펜션을 어떤걸 쓰는 거지?"

"『서스펜션』이 뭐야?"

"마차의 충격을 어떻게 흡수해?"

"글쎄?"

아리사가 마차에서 내리면서 이네에게 물었다.

그러나 이네는 고개를 횡횡 옆으로 젓기만 했다. 아마도 늙은 마녀가 만들었겠지.

마차를 광장에 세우고 도구를 내렸다.

"루루, 나나, 아리사 셋이서 가마를 준비해줘. 가마를 청소하고 주변에 탈 것 같은 잡초를 제거해. 실험에 쓰고 싶으니까 여유가 있으면 덜 부서진 가마 청소도 부탁한다. 다른 멤버는 나랑 같이 점토를 확보하자."

내 지시에 다들 활기차게 움직이기 시작했다. 이네는 다소
긴장한 기색이었다.

폐촌이 되기 전에 점토를 채취하던 장소에서 흙을 채취했다.
아인 소녀들이 분발해서 금세 커다란 통에 반 정도 채웠다. 이
거면 충분하겠지.

익숙지 않은 노동 때문에 퍼진 미아의 머리를 쓰다듬어주고,
이네에게 말을 걸었다.

"이네니마아나, 이 흙에 『진흙화^{어스 투 머드}』를 써줄래?"

"응, 알았어."

이네의 마법으로 진흙이 된 흙을 소쿠리로 걸러내면서 다른
통으로 흘려 넣었다. 점토 안의 돌이나 나무뿌리를 제거하는
것이다.

원래 담았던 통과 소쿠리에 돌이랑 나무뿌리가 잔뜩 남았
다. 예쁜 보석의 원석 같은 것도 있었다.

이 진흙에 병 만드는 비약을 골고루 섞었다. 물론 늙은 마녀
의 특제 레시피였다.

"다음으로 『점토화^{투 클레이}』 부탁한다."

"으, 응. 조, 조금만 기다려."

이네가 주문을 까먹은 모양이라, 흙 마법의 마법서를 펼쳐서
보여주었다.

"우우, 잠깐 생각이 안 난 것뿐이야. 아는 거였어……."

변명을 하면서 이네가 주문을 외었다. 마법이 발동하자 진흙이었던 흙이 본래의 점토 상태로 돌아갔다.

나는 점토를 손으로 집어 만져보았다. 마법으로 되돌린 덕분인지 균일하게 질척거렸다. 먼저 진흙으로 만들었던 덕분인지 내부의 공기도 빠진 모양이다.

도자기 메모를 보면, 본래는 거칠게 반죽해서 단단함을 맞춘 다음에 다시 반죽하면서 안의 공기를 뺀다고 했다. 흙 마법 덕분에 그 과정을 생략하게 되었다. 기쁜 오산이네.

좀 재워놓지 않으면 푸석해진다고 쓰여 있기도 했는데, 감촉을 보니 도예 공방에서 쓰던 점토와 다를 바 없었다. 이것도 마법의 효과일까?

그건 아무래도 좋은 일이다. 시간이 아까우니 다음 작업에 들어가야지.

"얘들아. 이 정도 크기로 점토 덩어리를 만들어서 늘어놔."

나는 애들에게 견본 점토 덩어리를 보여주고 작업을 시켰다.

격납 가방에서 꺼낸 **물레**와 작업용 의자를 놓고 준비를 갖췄다. 리자가 완성된 병을 놓기 위한 돗자리를 깔았다.

"동글동글~?"

"이건 주인님 거, 이거는 포치 거, 다음은 타마 거랑 리자 거도 만드는 거예요."

"우웅."

"물론 미아도 만드는 거예요."

타마와 포치가 즐겁게 점토 덩어리를 만들었다. 이네와 미아도 묵묵히 둥글게 만들었다.

점토 덩어리가 150개 정도 만들어지자, 내가 병을 성형하기 시작했다.

"리자는 점토 덩어리를 나한테 주는 역할 부탁한다."

"네. 알겠습니다."

순서는 도예 공방에서 한 것과 같은 거라 망설임이 없었다. 공장에서 아르바이트할 때 했던 반복 작업을 떠올리면서 성형 작업을 계속했다.

"주인님, 이제 점토가 없습니다."

리자의 약간 지친 목소리에 제정신을 차리자, 무시무시한 수의 점토 병이 늘어서 있었다.

중간부터 타마가 병을 늘어놓은 모양이다. 대강 세 보니 400개가 넘는다. 나중에 제대로 세 봤더니 전부 합쳐서 453개였다. 너무 만들었네.

그러면 이제 건조 작업이다.

"미아. 부탁해."

"응."

미아가 성형이 끝난 병에 「점토 건조 3」 ^{클레이 드라이 서드} 마법을 썼다.

마법을 걸기 쉽도록 대강 50개 단위로 틈을 벌려두었다.

세 번 정도 건조 시키자 미아의 마력이 10퍼센트 이하로 떨어진 탓에, 「마력 회복약: 벌꿀맛」을 건넸다.

미아가 싫은 표정으로 병의 코르크 같은 뚜껑을 퐁 열었다. 벌꿀의 부드러운 향이 미약하게 떠돌았다.

"벌꿀?"

"그래. 쓴맛을 좀 줄여봤어."

조심조심 입을 댄 미아가 꿀꺽꿀꺽 들이켰다. 더 마시고 싶은 표정을 보니 개량은 성공적이군.

"맛있어."

입에 맞아서 다행이군. 효능은 줄어들었지만 미아의 마력은 완전 회복 되었으니 문제없겠지.

얼마 걸리지도 않아서 모든 병을 건조시켰다. 역시 마법은 편리하다니까.

미아가 마법을 쓰는 사이에 미리 조합한 유약을 통 몇 개에 나눠서 담았다.

"다들 이번에는 유약을 바른다. 너무 많이 바르거나 통 속에 빠뜨리지 않도록 주의해서 작업해야 된다."

유약 솔을 하나씩 건네면서 유약 바르기를 부탁했다. 오늘 오전에 도예 공방에서 했던 일이라 문제없어 보였다. 이네에게 가르치는 건 포치와 타마에게 맡겼다.

"어머? 빠르네?"

"그래. 이네니마아나의 마법이 생각보다 편리한 덕분에 시간이 단축됐어."

가마 앞에서 아리사가 젖은 수건으로 얼굴에 묻은 검댕을 닦고 있었다.

거기에 나나와 루루가 가마 너머에서 돌아왔다.

"마스터. 작업 완료라고 보고합니다."

"이쪽도 끝났어요."

둘은 가마 청소가 끝난 다음에 주변 잡초까지 베고 있었다.

"다들 수고했다. 깔끔해졌네."

세 사람의 노력을 치하한 다음, 루루에게 시장에서 사 온 향초류를 물로 씻어달라고 부탁하고, 다른 두 사람은 유약 바르기 지원을 가라고 했다.

나는 가마 안에 들어가 안쪽의 강도를 확인했다. 「도예」 스킬 덕분에 내벽을 콩콩 두들겨보기만 해도 가마의 컨디션을 손에 잡힐 듯 알 수 있었다.

생각보다도 튼튼하다. 이 정도면 중간에 부서질 일도 없겠네.

나는 밖으로 나와서 가마의 온도 상승 시간 단축용 마법 도구를 만들기 시작했다.

전에 만든 실패작 열탕기의 회로를 베이스로, 토라자유야 씨의 자료에 있던 원리를 써서 강화했다.

대장장이 공방에서 사 온 손바닥 사이즈의 청동판 위에 가열 회로를 만들었다.

그걸 전부 열두 개 제작했다.

이대로는 동시에 가열을 시작하는 게 어려울 테니, 말발굽 모양 나무 판을 겹쳐 붙인 받침대 위에 전달용 회로를 새겼다. 청동판을 받침대에 설치하면 완성이었다.

갑자기 실행하기는 살짝 겁나서, 부서진 가마에서 실험해보기로 했다.

가열용 마법 회로를 가마에 설치하고 연료인 장작을 가열 회로 옆에 배치했다. 귀찮으니까 장작은 묶은 상태로 두었다. 점화용으로 목공 공방에서 받은 톱밥을 뿌렸다.

도자기를 둘 장소에는 스토리지 안에 있던 초벌 사발을 두었다.

가열 회로가 타서 끊어지지 않을 정도로 조정하여 마력을 주입했다.

그러자 가열 회로가 빨갛게 빛나면서 몇 초 만에 주위 장작이 타오르기 시작했다. 무시무시하게 타오르는 걸 보고 식은 땀이 흘렀다.

—이거, 폭발 안 하겠지?

불안을 품으면서 가마 안을 지켜보았다.

폭발은 안 했지만, 맹렬한 온도 상승 탓에 내부에 이상한 기류가 생겼다. 장작을 묶어서 놓길 잘했네. 풀어놨으면 타오르는 장작이 내부에서 날아다녔겠다.

가마의 온도를 AR표시로 확인하고, 소성에 필요한 온도까지 올릴 수 있다고 판단하여 실험을 중단했다.

마법 회로를 스토리지에 수납한 다음에 소화했다.

물을 뿌렸다가 수증기 폭발이 일어나면 안 되니까 무난하게 흙을 뿌려 덮었다.

마법 회로를 확인했더니, 회로뿐 아니라 청동판도 회로 주변이 녹아 있었다. 뜻밖에도 토대가 된 목재는 그을리기만 했다.

장시간은 무리지만, 초기 온도 상승이 끝날 때까지 버티면 되니까 이걸로 해봐야지. 철이었으면 열에 더 강하겠지만, 마력이 확산된단 말이지.

아까 발생한 내부의 기류는 급격한 온도 차 때문일 것이다.

그 대책으로 가열 회로의 수를 늘리고 가마 벽면이나 천정 부근에 붙이기로 했다. 접착제가 중간에 녹을 것 같았지만, 각목 같은 걸로 보강해두면 타서 떨어질 때까지는 괜찮겠지. 병위로 쓰러지지만 않으면 된다.

나는 새로운 마법 장치를 설치하고 연료를 늘어놓았다.

유약을 다 바른 병을 미아의 「유약 건조」 마법으로 건조시킨 다음, 가마 안에 들였다. 깨지는 걸 예상하고서 조금 넉넉하게 200개 정도 굽기로 했다.

"우와. 정말로 마법 도구가 완성됐어. 저쪽 가마가 탄 걸 보니까 잘 됐나 봐?"

"그래. 사실은 전자레인지 같은 걸 만들고 싶었지만, 기존의 원리를 이용하는 게 어려워서 이번에는 관두기로 했다."

점화 준비를 하면서 기막혀하는 표정의 아리사에게 대답했다.

다들 뒤로 물리고 마법 도구에 마력을 흘려 점화시켰다. 장작이 타는 모습을 확인한 다음 공기구멍을 남기고 입구를 막았다.

가마 내부에서 방금 전처럼 급격한 기류가 일어나지 않도록 10분 정도 들여서 서서히 흘려보내는 마력의 양을 늘렸다.

이제는 정기적으로 연료를 추가하면 된다.

"좋아. 이제 세 시간 뒤면 병이 완성된다. 다음은 약초 채취를 하러 가자."

"저, 저기, 주인님. 유약을 아직 못 바른 병이 상당히 남아 있습니다만……"

루루가 걱정스럽게 충고했지만, 그건 약초 채취가 끝난 다음에 해도 된다.

유약이 마르지 않도록 물에 적신 천만 덮어놨다.

나는 일행을 모두 데리고 맵 탐색으로 발견한 폐촌 뒷산에 있는 약초 군생지로 갔다.

수풀 속으로 들어가는 거니까 모두 긴 소매와 긴 바지를 입었다.

"어쩐지 촌스런 차림이야."

"풀베기 장비인 거예요!"

"낫낫 장비~?"

"응."

불평하는 아리사와 대조적으로 다른 아이들은 등에 멘 바구니와 풀 베는 낫으로 포즈를 취하면서 만족했다.

가장 가까운 군생지에는 체력이 없는 아리사, 루루, 이네 세 사람을 보내고 나나를 호위로 붙였다. 위험한 동물은 없지만 만약을 위해서였다.

두 번째 군생지는 뒷산 정상 부근이고 슬라임이나 거미형 마물이 출몰한다. 채취하는 동안 공격할 법한 녀석은 다 함께 처리했다.

가까운 물가에 슬라임이 남아 있었지만, 리자가 같이 있으면 괜찮겠지.

여기는 아인 소녀들과 미아에게 맡기고 나는 마지막 군생지로 갔다.

산꼭대기의 군생지는 보통 수단으로는 갈 수 없었다. 균열이나 오버행[#9]을 넘어서 도착한 곳은 전인미답은커녕 초식 동물도 못 올 법한 약초의 낙원이었다.

체력 회복약에 쓸 파란 쑥 풀뿐 아니라, 마력 회복약에 쓰는 적갈색 별무늬 풀의 군생 콜로니까지 있었다.

나는 만족스런 표정으로 약초를 캐서 스토리지에 수납했다.

이유는 잊었지만, 무슨 책에서 「약초를 캘 때는 몇 뿌리 남겨 두는 게 좋다」는 것을 읽은 적이 있어서 다 캐내지 않도록 주의했다.

30분쯤 지나 약초를 다 캤다. 등을 펴고 경치를 즐겼다.

여기서는 세담 시가 한눈에 보였다. 주변에는 촌락도 있을

#9 오버행 절벽 위에 바위가 툭 튀어나와서 하늘을 뒤덮은 지형.

텐데 숲의 나무들에 가려서 여기서는 안 보였다.

순서대로 보러 다녔는데, 나 말고는 다들 채취가 안 끝난 모양이라 이네만 데리고 폐촌의 광장으로 돌아왔다.

"이쪽 통에서 약초를 씻고, 다 씻은 건 이쪽 소쿠리에 올려 놔."

"으, 응. 알았어."

이네에게 약초 씻기를 맡기고, 내가 순서대로 조합했다.

루루가 씻어놓은 향초나 시금치와 같이 3센티미터 사이즈로 잘라서 커다란 사발과 막자로 짓이겼다.

필사적으로 약초를 씻는 이네가 이쪽을 보지 않는 것을 확인한 후, 처리가 끝난 건 그대로 스토리지에 수납했다.

마지막 분량 처리가 끝나자, 연성판 따위의 기재를 준비해서 이네를 불렀다.

"여기 앉아봐. 평범한 연성판 쓸 수 있어?"

"응. 할 수 있어."

"그러면 내가 마력 충전이랑 재료 준비를 할 테니까 연성판 조작을 해봐."

"응."

주1의 비약으로 만든 체력 회복약은 「고품질」이 되지 못했다.

그러나 사용하는 비약을 주3까지 올렸더니 5개 제작 레시피로도 「고품질」로 완성되었다.

내가 이렇게 번거로운 방법을 쓰는 이유는 제작자의 이름을 이네로 만들기 위해서다. 감정으로 확인해보니 기대한 것처럼 제작자의 이름이 이네였다.

나는 이름을 공백으로 했기 때문에, 이름이 함께 표기되는 사양이라도 이네 이름밖에 안 남을 거라고 예상하고 있었다.

서류까지 작성하게 만들었지만 트집을 잡기 쉬운 포인트는 줄여두고 싶었다.

몇 번 시행착오를 거치면서, 제작자에 이네의 이름이 남는 최저 라인의 조작량을 확인하고 연성 시간을 단축시켰다.

속도는 꽤 올라갔지만 스무 번 연성하자 이네의 마력이 떨어졌다.

내가 대부분의 마력을 제공하고 있지만, 마지막 공정은 어쩔 수 없이 이네의 마력이 필요했다.

"마, 마력이, 이제……."

"그럼, 이거 마셔."

"에, 저기, 그거, 쓴데―아우우."

이네가 띄엄띄엄 말하며 마력 회복약을 싫어하자, 머리 위에 탄 털뭉치새가 이마를 쪼아서 야단쳤다.

마지못해 마력 회복약을 입에 댄 이네가 맛이 단 걸 깨닫고는 꿀꺽꿀꺽 들이켰다.

단맛에 굶주렸는지, 병을 거꾸로 들거나 손바닥으로 통통 쳐서 방울까지 핥아 먹었다.

"마력은 회복됐니?"

"으, 응. 이거, 맛있었어."

"그럼 계속하자."

두 손으로 잡고 놓지 않는 이네에게서 병을 빼앗고 작업을 계속했다.

완성된 마법약은 스토리지로 직행시켰지만, 이네가 수상하게 생각할지도 몰라서 빈 비커를 스토리지에서 꺼낸 물로 채웠다. 그리고 그 물은 마치 연성한 마법약을 모아두는 것처럼 내 옆에 놓인 물동이에 옮기기로 했다.

"자, 자, 잠깐만 주인니임~?"

이네가 40번째 연성을 끝냈을 때 아리사, 루루, 나나가 바구니에 약초를 가득 담아 돌아왔다.

어째선지 우리를 본 아리사가 동요했다.

"어서 와, 아리사."

"다녀왔어— 가, 아니라!"

아리사가 내 무릎 위에 앉은 이네를 가리키며 울부짖었다.

그 분위기가 무서웠는지 이네가 나한테 몸을 기대고, 아리사가 괜히 더 으르렁대는 악순환이 이어졌다.

"아리사. 어린애를 괴롭히면 못써."

"마스터, 귀환을 보고합니다."

돌아온 루루가 아리사를 살며시 안아서 달랬다. 그 뒤에서 나나가 보고했다.

"진정해. 이 자세가 아니면 둘이서 연성을 못 한단 말이다."

"어째서 둘이 하는 건데!"

좀처럼 납득 못하는 아리사에게 설명했다.

어린애를 무릎에 올리는 것 정도는 화낼 일도 아니라고 생각하는데. 타마나 미아도 자주 그러잖아.

설명을 들은 아리사가 납득한 다음, 연성을 재개했다.

모아 온 약초를 격납 가방^{개러지 백}에 수납한 다음, 세 사람을 잠시 휴식시켰다.

나나의 표정은 알아보기 어려웠지만, 아리사와 루루는 피로의 색이 짙었다.

이네도 피곤한 모습이지만 조금 더 힘을 내야 된다. 앞으로 열 번이다.

휴식이 끝난 루루와 나나 두 사람에게는 유약 바르기를 계속해달라고 부탁하고 가마의 장작은 아리사에게 맡겼다.

지금까지 연성하는 중간에 불을 살피러 다니느라 힘들었거든.

그리고 아인 소녀들과 미아가 돌아올 무렵에는 예정대로 50회의 연성이 완료되었다.

통산 네 번의 실패와 여섯 번의 품질 부족이 발생했지만, 그 정도 실수는 예상한 범위였다.

"잠깐 휴식하자. 아리사를 불러올 테니까 루루랑 나나가 간식을 만들어줘. 재료는 격납 가방의 소재를 마음껏 써도 된다."

나는 두 사람에게 말하고 가마를 확인할 겸 아리사를 부르러 갔다.

도중에 유약 바르기가 끝난 병과 도구를 스토리지에 회수했다.

"어때?"

"아아. 조금만 기다리면 되겠다."

가마 안을 확인한 나에게 아리사가 물었다.

초기 가열이 잘된 건지, 유약이 특수한 건지, 미아의 건조 마법이 효과가 있는 건지는 모르겠지만 예상 이상으로 빨리 끝났다.

메뉴 안의 시계로 시간을 확인했지만, 아직 두 시간 반밖에 안 지났다.

"일몰까지 앞으로 두 시간이니까 여유롭게 시간 맞춰—."

"말하면 안 돼!"

아리사가 이야기를 중간에 끊더니, 작은 손으로 내 입을 막았다.

"아이참! 그런 사망 플래그를 자기가 말하면 어쩌려고 그래!"

아아, 등장인물이 「시간 맞출 수 있다」고 하면 반드시 트러블이 발생하는 그거구나.

만약을 위해서, 보좌관과 조무래기 악당의 방해 공작을 경계하여 두 사람에게 마커를 붙여놓았다.

"넌 책을 너무 읽었어."

아리사에게 웃으며 말했다.

그래도 걱정을 하길래, 광장까지 손을 잡고서 돌아왔다.

◆

간식을 다 먹고 나랑 이네랑 아리사 말고는 뒷산에 버섯이나 산나물을 캐러 갔다. 듣자니 돌아올 때 미아가 이것저것 발견했다고 한다.

아리사는 근육통 때문에 못 움직이고, 이네는 연성으로 지쳐서 못 움직였다.

시험 삼아서 마법약을 먹였더니 아리사의 근육통은 사라졌지만 산길을 걷는 데 지쳤다고 해서 이네랑 같이 돗자리 위에서 휴식시켰다.

나는 다 써버린 마력 회복약을 연성했다.

그 밖에도 가마 근처에 나 있던 「마비 버섯」이나, 「웃음 버섯」을 쓴 마비약과 웃음약을 연성해봤다. 전자는 교본에 실려 있었고, 후자는 토라자유야 씨의 자료에 있던 레시피였다.

토라자유야 씨의 일기를 보면 미궁 도시에 머무르던 때가 있었는데, 그때 여관에 침입한 도적을 격퇴하는 데 자주 썼다고 적혀 있었다.

나는 10분쯤 지나서 연성을 끝내고 도구를 정리했다.

레이더에 불청객이 보였다. 저 마커는 그 조무래기 악당이군. 주위에 50명 가까운 남자들이 있었다.

나는 옆에 있는 둘에게 그것을 알리고 숨으라고 지시했다.

"이네니마아나랑 아리사는 표범 등에 타고 산에 가서 숨어라. 리빙 아머도 같이 가면 안전할 거야."

"자, 잠깐만. 같이 싸울 거야."

"으, 응. 나도! 얘네들은 강하니까 전처럼 혼쭐내 줄 거야."

그러나 어린 소녀들은 격퇴할 생각이 가득했다.

전에 힘으로 실패했으니까 상대도 뭔가 대책을 생각했을 거다.

가마가 안 보이도록 불을 끄고 싶지만, 스위치 하나로 끌 수 있는 게 아니라 무리다.

아리사와 이네를 보내서 마차를 산자락에 숨겼다.

그 동안 나는 가마를 위장하거나 숨길 수 없는지 확인하러 왔는데, 굴뚝에서 연기가 나오는 이상 안 들킬 수가 없었다.

그러면 괜히 숨기지 말고, 조무래기 악당 일행의 시선을 병 말고 다른 걸로 향하게 만드는 방법을 생각해야지.

조무래기 악당은 잘만 유도해주면 잔돈이 손에 들어오는 연성한 마법약에 낚일지도 모른다.

나는 몇 가지 준비를 하고서 조무래기 악당의 단체와 마주했다.

"우케 마을에 수상한 자가 있다고 해서 와봤더니…… 마녀의 제자와 그 콩고물을 얻어먹으려는 평민 꼬맹이들이구마안~?"

조무래기 악당은 조무래기 악당다운 징그러운 어조로 시비를 걸었다.

그 뒤에 30명 가까운 남자들이 무기를 들고 대기하고 있었다. 두 사람은 산길 출구에 남았고 나머지가 숲 속에서 마을을 둘러싸고 있었다.

상대가 문답 무용으로 덤비지 않는 것은 리빙 아머 둘과 표범 마창조생물이 있어서 그렇겠지.

아리사는 태평해 보였지만, 나이에 맞는 멘탈을 가진 이네는 겁먹은 기색이었다.

"수상한 자라고 하시니 섭섭하군요. 도시 안에서 연성하면 냄새가 나서 폐가 될 것 같으니, 사람들이 없는 곳에서 작업하고 있는 겁니다."

내가 말하면서 옆에 있는 나무통을 가리켰다.

이 통의 내용물은 이네의 실패작을 물로 희석한 것이었다.

"그래? 그건 참 훌륭한 마음가짐이지만, 마을의 설비를 허가 없이 사용하는 건 봐주기 어렵구만~. 사실 가끔 수상한 자들이 침입해서 마을을 어지럽힌다고 마을 사람들이 호소해 왔다."

조무래기 악당 뒤에서 조잡한 차림새의 기가 약해 보이는 남자가 나왔다. 남자의 소속은 이 폐촌 이름과 같았다. 정말로 이 마을 출신자를 찾아서 데리고 왔나 보다.

"당신이 대표라면 대금을 내면 되겠죠? 얼마면 될까요?"

나는 조무래기 악당이 아니라 마을 사람에게 말을 걸었다.

"어허. 지금은 세담 시가 관리하고 있다. 담당자는 이 몸이야. 그렇지. 위자료로 막 완성된 약을 받도록 할까?"

그렇게 잘난 척하며 말하더니, 조무래기 악당이 나무통에 손을 뻗었다.

"아아! 그, 그건……."

내용물이 진짜 마법약이라고 생각한 이네가 비명을 질렀다.

―좋아, 미끼에 걸렸다.

표정에 드러내지 않았지만, 조무래기 악당이 나름대로 감을 잡았는지 손길을 멈추었다.

"어이. 근처 오두막을 뒤져봐라. 이거 하나론 부족할 거야."

나는 떨떠름한 표정을 **만들었다.**

"이, 있다! 지저분한 받침대 밑에 숨겨놨다!"

조무래기 악당의 부하들이 오두막 안의 나무통을 어깨에 메고 의기양양하게 나왔다.

"흥. 전부 세 통인가? 양이 맞는군."

조무래기 악당이 작게 중얼거렸다.

―보아하니 속아줄 모양이네.

안도한 그 순간. 이네가 폭발해버렸다.

"우에에엥. 사토 씨, 전부 가져가 버려어. 가부랑 로부, 저 녀석들 해치워!"

이네의 명령으로 움직이기 시작한 리빙 아머를 보고 조무래기 악당의 부하들이 뿔뿔이 흩어져 도망쳤다.

아차. 「적을 속이려면 우리 편부터」 작전이 역효과가 났네.

"어, 어이! 이 몸이 다치면 감옥에 처넣겠다!"

다리에 힘이 풀린 조무래기 악당이 뒤로 물러서면서도 손에 든 나무통을 놓지 않았다.

나는 리빙 아머를 붙잡아 세웠다. 상처를 내면 여러모로 귀찮다고.

"진정해, 이네니마아나. 다치게 만들면 안 좋다."

"그, 그렇다! 이 몸은 세담 시의 태수 보좌관과 절친한 사이다!"

호랑이 위엄을 빌리는 여우 같은 놈이네. 참 조무래기 악당다웠다.

내가 탄식한 다음 순간, 산자락 쪽에서 폭음과 남자들의 비명이 들렸다. 마치 TV 방송에서 본 백 파이어 같은 폭음이었다.

나무들 너머로 짙은 연기가 보였다.

……가마가 있는 방향이다.

"역시, 가마도 무단으로 사용하고 있었군."

"그, 그러면…… 가마가 부서지면 병을 못 만들어. 어, 어쩌지……."

아리사가 절망스런 표정으로 무릎을 꿇었다.

이네는 말도 안 나오는지, 빈혈로 쓰러져버렸다.

"그러면 어서 물러가도록. 오늘은 이 나무통 세 개로 너그럽게 봐주지."

조무래기 악당은 가학심이 스며 나오는 징그러운 표정으로 말하더니, 「그하하하하」 드높이 웃으면서 나무통을 안고 의기양양하게 세담 시로 개선했다.

납품 기한은 일몰까지, 종소리는 앞으로 하나—90분.

◆

레이더에 보이는 남자들의 광점이 가도 너머로 사라지는 것을 확인하고 우리는 파괴된 가마로 갔다.

사용하던 가마는 커다란 구멍이 뚫려 완전히 파괴되었다.

부서진 모양을 보니 부순 남자들도 무사하지는 못했을 텐데, 동료들이 데리고 갔는지 아무도 쓰러져 있지 않았다.

화재도 안 번졌다. 주변에 인화할 법한 나무가 없어서 불행 중 다행이었다. 설치할 때 주위 나무들을 벌채했겠지.

"—안 돼. 전부 깨졌어. ……다시 한 번은 무리겠지?"

"그래. 이건 이제 못 쓰겠다."

불이 남아 있는 가마를 보고 중얼거리는 아리사에게 수긍하며 대답했다.

아리사는 아직 포기를 못 했는지 가마 안을 바라보았다.

"……어머? 이 **파편**은."

돌아본 아리사가 씩 웃었다.

—스토리지는 3미터까지는 손이 안 닿아도 수납할 수 있다.

나는 직접 만지지 않고도 가마 속의 병을 회수했다.

그렇게만 하면 들킬 가능성이 있었기 때문에 가마 안에 적당한 그릇을 두었다. 실패작 그릇이 가마 주위에 대량으로 굴러다녔으니 모으는 건 간단했다.

스토리지만 비밀로 하고 그것을 아리사에게 설명했다.

"나한테까지 비밀로 할 필요는 없잖아!"

병을 몰래 빼돌린 것에 대해서 펄펄 화를 냈지만, 지금은 감수해야지.

아마 아리사의 진심 어린 절망이 조무래기 악당을 속였을 테니까.

—그러나 문제가 남았다.

병의 온도다. 스토리지 안에서 확인하니 소성 자체는 완료되었지만, 바깥으로 꺼내니 급격한 온도 변화로 깨져버렸다. 얇은 병은 1,300도의 온도 차이를 버티지 못했다.

스토리지는 수납할 때 상태가 유지되니까, 병은 아직도 뜨거웠다.

온도를 서서히 변화시킬 무슨 방법이 있으면 좋을 텐데…….

—가마를 수리해서 다시 한 번 불을 지펴 온도를 올린 다음에 온도를 서서히 내릴까?

아니, 그러면 시간이 너무 아슬아슬하다.

그리고 응급 수리한 가마가 중간에 무너져서 안의 병이 깨지면 봐줄 수가 없다.

—뭔가, 뭔가 없을까?

서서히 온도를 내릴 수 있고, 초기 온도를 스토리지 안 그대로 이식할 수 있는 편의적인 방법이……

역시 가마를 응급 수리해야 하나?

『—못써먹겠네.』

뇌리에 그 말이 떠올랐다.

이럴 때 자학을 하면 어쩌라고. 뭐가 「못써먹겠다」야. —잠깐, 이거 언제 기억이더라?

『완전히 스토리지의 하위 호환이네. 아이템을 꺼내려고 하면 바깥 공기의 영향을 받으니까 보온 성능도 별로다.』

—생각났다.

아이템 박스랑 스토리지의 비교 검증을 했을 때구나.

그렇지. 아이템 박스는 「보온 성능이 별로」, 다시 말해서 내부에서 상태가 변화한다. 게다가 「능동적으로 꺼내지 않으면」

안팎의 공기 흐름이나 유출이 없었다.

―그렇다면!

나는 스토리지 안에 있는 고온의 병을 하나 아이템 박스로 이동했다.

아이템 박스를 열어서 병을 꺼내려다가 곧장 취소했다. 아이템 박스의 검은 구멍이 출현한 장소 주변에 따뜻한 바람이 일어났다.

병을 스토리지로 돌려놓고 세부 사항을 확인했더니, 약간이나마 온도가 떨어졌다.

좋았어! 이걸로 가능하다.

나는 열풍을 「풍압」 마법으로 공중에 흘려보내면서, 20분 정도 걸려서 병의 온도를 낮추는 데 성공했다.

소동을 깨닫고 돌아온 다른 아이들과 합류해서 출발 준비를 갖추었다.

"자, 그 재수 없는 조무래기 악당과 은발 자식을 찍소리도 못하게 해주자!"

아리사가 약간 옛날 방식으로 호령하자 어린이 팀이 신이 나서 대답했다.

……넌 대체 어느 시대 사람이냐?

이네가 마부를 맡은 마차의 흔들림을 느끼면서 맵으로 시간을 확인했다.

—다행이군. **아슬아슬**하게 때맞춰 도착할 수 있겠다.

◆

등에 멘 주머니 안에서 딸그락거리는 소리가 울렸다.

우리는 아무 방해 없이 시청사 입구까지 올 수 있었다.

"잘도 뻔뻔스레 얼굴을 내밀었군! 아까는 잘도 물로 희석한 마법약을 떠넘겼겠다! 덕분에 괜한 창피를 당했다!"

조금 높아진 입구 앞에서 조무래기 악당이 우리들에게 매도의 말을 쏟아부었다.

나는 아리사와 이네를 등 뒤로 감추듯 한 걸음 앞으로 나섰다.

"무슨 말인지? 그 물약도 상처를 치료하는데 쓸 수 있을 텐데요?"

나는 시치미 뚝 떼고 조무래기 악당의 매도를 흘려 넘겼다. 애당초 그 통이 마법약이라고 말한 기억도 없거든.

내가 등에 메고 있는 커다란 주머니를 보고 조무래기 악당이 재는 표정을 지었다.

"또 물로 희석한 마법약을 만들어서 얼버무릴 셈이냐아~?"

끈적하게 늘어지는 말투였다. 자신의 가학심을 채울 셈인가 보다.

"아니면 이번에는 풀로 색을 낸 물이라도 담아 온 건가아~?"

가난뱅이 평민에게 걸맞다는 듯 하늘을 향해서 웃어대기 시작했다.

조무래기 악당의 동료는 많지 않은 듯, 시청사의 직원 대부분이 조무래기 악당을 보면서 당혹하거나 민폐란 표정을 지었다.

역시 인망이 없구나.

"딱히 용건은 없는 모양이군요. 그러면 우리는 태수 보좌관님께 용건이 있으니 실례하겠습니다."

나는 함께 온 아리사와 이네를 데리고 계속 웃어대는 조무래기 악당 옆을 통과했다.

이네의 리빙 아머들은 시청사 안으로 못 들어오기 때문에 마차와 함께 뒤쪽 주차장에 대기시켰다.

"기다려, 기다려, 기다려라아! 보좌관 나리에게 대체 무슨 용건이 있다는 거냐?"

희극 배우 같은 움직임으로 우리들 앞을 막아선 조무래기 악당이 초조함에 일그러진 표정으로 침을 튀기며 다가왔다.

조무래기 악당에게 떠밀린 직원이 민폐란 표정으로 헛기침을 하고 물러갔다.

"당신과는 상관없는 일이니 실례하겠습니다."

"뭐, 뭐라고오!"

이 녀석에게 용건을 대답할 의무가 없으니, 은근히 무례하게 대답하고 창구로 향했다. 내가 용건이 있는 건 보좌관뿐이다.

창구에서 납품하러 왔으니 보좌관에게 전해달라고 말했다.

등 뒤의 주머니를 테이블 위에 놓고 안에서 병을 하나 꺼내 접수원에게 건넸다.

"말도 안 된다. 가마를 부쉈는데…… 어째서!"

조무래기 악당이 뭐라고 지껄여 대지만 대답할 의무가 없으니 생긋 웃어 답하고는 무시했다.

"에에이! 어차피 시판되는 하급약이라도 사서 모은 거겠지! 그런 하급약을 물로 희석한 조악한 물건 따위 받을 필요 없다!"

내가 어디서 개가 짖나 싶게 조무래기 악당을 계속 무시한 탓인지, 이번에는 나 말고 접수원이나 마법약을 감정하는 직원에게 말하고 있었다.

조무래기 악당은 카운터 뒤로 돌아가서 직원을 추궁했다.

직원들은 짜증 나는 표정이었지만, 보좌관의 지인을 무시할 수 없는 건지 조무래기 악당에게도 제대로 대답해주었다.

"아니요. 아까 납품한 120개 이상의 품질입니다."

"마, 말도 안 된다……."

조무래기 악당의 경악한 표정을 보고 속이 시원해졌는지, 직원이 기분 좋게 「제작자도 같습니다」라고 덧붙였다.

"마, 말도 안 된다……. 내 완벽한 계획이…… 평민 따위에게……."

애당초 이런 구멍투성이 계획이 제대로 실현될 거라 생각하는 편이 이상하다.

"우리들의 영예로운 길이, 이런 일로……"

조무래기 악당이 잠꼬대하듯 중얼거리며 뒤로 물러나다가, 카운터에 등을 부딪혔다.

마법약 병이 든 커다란 주머니 너머로 조무래기 악당과 눈이 마주쳤다.

"그, 그렇지. 이, 이것만 없으면. 이것만, 없으면! 아직 괜찮아!"

정신이 병든 것처럼 반복해서 중얼거리던 조무래기 악당이 갑자기 카운터 위의 커다란 주머니를 끌어안더니 「흐압!」 기합을 넣으며 땅바닥에 처박았다.

"손이 미끄러졌군!"

너무나도 작위적이다 보니 직원들의 분위기가 얼어붙었다.

큰 주머니에서 마법약의 액체가 흘러 나왔다.

"꺄아, 사토 씨. 병이 깨졌어. 마법약이 흘러 나와요오오오오오."

이네가 그걸 보고 비명을 질렀지만, 다급하게 달려가려는 것을 말렸다.

"앗차차! 이번에는 발이 미끄러졌다."

남자가 주머니 위로 점프하더니, 약간이나마 안 깨지고 남은 병을 모두 분쇄해버렸다.

"증인이 이렇게 많은데 멍청한 녀석이네."

내 옆에 있는 아리사가 사악하게 웃으면서 중얼거렸다.

정말이지, **동감**이다.

"무슨 소동이냐! 여기는 태수님 앞마당이다."

보좌관이 안쪽 집무실에서 나왔다.

"—이것은?"

조무래기 악당의 발치에 있는 물웅덩이와 주머니를 가리키며 물었다.

"마녀님의 사자 분이 납품하려고 가져온 마법약입니다. 이분이 분쇄해버렸습니다만……."

"납품을 한 다음인가?"

보좌관이 얼음장 같은 목소리로 직원에게 물었다.

"아, 아니요. 품질을 확인하는 도중이었습니다."

"그렇다면 문제는 없다. 아직 종 시간이 반쯤 남았다. 다시 가져오게."

보좌관이 피도 눈물도 없이 말하자, 우리는 물론이고 직원들까지 경악했다.

우리를 위해 얘기를 해보려는 사람도 있었지만, 보좌관의 영구 동토 같은 시선을 쐬자 물러나 버렸다.

"기다려주세요."

"뭐지? 깬 것은 그 남자가 아닌가? 영지 정부는 아무런 보상도 못 한다."

그런 건 기대도 안 했다.

"아뇨. 기물 파손의 손해 배상을 저분에게 받고 싶습니다만?

금화 90닢 정도 됩니다."

"타당하군. 그자에게 청구하도록."

"그, 그럴 수가!"

조무래기 악당이 항의했지만, 보좌관은 차가운 시선으로 입다물게 만들었다.

"배상금 지불은 강제 집행도 가능합니다."

보좌관이 안쪽 방으로 사라지자, 직원 한 사람이 몰래 귀띔해주었다. 못 내면 노예가 된단다.

조무래기 악당. 미움을 많이도 샀구나.

"아! 도망친다!"

몰래 도망치려는 조무래기 악당을 본 아리사가 외쳤다.

이네의 머리 위에서 날아오른 털뭉치새가 토끼처럼 도망치는 조무래기 악당을 덮쳤다.

조무래기 악당이 무심코 비명을 지르며 발걸음을 멈추었다. 마침 아인 소녀들과 함께 뒷문으로 들어온 나나가 붙잡았다.

"잘했다."

나는 나나와 털뭉치새를 칭찬한 다음, 카운터에서 손해 배상 강제 집행을 의뢰하는 수속을 밟았다. 귀띔해준 직원에게 사례 삼아 은화 몇 닢을 쥐어주었다.

위병에게 끌려가는 조무래기 악당을 지켜본 다음, 우리는 다음 행동에 나섰다.

납품 기한인 일몰까지, 앞으로 반 종─ 45분.

◆

"들어오게— 네놈들인가? 무슨 용건이지? 포기했다면 이 도시를 떠나라."

직원이 안내해준 집무실에서 나와 이네가 보좌관의 얼음장 같은 말을 들었다.

나는 그에 대답하지 않고 직원에게 양보했다.

"보좌관님. 여기에 서명과 날인을 부탁드립니다."

직원이 내민 서류에 시선을 보낸 보좌관이 눈썹을 찌푸렸다.

"—납품 완료서?"

"네, 네. 나머지 180개의 납품 처리를 끝냈습니다. 함께 제출된 보좌관의 증서도 확인하여 문제없는 것을 확인했습니다."

떨리는 손으로 서류를 집무 책상에 내려놓고 이쪽을 노려보았다.

"무슨 수작을 부렸지?"

"수작 같은 거 안 부렸어요. 지혜와 노력과 우정으로 해낸 겁니다."

"헛소리를……."

실제로 나 혼자였다면 달성 불가능한 미션이었다.

보좌관에게는 얼버무렸지만 납품의 원리는 이렇다.

레이더의 마커 표시 덕분에 시청사에서 조무래기 악당이 기다리고 있는 걸 눈치채고 계략을 짠 것이다.

내가 더미 마법약 60개를 가지고 정문으로 당당히 들어가고, 본래 납품할 것은 뒷문으로 다른 애들이 운반했다.

180개처럼 보이도록, 재벌 구이 하기 전이었던 병 100개도 넣었더니 간단히 속아 넘어갔다.

이 더미 마법약도 본래 납품할 분량과 같은 품질이었다.

애당초 제작한 병은 198개. 더욱이 나나가 조달해 온 37개, 애당초 가지고 있던 5개를 더하면 60개의 예비가 있었다.

이네가 연성에 성공한 횟수가 40회니까 합계 200개. 그리고 깨진 병에서 회수한 40개 분량도 있었으니까 합계 240개.

다시 말해서 처음부터 60개 여분을 준비했다.

그리고 현지 시세가 거의 세 배로 올랐기 때문에, 내가 말한 가격을 종래의 180개 분량의 가격으로 착각했겠지.

물론 조무래기 악당이 그렇게까지 바보 같은 행동을 한 것은 예상 밖이었다…….

그 설명을 보좌관에게 길게 해줄 생각은 없었다. 타임 이즈 머니거든.

"왜 그러시는지? 이제 사인과 날인만 하면 끝입니다만?"

"크윽…….

내가 재촉해도 보좌관은 끈질기게 신음만 하고 도무지 사인하지 않았다.

"저기, 보좌관님?"

범상치 않은 보좌관을 걱정한 직원이 말을 걸었지만, 그는 입을 꾹 다물고 눈을 감아버렸다.

보아하니 오기로라도 사인 안 할 셈인가 보다.

—이거 참.

프라이드가 높은 보좌관이 이런 창피해서 어디 얘기하지도 못할 어린애 같은 짓을 할 줄은 몰랐다.

무거운 침묵이 방을 지배하고, 시간만 지나갔다.

……이렇게 입을 다물고 벌써 30분이 경과했다. 시간이 지나 갈 때까지 이렇게 입을 다물 셈이겠군.

—웃음약을 써서 웃겨볼까?

이런 바보 같은 망상으로 위안을 삼으면서 보좌관에게 말없 이 압력을 걸었다.

시간이 점점 지나갔다. 메뉴의 시계와 맵을 확인했다. 기한 까지 앞으로 조금 남았다.

입구의 문이 노크도 없이 조용히 열렸다.

타이밍을 재다가 보좌관에게 말했다.

"보좌관 나리. 납품 완료서에 사인을 해주시겠어요?"

역시 보좌관은 대답이 없었다.

"—그러면, 내가 사인을 해주지."

예상 밖의 목소리에 보좌관이 눈을 떴다.

목소리의 주인은 집무 책상의 납품서에 술술 사인을 하더니, 반지의 인장으로 꾹 날인을 해버렸다.

"크, 크하노우 백작!"

보좌관의 경악한 외침이 집무실에 울렸다.

나는 크하노우 백작 뒤에 들어온 인물에게 인사했다.

"스, 스승님!"

"이네니마아나, 힘들었겠구나."

나를 따라 고개를 돌린 이네가 놀라서 소리쳤다.

그러니까 늙은 마녀가 장로 참새를 타고 크하노우 시까지 백

작을 마중하러 간 것이다.

폐촌에서 확인했을 때 시간 맞춰 오기에 아슬아슬한 위치였

기 때문에 불안불안했다.

만에 하나를 위한 보험이었는데, 시간 맞춰 와서 다행이군.

이네의 머리를 쓰다듬은 늙은 마녀가 나를 향해 고개를 숙

이며 감사의 뜻을 표했다.

"사토 공, 이번 조력에 깊은 감사를 드립니다."

털뭉치새가 이네의 머리 위에서 자기도 격려하라는 듯 「쿠루

포우」 울었다.

그런데 그렇게 평화로운 분위기는 우리들뿐이었고, 보좌관은

상당히 난리가 난 상태였다.

"어, 어째서 이곳에."

"보면 모르겠는가? 마녀님에게 네놈들의 악행을 들었기 때문

이다."

집무 책상에서 일어서지도 못하고 의자에 가라앉은 보좌관에게 크하노우 백작이 다가갔다.

어느샌가 방에 들어와 있던 백작의 호위로 보이는 기사들이 보좌관을 붙잡아 의자에서 일으켜 세웠다.

"무노 후작의 가신이었던 네놈의 아비와는 왕립학원 시절의 친구였다. 그런 연유로 영지를 버리고 의지해 온 네놈들 일가를 돕고자 직위를 내렸다만, 아무래도 내 눈이 틀렸던 모양이군."

"기, 기다려주십시오. 이것은 마녀와 저기 있는 남자가 공모한 음모이옵니다!"

"흥. 말이 되는 소리를 하거라!"

보좌관은 우리들 탓으로 돌리려고 했지만, 크하노우 백작이 큰 소리로 내쳤다.

"내 백작령이 지금까지 마녀님에게 받은 은혜를 잊었는가! 5년 전 전염병이 돌 때 마녀님의 약으로 살아난 자들 중에는 네놈의 어린 형제들도 있었을 것이야. 그리고 코볼트 놈들의 공세가 격렬한 현재, 마녀님의 마법약으로 살아난 기사와 병사가 얼마나 많다고 생각하느냐!"

크하노우 백작의 격렬한 분노를 받은 보좌관이 시들어버린 듯 고개를 숙였다.

"태수의 보좌를 하지 않는 자가 태수 보좌관의 직위를 맡을 수는 없다. 내 영지의 영세 귀족이 된다는 이야기도 백지로 돌리마. 명예 사작의 작위는 남겨줄 터이니 근근이 연금을 받아 늙은 어미와 동생들과 함께 평민과 섞여서 살아가도록 해라."

크하노우 백작이 보좌관에게 내뱉듯이 고했다.

그 말을 들은 보좌관이 간구하는 시선을 보냈지만, 크하노우 백작의 결정이 뒤집히지는 않았다.

보좌관이 가슴 높이로 손을 올리고 뭐라고 중얼대자, 정전기처럼 파직거리는 소리가 나며 그를 감싸고 있던 기사들이 손을 놓았다.

"태수의 대리인 보좌관이 바라옵나니—."

크하노우 백작은 그가 뭘 하려는 건지 잘 아는지, 억누르려는 기사들을 손을 들어서 막았다.

백작이 뭔가 생각이 있는 것 같길래 나도 괜히 나서지 않았다.

"……어리석구나."

보좌관 앞에 무방비하게 서 있는 크하노우 백작이 연민을 담아서 말했다.

"세담 시의 영혼이여. 도시의 적을 쳐라! ■ 처벌."

보좌관이 발동 어구를 외자, 그가 가진 아뮬렛에서 크하노우 백작에게 전격이 날아갔다.

반사적으로 그 앞에 끼어들었지만, 전격이 나한테 닿지 못하고 흩어졌다.

"어리석구나. 크하노우 백작인 내가 자신의 영지에서 해를 입을 리 없거늘. 네놈이 행사하는 그 힘을 누가 빌려주었는지를 잊었느냐!"

아하. 지금 그건 도시 핵^{시티 코어}에서 힘을 빌려 행사하는 마법이었구나.

도시 핵이라는 건 백작이 태수에게 사용권을 빌려주는 거고, 그 태수의 대리가 보좌관이니까 더 상위에 있는 사람을 해칠 수가 없는 거군. 납득했다.

"죽은 벗에 대한 온정이다. 죄를 1등급 경감하여 반역죄가 아닌 사죄(死罪)로 용서해주마—."

—거기 잠깐만요.

나는 내 감을 믿고서 보좌관의 책상을 원 액션으로 뛰어넘어 턱을 차 부수고 의식을 빼앗았다.

힘 조절을 잘못한 게 아니다.

겉보기에 화려하게 다친 것처럼 보여야 했거든.

"—어째서 방해를 하는 것이냐?"

크하노우 백작이 벌레를 보는 듯 냉철한 시선을 나에게 향했다.

······역시, 이 자리에서 처형할 셈이었군.

"어린애 앞입니다. 외람되지만 처형할 거라면 형장이 걸맞을 거라 생각합니다. 어린아이 앞에서 보일 만한 모습이 아닙니다."

솔직히 말해서 나도 보기 싫었다.

보좌관이 감옥에 처박히고 채찍을 맞는 정도라면 「자업자득」이라고 단정할 수 있지만, 눈앞에서 처형을 보는 건 진짜 관두고 싶어요.

크하노우 백작의 시선을 얼마 동안 마주 보다가 때를 봐서 웃었더니, 그도 독기가 빠졌는지 이네에게 시선을 준 다음 그 제서야 힘을 뺐다.

"—마녀님은 좋은 지기를 둔 모양이오."

늙은 마녀에게 말한 뒤, 보좌관에게서 아뮬렛을 빼앗고 호 위하는 기사들에게 명하여 감옥으로 연행시켰다.

종이 다발의 수수께끼

"사토입니다. 게임 제작에서는 암호화 기술이 필요해질 때가 있습니다. 세이브 데이터의 개조 방지나 제품의 복제 방지 같은 용도로 활약합니다. 하지만 복호 해독이랑은 인연이 없었단 말이죠."

보좌관이 감옥으로 연행된 다음, 나와 늙은 마녀는 응접실에서 크하노우 백작과 면회를 하게 되었다.

일단 늙은 마녀에게 태수 보좌관의 암약을 용납해버린 것에 대한 완곡한 사과를 한 다음, 나에 대한 포상 이야기가 나왔다.

처형을 방해했으니까 벌이라도 주지 않을까 했는데 그렇지도 않네.

"사토라고 했던가? 이번에는 수고가 많았다. 포상은 무엇을 바라는가? 금품이 좋은가? 사관을 바란다면 그 또한 좋다."

흰 머리가 섞이기 시작한 초로의 백작이 물었지만 대답을 망설였다.

금품은 받아도 소용없고 직업이 필요하지도 않았다.

"외람됩니다만, 영지 안의 마법서나 두루마리의 구입 허가를 받을 수 있다면 좋겠습니다."

"마녀님의 지기인 만큼 지식욕이 왕성하군. 좋다. 허가증을 발행해주지."

그냥 해본 말인데 백작이 호탕하게 발행해주었다.

내 용건은 그걸로 끝났지만, 퇴실 허가가 없어서 늙은 마녀의 용건을 함께 들었다.

늙은 마녀에게 하는 이야기는 남서쪽 국경을 따라서 깊은 산속에 숨어 있는 히드라를 찾으러 가는 자들에게, 히드라의 독에 대처하기 위한 마법약을 만들어달라는 의뢰였다.

히드라라고 말은 안 했지만, 노우키의 수호에게 처음 보고가 들어왔다고 하니 틀림없었다.

이 히드라는 3년 전에도 주거 지역을 공격했는지, 세담 시 주변 촌락도 피해를 입었다고 한다. 역시 그 폐촌을 공격한 건 히드라였구나.

20여 년 전에 무노 후작령에서 넘어온 마물이라고 크하노우 백작이 내뱉듯이 말했다.

늙은 마녀와 이야기가 끝나자, 크하노우 백작은 히드라 대책을 준비해야 한다며 우리를 내보냈다.

태수의 성에서 호화로운 저녁 식사를 준다고 했지만, 아인 소녀들을 동석시킬 수 없다고 하기에 정중하게 거절했다.

우리는 직원에게 포상으로 받은 허가증을 받고 관청을 나섰다.

"사토 공. 이번 조력에 마음 깊이 감사를 올립니다."

"고맙, 습니다."

우리는 시청사 한구석에서 늙은 마녀와 이네에게 감사 인사를 받았다.

"그건 그렇고 놀랐습니다. 어떠한 마법을 쓰신 겁니까?"

늙은 마녀가 신기하다는 듯 물었다. 이쪽 사정을 캐내는 건 아니고 그냥 흥미가 생긴 것 같았다.

이네의 레벨이나 마력으로는 아무리 분발해도 스무 개 연성하는 게 고작이었으니까.

"원리는 간단합니다. 이미 깨진 병이나 상자 바닥에 남아 있던 마법약을 회수한 거죠. 그걸 다시 병에 담았습니다."

"아! 그러고 보니 50번 정도밖에 연성 안 했어!"

「사기」 스킬의 지원을 받아 그럴 듯한 이야기를 지어내자, 이네가 순박한 말로 보강해주었다.

"마력 회복약을 잔뜩 마시면서 힘냈지."

"응! 달콤해서 맛있었어."

나도 그 흐름을 타고 이네를 칭찬했다.

늙은 마녀도 납득했는지, 나와 함께 이네의 머리를 쓰다듬으며 치하의 말을 해주었다.

"사토 공, 이번 조력에 어떤 보답을 해야 할까요? 뭔가 바라시는 것이 있습니까?"

이야기가 정리될 즈음, 늙은 마녀가 보수 이야기를 꺼냈다.

그냥 오지랖을 부린 거고 이미 늙은 마녀에게 여러 가지 지식을 받았으니 더 이상 뭘 받을 생각이 안 들었다.

"친구를 도왔을 뿐인데 뭘 받을 수는 없죠.『환상의 숲』을 다시 방문했을 때 또 여러 가지 이야기를 들려주시면 충분합니다."

약간 겉멋을 부리면서 말했지만 본심이었다.

실제로 늙은 마녀와 나눈 연금술 이야기는 즐거웠다.

"그야 언제든지 환영하고말고요. 다음에는 미사날리아 님이나 다른 아가씨들도 데리고 오시지요."

늙은 마녀가 말하며 웃었다. 따스한 봄날에 툇마루에 앉아 무릎 위에 고양이라도 올리고 있는 것 같은 푸근한 미소였다.

"그러면, 납품이 무사히 성공한 것에 건배!"

"""건배!"""

우리는 어째선지 도예 공방에서 뒤풀이를 했다.

병을 만들려고 빌린 **물레** 등의 도구를 돌려주러 왔을 때, 아인들 데리고 들어갈 수 있는 식당을 공방 주인에게 물어봤더니 그런 식당은 없다고 단언해버렸다.

대신 공방의 안 쓰는 작업장을 연회장으로 제공하겠다는 공방 주인의 말에 따라 연회를 열기로 했다.

물론 늙은 마녀와 이네뿐 아니라 공방 주인과 노예인 고양이 수인들도 참가시켰다. 도예 공방의 제자는 집에 돌아간 다음이라 참가 못 했다.

노점에서 사 온 요리가 테이블에 가득 놓였다. 공방 주인이 술을 못해서, 마실 것은 과즙이 들어간 물이나 차였다.

"이 새 통구이는 근사합니다. 머리부터 통째로 새의 모든 맛을 맛볼 수 있어요."

"이 토끼 고기 꼬치도 맛있는 거예요."

"둘 다 맛있어~?"

아인 소녀들이 고기 요리에 열중했다. 나중에 채소도 먹으라고 해야지.

"맛있어."

"미아, 이쪽 과일 들어간 채소 볶음도 맛있다."

"응."

오늘의 MVP인 미아의 접시에 요리를 담아 격려했다.

"잠깐. 미아만 챙기는 건 반칙이야."

"그래?"

미아만 상대해준 탓인지, 아리사가 불만스레 말했다.

"아리사도 참. 주인님. 이 조림도 맛있어요. 덜어 드릴까요?"

"그래. 부탁한다."

"마스터. 이 구이 쌈도 일품이라고 보고합니다."

나는 루루가 덜어준 조림을 콕콕 찌르면서, 나나가 내미는 구이 쌈을 깨물었다.

무와 생선을 조린 요리가 일품이길래 늙은 마녀와 이네에게도 권했다.

"이 요리도 맛있어요."

"호호. 사토 공, 고맙습니다."

"스승님, 이것도 맛있어요."

"아이쿠. 그러다 흘리겠어요. 이네니마아나."

요리를 흘린 이네의 옷을 늙은 마녀가 손수건으로 닦아주었다.

"젊은 나리는 인기가 좋구만."

"사이가 좋은 건 서로 마찬가지 아닌가요?"

고양이 수인 아가씨들이 정성스레 급사해주는 공방 주인에게 대답했다.

공방 주인도 싫지는 않은 듯, 뼈가 달린 토끼 허벅지 고기를 크게 깨물었다.

괜히 사양하며 나무 열매 볶음밖에 안 먹는 고양이 수인 아가씨들한테도 꼬치 고기나 새 통구이를 권했다.

고양이 수인들은 내가 권해도 사양했지만, 공방 주인이 그녀들의 접시에 덜어주자 조심조심 먹기 시작했다.

"마이, 어요."

"고이, 마이어."

"냠, 우음, 마이어."

시가 국어로 「맛있다」고 말하면서 눈 깜빡할 사이에 접시를 비웠다.

맛있는 식사에 감동했는지 울면서 먹는 고양이 수인 아가씨도 있었지만, 그건 예의 바르게 못 본 척했다.

"이것도 맛있는 거예요."

"이것도 먹어~?"

포치와 타마가 자기들 좋아하는 요리를 접시에 덜어서 고양이 수인 아가씨들에게 가져다주었다.

"이것도 추천할게."

아리사도 고양이 수인 아가씨들 앞에 토끼 통구이를 권했다.

아이들이 배려하는 모습을 흐뭇하게 바라보면서, 나도 대화와 요리를 즐겼다.

즐거운 시간이 눈 깜빡할 사이에 지나가고 요리를 다 먹은 시점에 파장했다.

다들 배가 불러 행복해 보였다. 개중에서도 고양이 수인 아가씨들에게는 거의 숭배하는 것처럼 감사를 받았다.

다음 날, 세류 시를 출발한 지 열흘째 아침.

우리는 「환상의 숲」으로 돌아가는 늙은 마녀와 이네를 다 함께 배웅했다.

헤어질 때 이네에게 가리개가 달린 랜턴 같은 것을 받았다.

"사토 씨. 이거 답례야."

"랜턴이니?"

내 물음에 이네가 고개를 붕붕 옆으로 저었다.

"스승님이 도와줘서 만든 마법 도구야."

"오, 대단하네. 고마워, 소중하게 쓸게."

"응!"

감정해보니 「빛 방울」^{라이트 드롭}을 사용한 조명용 마법 도구였다.

마력을 주입하자 LED처럼 빛이 났다. 기름이 필요 없는 랜턴이구나.

"또 만나는 날을 기대할게요."

"사토 공도 강건하시기를. 이것은 이 할멈이 드리는 선물입니다."

마법 주문이 아닌 무슨 『기원』 같은 동작을 해줬다.

딱히 무슨 지원^{버프} 효과가 있는 건 아니지만 이런 건 마음이 중요한 거니까 괜찮다.

나는 늙은 마녀에게 감사를 표하고 두 사람이 출발하는 걸 손을 흔들며 배웅했다.

표범 모양 마창조생물^{컨스트럭터}이 끄는 마차 짐칸에 부서진 리빙 아머와 장로 참새^{엘더 스패로우}가 떡 앉아 있는 모습이 상당히 판타지틱했다.

도시를 드나드는 사람들의 시선이나 수군거림을 어디서 바람이라도 부는 것처럼 흘려들으며 늙은 마녀 일행이 돌아갔다.

〉칭호 「마녀의 친구」를 얻었다.

◆

세담 시에 머무르는 동안, 우리는 시내를 관광하면서 다음 여행의 준비를 시작했다.

세류 시로 가는 상인이 있어서 제나 씨에게 보내는 편지를 맡겼다. 우체국에 대한 감사가 솟아오르네.

이 편지를 쓰는 데 꽤 고생했다. 이쪽에서 편지 쓰는 매너나 관용구를 몰라서 이 도시에서 만난 상인에게 가르침을 받으며 악전고투하며 썼다.

덤으로 포치랑 타마에게도 편지를 쓸 거냐고 물었더니, 직접 쓸 수 있을 때 쓸 거라고 하기에 두 사람의 의사를 존중했다.

유감스럽게도 애들의 철벽 방어 때문에 밤 나비들과 놀 수는 없었지만, 주점에는 몇 번 가서 앞으로 가게 될 무노 남작령의 정보를 모을 수 있었다.

소문을 모으면 모을수록 관광 같은 거 안 하고 단기간에 통과하고 싶어지는 이야기들만 들렸다.

우회하고 싶었지만, 무노 남작령을 안 거치고 오유고크 공작령에 가려면 세류 백작령까지 돌아가서 왕도를 빙 돌아가야 했다.

시간이 너무 오래 걸리니까 그 루트를 고르기가 망설여졌다.

이 무노 남작령은 무노 후작령이 젠에게 멸망당한 다음, 오유고크 공작의 방계 귀족이 무노의 가문명과 영지를 이어받아서 생긴 신흥 영지라고 한다.

전에는 그냥 가난한 영지였지만 3년쯤 전부터 치안이 현저하게 악화되었다고 한다.

도적이 횡행하고 관리들이 부패했으며, 병사들이 제멋대로 굴어서 무정부 상태에 가까운 심각한 꼴이라고 했다.

보통은 왕이나 근처 영주가 군대를 파견하겠지만 크하노우 백작은 코볼트 때문에 못 움직이고, 오유고크 공작도 영지에 맞닿은 동방의 소국들과 족제비 수인족의 제국이 일촉즉발의 상태라서 섣불리 군을 움직일 수 없는 상태였다.

도시나 마을에 들르기 싫다는 느낌이 들어서, 보급 없이도 영지를 답파할 수 있도록 보존성이 좋은 식료품을 많이 조달했다. 우리끼리 먹으면 한 달 정도는 버틸 수 있겠다.

또한 결코 고급 가게는 아닌 주점에서 보좌관을 본 이유도 판명되었다.

가게 주인은 그가 태수 보좌관이라는 건 몰랐지만, 한 달에 몇 번씩 무노 령의 술을 마시러 왔다고 한다.

가게 주인은 자기랑 마찬가지로 무노 령에서 이전해 온 사람일 거라고 추측했다.

앞으로 가게 될 무노 남작령의 치안이 안 좋아서 세류 시에서 산 가죽 갑옷을 견본으로 모두가 입을 가죽 갑옷을 만들었다.

처음 하나를 만들자 「방어구 제작」 스킬이 생겨서 상당한 완성도가 되었다. 전위에 서는 애들 갑옷에는 철판을 꿰매 넣어서 방어력을 높였다. 특히 투구는 튼튼하게 만들었다.

기마 호위가 있으면 도적이 쉽사리 덤비지 않는다는 선배 상인의 가르침에 따라서, 마구가 딸린 말을 구입하여 다 함께 승마 연습을 했다.

승마 연습을 시작하자마자 「승마」, 「길들이기」, 「조교」 스킬이 생겨서 말도 문제없이 탈 수 있게 되었다.

미아는 안장 없이도 잘 탔지만, 다른 멤버들은 리자만 빠른 걸음으로 탈 수 있었다. 나머지는 보통 걸음으로 걷게 하는 것이 고작이었다.

일단 말 두 필을 샀으니 얼마 동안 나랑 리자가 기마로 동행하게 되겠군.

시청사에서 조무래기 악당 일로 호출이 와서 가봤더니, 자산이 딱히 없어서 그를 노예로 만든 다음에 금화 열 닢밖에 못 받는다고 했다.

금액 자체는 아무래도 좋았으니 서류에 사인을 하고 수수료를 지불했다.

조무래기 악당은 코볼트의 맹공에 노출된 은산으로 보낸다고 한다. 자업자득이라고 생각은 하지만 조금 불쌍한 생각이 들었다.

뭐, 조무래기 악당은 명줄이 질겨 보이니까 어딜 가든 살아남을 것 같긴 했다.

보좌관도 처형을 면했는지, 노예 신분이 되어 크하노우 시 백작의 성에 있었다. 맵 정보를 보니 백작의 지식 노예가 되어

혹사당하는 것 같았다.

프라이드가 높은 그의 입장에서는 죽는 편이 나았을지도 모르지만, 나는 죄는 살아서 갚아야 한다는 생각이라서 분발하기를 바랐다.

문득 신경 쓰여서 보좌관의 동생들을 맵으로 검색해봤다.

뜻밖에 가까이 있길래 그쪽을 돌아보니, 관청의 하급 직원 옷을 입은 두 사람이 지도원으로 보이는 여성에게 무슨 설명을 듣고 있었다.

아마 관청에 고용된 거겠지. 길거리에 나앉은 게 아니라 다행이다.

허가증을 받은 다음 날에 마법서와 두루마리를 구입하여 몇 가지 새로운 마법을 익혔다.

나는 주문의 영창 연습이나 마법서의 해석을 하면서 느긋한 나날을 지냈다.

"주인님, 이 책 돌려줄 테니까 다음은 술리 마법 마법서 빌려 줘."

"그래. 중급 마법서는 어땠어?"

아리사가 돌려준 중급 빛 마법의 마법서를 받고서, 대신 격납 가방에서 꺼낸 술리 마법의 마법서를 건넸다.
^{개러지 백}

멋대로 꺼내서 읽어도 된다고 했는데도 일일이 허가를 받는다.

저녁 식사 뒤의 독서 타임이라서, 나랑 아리사 말고도 다들 자기가 좋아하는 책을 읽고 있었다. 아인 소녀들은 나나에게 배우면서 읽었다.

"내용 자체보다 시가 국어가 어려워서 고생했어."

"이 짧은 기간에 마법서를 읽을 수 있는 것만 해도 굉장한데 뭐."

일본에 있을 때는 영어로 쓰인 프로그램 전문서를 읽느라 고생했었다.

다른 애들도 학습 카드 100장은 모두 읽을 수 있게 되었다. 책을 술술 읽을 레벨인 건 처음부터 읽을 수 있던 나나랑 미아를 빼면 아리사뿐이었다.

루루와 리자도 그림책 같은 간단한 거라면 읽을 수 있게 되었다.

포치와 타마는 구어와 문어의 차이에 붙들려서 잘 못 읽는 것 같았다. 숫자는 읽을 수 있으니까, 다음에 산술을 가르쳐봐야지.

"주인님은 뭐 읽어? ―식단표?"

아리사는 내가 손에 든 것을 들여다보더니 의문 부호를 띄웠다.

내가 보고 있는 건 수상쩍은 노점에서 산 시세 불명의 종이 다발이었다.

뭐가 숨겨져 있는지 알고 싶어서 열심히 해독해봤지만, 내용은 식단표나 동료에 대한 불평, 아내의 부정을 의심하는 메모가 순서도 없이 쓰여 있었다.

공통점은 반드시 날짜가 쓰였다는 것과 모든 문장이 활자로 인쇄한 것처럼 깔끔하게 쓰였다는 것뿐이다.

다만 날짜순으로 정리되지도 않은 데다가, 화제가 이리저리 튀어서 뭐가 쓰인 건지 파악이 어려웠다.

아마도 이 순서에 비밀이 있겠지만 법칙성을 알아내는 게 상당히 어려워서 고생하고 있었다.

「암호 해독」 스킬이 있는데 한심하군.

"성검?"

아리사가 종이를 보면서 말했다.

"그런 단어 없잖아?"

"세로로 읽어 봤더니 그렇게 읽히는데?"

세로 읽기? 이세계에 와서도 인터넷 게시판 같은 짓을 하는 거냐?

종이를 받아서 보니 분명히 그렇게 읽힌다. 사용된 단어는 다른 거지만 「성검」과 발음이 같았다.

스토리지 안의 종이를 날짜순으로 정리해서 순서대로 읽어 봤다.

그렇군. 분명히 금화 255닢 이상의 가치가 있겠네.

"아리사 장하다!"

"흐흥. 칭찬할 거라면 태도로 보여줘~."

아리사를 꼭 끌어안고 빙글빙글 돌았다.

"우햐, 갑자기 그럼, 안 대~."

아리사가 이상한 목소리를 냈지만, 뭐 그건 됐어.

포치랑 타마가 회전하는 우리들 주위를 빙글빙글 돌았다.

종이 다발에 적힌 것은―.

사람이 「성검」을 만드는 방법이었다.

제나에게 보내는 편지

노크도 없이 문을 콰당 열고서, 누군가 병영 숙사에 있는 우리들 방으로 뛰어들었다.

—정말이지. 또 루우 녀석이야?

빙글 돌아보자, 나와 비슷한 표정으로 이쪽을 보는 루우가 보였다. 그 너머에 조금 의문스럽다는 표정의 이오나도 보였다.

나는 새삼 문 앞에서 웅크리고 있는 인물을 보았다.

"어라? 제나?"

"릴리오!"

우리들 세 사람이 호위하는 마법병 제나— 땀에 젖은 머리카락이 이마에 달라붙어 있는 그녀가 가쁜 숨을 쉬면서 전력을 다해 미소 지으며 내 이름을 불렀다.

"어서 와, 제나. 왜 그래? 그렇게 서두르다니."

평소의 차분한 제나로서는 생각하기 어려운 행동이었다.

미궁의 대기소에서 돌아온 것치고는 조금 일렀다. 혹시 전력질주로 돌아왔나?

"제나. 땀 닦아. 감기 걸릴라."

루우가 던진 수건을 받아서 제나의 머리에 올려줬다.

"제나 씨, 마시도록 해요. 그러다가 탈수 증상이 나겠어요."

이오나가 주전자에서 컵에 따른 물을 제나에게 건넸다.

다들 제나한테 몰러 터졌어.

"고마워. 루우. 이오나 씨. 릴리오도 고마워."

나는「천만에」라고 익살스레 대답하며 머리를 닦아주었다.

어째서인지 루우와 이오나의 시선이 미지근했다.

"그래서, 무슨 일인데?"

"—편지! 사토 씨한테 편지가 왔어요!"

그 소년 참 착실하네.

제나가 반짝반짝거리는 미소를 지으며 우리들에게 편지를 보여줬다.

기껏 보여줬는데 미안하지만 난 글을 몰라.

"아직 쌀쌀함이 남아 있는 가운데, 제나 님은 건강하게 지내고 계시온지요—."

제나가 읽어주는 편지의 의미를 반도 이해 못 했지만, 알아들은 문장을 이어 보면 출발한 지 얼마 지나지도 않았는데 제나와 만나고 싶어서 쓸쓸하다는 소년의 염장질이었다.

"제나 씨, 그건 편지의 관용구……."

이오나가 작게 중얼거렸지만, 제나의 귀에는 들어가질 않나보다.

뭐야. 관용구란 거구나. 뭔 말인지는 모르겠지만 이오나의 분위기로 짐작컨대 소년의 염장질이라고 생각했던 건 제나의 착각인가 보다.

다행이다. 참 다행이야.

우리 셋은 제나의 즐거워 보이는 낭독을 들었다.

"그러니까, 『웅대한 바위가 늘어선 언덕에서 먹는 수프 맛은 각별했습니다』래요! 하지만, 세류 시 근처에 그런 장소 있었나?"

"으엑. 그거 외톨이 바위 있는 데 아냐?"

루우가 소태 씹은 표정으로 말했다.

—아아, 거기구나!

순찰하면서 가끔 거기까지 가는데, 바위 뒤에 마물이 숨어 있는 경우가 있어서 위험하단 말이지.

이오나가 루우의 말을 포장해주었다.

"편지를 보니 마물과 만나지는 않은 것 같네요."

"괜찮아요. 사토 씨는 몸이 가볍고, 아인 애들도 강하니까요."

어머나. 제나라면 걱정할 줄 알았는데 소년을 신뢰하는 모양이네. 조금 질투 난다.

그리고 보니 전에 정문에서 마물이 침입했을 때, 여관을 지키면서 활약했었지.

그것을 떠올리는 동안, 제나의 낭독이 다음으로 넘어갔다.

"—카이노나에서 양유주를 처음 마셨대요. 루우가 태어난 곳이죠?"

"그래. 양이랑 주정뱅이랑 양치기밖에 없는 작은 도시야."

루우는 그 도시가 싫어서 성인이 되는 것과 동시에 세류 시로 와서 영지군에 들어왔다고 전에 그랬다.

루우가 자조할 정도라서 그런지, 카이노나의 화제는 그걸로 끝이었다.

제나가 읽어준 편지에서는 산에서 사슴을 사냥하거나, 여행지마다 맛있는 것을 먹었다거나, 유람을 즐기는 모습이 전해졌다.

—여행이란 게 그렇게 마음 편한 거였나?

"꽤나, 여행을 즐기고 계시네요."

"그러네~. 내가 아는 행상인들은 여행이 힘들어서 가게를 가지고 정착하는 게 꿈인 사람들밖에 없어."

고개를 갸웃거리는 이오나에게 내가 말하자, 루우도 수긍했다.

"순찰을 나가서 야영할 때도 늑대나 마물을 경계하느라 푹 잘 수가 없으니까."

"땅바닥 위에서 자면 한기도 올라오고, 무엇보다 몸이 편히 못 쉬니까요."

동감. 역시 딱딱한 나무 침대라도 병영 숙사에서 자는 게 제일 편하다.

"그러네요. 하지만 사토 씨도 놀기만 한 건 아닌가 봐요. 우리 영지 옆의 크하노우 백작령에 들어갔을 때 늑대 무리가 공격을 했다고— 어머?"

"왜 그래? 제나."

갑자기 굳어버린 제나에게 말을 걸었다.

이오나가 뒤에서 편지를 들여다보았다.

"—히드라가 나왔군요?"

으엑? 히드라는 용사나 기사 이야기에 나오는 목이 잔뜩 달린 마물 두목 같은 녀석 아냐?

늑대 얘기가 어떡하다 히드라 얘기로 바뀐 거지?

"네, 네. 늑대를 퇴치할 때 산 너머로 날아가는 히드라를 목격했다고 해요. 다행히 사토 씨 일행은 다치지 않았다고 하는데, 영지 경계에서 가까운 장소니까 주의해달라고 쓰여 있어요."

나는 재빨리 다음에 담당하는 순찰로를 머릿속에 떠올렸다.

괜찮다. 이번 담당은 북쪽이다. 남쪽 영지 경계로 가는 부대에겐 미안하지만, 나는 안도하며 가슴을 쓸어 내렸다.

"나중에 제가 미확인 정보라고 하면서 대장님에게 보고해둘게요."

제나가 이완돼 있던 표정을 긴장시키고, 분대장의 표정이 되어서 말했다.

그때 아까 전 제나 같은 기세로 누군가가 뛰어 들어왔다.

"아~, 제나 씨. 이런 데 있었네요!"

콰당 문을 열고 들어온 것은 공병 가야나였다. 얘는 분명히 제나랑 마찬가지로 미궁 담당이었을 텐데?

"아이참. 대장이 찾아요."

"앗! 보고서 제출하는 걸 잊었네요."

제나가 다급히 방에서 뛰어나갔다.

저 착실한 제나가 일을 까먹다니…… 사랑은 눈이 멀게 한다, 란 말이 딱 맞는구나.

뛰어나간 제나를 배웅한 가야나가 내 쪽으로 왔다.

"어라? 야나, 아직 무슨 용건 있어?"

"제나 씨 모습이 희한해서. 그보다도 릴리오! 솔깃한 정보를 가져왔어!"

가야나가 씩 웃으며 손가락으로 돈 마크를 만들었다.

—참, 어쩔 수 없네.

선반 위에 소중히 아껴둔 것을 가야나의 손 위에 올렸다.

"아니, 과자가 아니라 동화 같은 게 좋은데에."

미궁 임무에서 돌아온 참이라 배가 고팠는지, 불평하면서도 단 토란 과자를 입에 넣고 우물우물 씹어 먹었다.

"꿀꺽. 맛있으니까 용서할게. 그래서 정보 말인데—."

가야나가 가져온 정보는 제법 좋은 거였다.

—영지군에서 선발된 인원을 미궁 도시 세리빌라로 파견한다.

그렇다. 사토 소년이 향한 「미궁 도시」로 간다는 이야기였다…….

대장에게 흠씬 혼이 났는지, 제나는 종 하나가 지나서야 돌아왔다.

"다녀왔어. 릴리오."

"어서 와. 제나. 있잖아—."

나는 제나에게 방금 들어온 정보를 전했다.

처음에는 이해를 잘 못했던 제나의 표정이 어느 순간 활짝 핀 꽃처럼 미소로 바뀌었다.

내가 남자였으면 반해버릴 것 같았다.

소년에게 가벼운 질투를 느끼면서도, 나는 제나의 사랑을 응원했다.

분발해서 미궁 도시에 도착한 소년을 놀라게 해주자. 제나.

■ 작가 후기

안녕하세요? 아이나나 히로입니다.

『데스마치에서 시작되는 이세계 광상곡』 제3권을 집어주셔서 고맙습니다!

곧장 계산대로 가져가실 수 있도록, 이 책의 볼거리를 이야기하겠습니다.

이 작품은 인터넷에 공개되어 있지만, 제3권은 거의 모두 새로 쓴 신규 에피소드가 중심이 되었습니다.

제1권, 제2권에서 배틀 중심의 이야기가 이어졌기 때문에 이번 제3권에서는 취향을 바꾸어 생산계 이야기를 해봤습니다.

마법약의 연성에 마법 도구 개발, 도예, 가죽 세공, 재봉, 조리. 그리고 프로그래머의 지식을 살려 마법의 주문을 개발하는 등, 지난 권에서는 얻기만 하고 쓰지 않은 스킬이 대활약을 합니다.

물론 스킬만 가지고 뭐든지 다 가능할 정도로 데스마치 세계는 만만치 않습니다.

사토에게 지식이 없기 때문에 천상의 맛을 낼 수 있는 조리 스킬도 레퍼토리가 유감스럽습니다…….

약간 누설이 됩니다만, 사토의 조리 무쌍 장면에서 나오는 루루의 보기 드문 리액션을 꼭 봐주시면 좋겠습니다. 작가가 강력 추천합니다.

이번에는 세류 백작령에서 크하노우 백작령까지 가는 여로와 중간에 들른 도시들이 무대가 되었습니다.

제3권은 기본적으로 고정 멤버와 여행을 하는 이야기가 중심이지만, 이야기가 진행되면서 만나는 『어느 여성』이 말려든 사건을 사토의 생산 치트나 동료들의 협력으로 해결하는 스토리입니다.

물론 신규 게스트 및 캐릭터뿐 아니라, 뜻밖의 인물과도 재회가…….

누가 나오는지는 본편을 보시면 압니다.

그리고! 새로운 것은 캐릭터뿐만이 아닙니다.

Shri 님의 미려한 일러스트를 더 보고 싶었던 작가가 음모를 꾸며서, 사토를 제외한 멤버들의 옷 변경이나 미아와 나나의 머리 모양이 변경되는 등, 기존 캐릭터도 전권과는 여러모로 변화했습니다.

일러스트가 그려질지 모르겠습니다만, 고양이 수인 여성들과 교류하거나 반인반염소인 염소^{판} 다리족 등의 요정들과 만나기도 하며, 여행지에서 알게 된 인물이 사역하는 거대한 새의 등에 타고서 이동을 하는 등, 판타지한 요소도 WEB판보다 더욱 증가되어 있습니다.

WEB판보다 몽실몽실 지수를 올려보고자, 머리 위가 지정석인 사랑스런 사역마^{펫}도 준비했습니다.

그러면 페이지 수 제한이 가까우니까, 제3권의 내용은 이쯤에서 끝내겠습니다.

인사를 하기 전에 한 가지 보고합니다. 어쩌면 띠지에 적혀있을지도 모르지만, 본작『데스마치에서 시작되는 이세계 광상곡』의 코미컬라이즈가 결정됐습니다.

네임을 봤습니다만, 그저 근사하다는 말밖에 안 나옵니다!

연재 잡지나 연재일 같은 상세 정보는 후지미쇼보의 발표를 기다려주세요.

그러면 늘 그렇듯 감사 인사를 하려고 합니다.

담당자인 H 씨에게는 언제나 도움을 받다 보니 뭐라 감사드려야 할지 모르겠습니다. 근사한 지적과 개고 어드바이스를 해주셔서 읽기 어려웠던 초고가 개선되었습니다. 앞으로도 지도편달을 부탁드립니다.

Shri 님의 근사한 일러스트는 이 시점에서는 설정화밖에 못

봤지만, 분명히 저의 상상을 넘어서서 근사할 겁니다. 이번에도 기대됩니다.

그리고 후지미쇼보 여러분을 비롯하여, 이 책의 출판이나 판매에 연관된 모든 분께 감사를 올립니다.

마지막으로 독자 여러분의 뜨거운 성원에 최대급의 감사를!!

이 작품을 마지막까지 읽어주셔서 고맙습니다!

그러면 다음 권, 무노 편에서 만나요!

아이나나 히로

■ 역자 후기

(2015년 모월 모일. 어느 가정집에서 치렁치렁 긴 머리카락의 남자가 전화를 걸고 있다.)

???: (빠~밤. 빠~밤. 빰빰빰빰 빰빰빰빰.) 왜 컬러링이 죠스의 테마야······.

???: 여보세요?

???: 여, 여보세요! 나, 날세! 역잘세! 마감이 맞는가?

마감: ······아, 이거 역자님. 갑자기 연락을 주셔서 조금 놀랐습니다. (목소리를 깔면서) 일은 잘 하고 계시죠?

역자: 그, 그야 당연하지 않은가! 걱정하지 마시게! 내 이번에는 꼭 기한을 지킴세.

마감: 하하하. 그거 다행입니다. 그런데 오늘은 무슨 일로 연락을 하셨습니까?

역자: ······아~. 그것이 말일세. 분명히 작업은 순조롭다네. 순조롭기는 한데, 딱 한 가지 장애물이 있어서 말이지.

마감: 장애물? 어허? 뭔가요?

역자: ······후······.

마감: 후? 후 새드?

역자: 후기 거리가 없어······.

마감: ······.

역자: …….

마감: 어쩌라고요?

역자: 그러게?

마감: 아니. 그리고 요번에 까만 금요일 있었잖아요? 그때 뭔가 에피소드 같은 거 없었어요? 있었을 것 같은데? 뭐 노트북 가지고 싶다고 노래를 불렀잖아요?

역자: 그야 불렀지. 불렀고말고. 반짝 세일을 하길래 고민 끝에 결제를 진행했지만 배송 대행지 거치면 취소시켜버리는 사이트라서 지름 실패하고, 시간이 촉박한 탓에 구매 대행도 실패했다는 눈물 없이 읽을 수 없는 에피소드가 있어!

마감: 아 그럼 그거라도 재미나게 각색해서 써보면 되잖아요?

역자: ……그게, 2권에서도 비슷한 소재로 후기를 썼잖아. 아무리 재미없는 역자 후기라지만 그래도 소재가 그런 식으로 중독되면 매너리즘에 빠졌다는 소리가 나오거든?

마감: ……별 쓰잘데 없는 걱정을…….

역자: 내 맘이야! 아무튼 그래서 후기 쓸 거리가 없다고! 이 심각한 사태를 헤쳐 나가기 위해서 어떻게 해야 할지! 그걸 함께 생각해보잔 말일세!

마감: 아~, 나도 바빠 죽겠구만. 그래서요? 뭐 딴 거 에피소드 없었어요?

역자: 없지는 않네만…….

마감: 있네. 그럼 그거 쓰면 되겠네. 뭔데요?

역자: 나 기계식 키보드 하나 더 사고 싶—.

마감: 또 지름이잖아!

역자: 그, 그치만 갖고 싶은걸! 번역자는 타자를 무진장 치는 직업이라서 키보드 좋은 거 써야 돼! 그리고 또, 마우스도 인체공학으로 이렇게 쫌 특이하게 생긴 거 있잖아? 그걸로 사서 쓰고 싶고 말이지—. 나 꿍꼬또! 키보드 꿍꼬또! 가꼬 시퍼또!

마감: $#*&^^*(ˆ)%*%ˆ&$(&ˆ)ˆ&

역자: 그, 그거 뭐야? 외계어?

마감: 크아아아악! 몰라! 알아서 해! 진지하게 상대한 내가 바보지! (뚝!)

역자: 앗! 마감이! 끊으면 어떡하나! 상담해줘야지! 후기 어떡해!

(역자. 넋이 나간 듯 잠시 전화기를 보다가 시선을 컴퓨터 모니터로 돌린다. 그리고 차분하게 웹브라우저 주소창에 전자 제품 쇼핑몰 URL을 치기 시작한다.)

역자: 으헤헤헤. 적축. 갈축……. 17만원, 14만원. 무이자 할부……. 으헤헤헤헤헤헤헤. (페이드 아웃)

데스마치에서 시작되는 이세계 광상곡 3

1판 1쇄 발행 2016년 1월 10일
1판 8쇄 발행 2018년 3월 21일

지은이_ Hiro Ainana
일러스트_ shri
옮긴이_ 박경용

발행인_ 신현호
편집국장_ 김은주
편집진행_ 최은진 · 김기준 · 김승신 · 원현선 · 김솔함 · 권세라
편집디자인_ 양우연
국제업무_ 정아라 · 고금비
관리 · 영업_ 김민원 · 이주형 · 조인희

펴낸곳_ (주)디앤씨미디어
등록_ 2002년 4월 25일 제20-260호
주소_ 서울시 구로구 디지털로 26길 111 JnK디지털타워 503호
전화_ 02-333-2513(대표)
팩시밀리_ 02-333-2514
이메일_ lnovelpiya@naver.com
L노벨 공식 카페_ http://cafe.naver.com/lnovel11

원제 DEATH MARCHING TO THE PARALLEL WORLD RHAPSODY Vol.3
ⓒHiro Ainana, shri 2014
Edited by FUJIMISHOBO
First published in Japan in 2014 by KADOKAWA CORPORATION, Tokyo.
Korean translation rights arranged with KADOKAWA CORPORATION, Tokyo.

ISBN 979-11-86906-20-0 04830
ISBN 978-89-267-9956-7 (세트)

값 8,500원

컴플리트 노비스 1~2권

타오 노리타케 지음 | 카고메 일러스트 | 원성민 옮김

「레벨 99가 되면 무슨 일이 일어난다」라는 소문과 함께,
눈 깜빡할 사이에 전 세계의 게이머를 매료시킨 디지털 MMORPG—
〈아스트랄 이노베이터〉.
레벨이 지배하는 이 게임 세계에서
아홉 명 밖에 없는 플레이어 〈리절터 나인〉들과 어깨를 겨주는 검사, 이치노.
〈컴플리트 노비스(미경험자의 극에 달한 자)〉라고 불리는 그의 레벨은 『1』.
어떤 목적을 위해 솔로 플레이로 공략을 계속하던 그는
레벨 51의 사쿠라와 결투를 하게 된다.
그리고 멋지게 승리를 쟁취하지만……
사쿠라는 "치트 따위는 절대로 용서 못 해!"라면서 그를 감시하게 되는데?!

레벨이 지배하는 게임 세계에서
고레벨 플레이어를 압도하는 레벨 1의 최강 검사!

라이트노벨의 새로운 빛! L노벨의 신간은 매월 10일에 발매됩니다. www.lnovel.co.kr

이 멋진 세계에 축복을! 1~4권

아카츠키 나츠메 지음 | 미시마 쿠로네 일러스트 | 이승원 옮김

게임을 사랑하는 은둔형 외톨이 소년, 사토 카즈마의 인생은
너무하도 허무하게 그 막을 내린…… 줄 알았는데,
정신을 차려보니 눈앞에 여신을 자처하는 미소녀가 있었다.
"이세계에 가지 않을래? 원하는 걸 딱 하나만 가지고 가게 해줄게.",
"그럼 널 가지고 가겠어."
이리하여, 이세계로 넘어간 카즈마의 대모험이 시작……되나 싶었는데,
결국 시작된 것은 의식주 확보를 위한 노동이었다!
카즈마는 그저 평온하게 살고 싶지만,
문제를 연달아 일으키는 여신 때문에 결국 마왕군에게 찍히고 마는데?!

2016년 1월 TV애니메이션 방영!

라이트노벨의 새로운 빛! L노벨의 신간은 매월 10일에 발매됩니다. www.lnovel.co.kr